动物快跑

第一部

超级大脾气

伊雁声　著

OWL BOOKS

献给

智人世界

与动物共情

方舟子

最近加州大学伯克利分校和洛杉矶分校争谁是美国公立大学第一，有人劝和：伯克利分校的吉祥物是金熊，洛杉矶分校的吉祥物是棕熊，都是熊，本是一家。伯克利分校的昵称就叫 Golden Bear，但洛杉矶分校的昵称却不叫 Brown Bear，而是 Bruin。 Bruin是荷兰语"棕色"的意思，但它在英语里用于指代熊，却是因为中世纪法国动物寓言故事集《狐狸列那》中的熊叫这个名字。可怜的狗熊勃伦，奉狮王之命传唤狐狸列那，却遭到列那欺骗，引来农夫袭击，落得遍体鳞伤的下场。

拟人历来是动物寓言以及童话的通用手法，动物们不仅能说话、会思想，而且有其性格特点：狗熊是愚蠢的，狐狸是狡猾的，狮子是威严的，灰狼是凶残的，绵羊是善良的……这些不过是人类将自己的观念、幻想、喜爱、偏见投射到动物身上，将动物作为讲述人类社会故事的工具，与动物自身无关。例如，在真实动物世界，熊并不愚蠢，狐狸绝对不敢去招惹它。

伊雁声的童话则不然。虽然和传统童话一样也采用拟人手法，动物也能说话、会思想，但动物的言行基于科学的观察，它们的所思所想反映其真实处境，尤其是与人类冲突的困境。作者设身处地，站在动物的立场，以动物的眼光，来看待这场冲突，与动物共情，唤起人们的同情。

再强大、再聪明的动物，在人类面前都不堪一击。人类活动导致的全球气候变化，非法的猎杀，环境的污染，栖息地的丧失……如果人类不节制自律，这场冲突将会愈演愈烈，结果必然是悲剧。而一个物种一旦灭绝，就不可挽回；一个生态系统遭到破坏，就难以恢复。呼吁保护生物多样性，并非全然出于善心。人类的生存与发展，有赖于生物多样性。保护生物多样性和生态系统，最终是为了人类自己。

动物快跑，又能跑到哪里？地球毕竟只有一个，它是人类的也是其他生物的家园。

自然母亲的一个信使

伊雁声

我们这个山沟沟的邻居们成立了一个花园俱乐部，第一次聚会就专门跑到我家后院欣赏我的植物，大伙儿瞪大眼睛说真不知道要把目光落在哪里，以后要叫我Mother Nature，我谦虚地说："不敢当啊，我很普通，只是自然母亲的一个信使。"

我酷爱大自然，山山水水，植物动物，都能带给我莫大的喜悦。有时候我觉得自己就是一种住在人类身体中的植物或动物，能够深切感知同伴们的喜怒哀乐。因为写作《猫头鹰探长》和《动物快跑》，这些年我读了很多书和资料，看了很多纪录片和影视剧，每写过一种动物之后，都感觉自己简直成了这种动物的半个情感专家，在谈到这些动物时，描绘入微，有鼻子有眼儿，掏心掏肺，有根有据，我因此常常表扬自己：这个信使干得还不错。

是的，我特别享受书写大自然故事的过程和成果，每写完一篇故事，都像是收获了满满一树甜蜜的果实。现在，我想让亲爱的读者和我一起品尝、享受这些果实，来吧。

《动物快跑》系列是伊雁声中短篇科学童话集，也是《猫头鹰探长》三部曲的姊妹系列。这两个系列的人物与情节互相交织，彼此四维延伸，既完全独立，又密切关联——正如同自然万物生生不息的关系网。《猫头鹰探长》里的人类和动物经常会出现在《动物快跑》里，这本《超级大脾气》可以说就是探长系列中一些人物的前传或后传。

和《猫头鹰探长》三部曲一样，《动物快跑》系列的每一个细节都有现实原型，绘制封面的还是我女儿，科学顾问也还是方舟子。谢谢家人以及帮助我出版这些故事的朋友们。

目录

超级大脾气

1 "人类会回来找你的。"

卢娜吓坏了。她的屁股死死顶在雪洞最里面的冰壁上，低下脑袋，尖角冲外，大睁着一双蓝眼睛，盯着那个入侵的人类。

阿海僵在狭窄的雪道里，丝毫不敢乱动，怕不小心惊着卢娜，怕她不顾一切发动致命攻击。

看着卢娜充满恐惧的双眸，阿海感到特别内疚。几周前，正是他从直升飞机上用两枚麻醉弹射中了卢娜。卢娜被麻翻在地后，在直升机轰隆隆的强噪声中，麝牛群惊慌奔逃，蹄声杂乱，长毛翻飞，小麝牛宝宝们哭喊着，撒开四条小短腿拼命跑啊跑，却仍然统统落在队伍最后面，越落越远。阿海第一次觉得自己其实和盗猎贼一样可恶，和嗜血狂一样残忍。

阿海协助绿野大学教授公冶博，对卢娜做了一番健康检查。他们发现卢娜怀孕了。他们抽了几管血，给卢娜戴上电子项圈，打算将她作为长期研究对象。他们把卢娜放回原地，迅速坐直升机离去。阿海亲眼看见，卢娜不久后从麻醉中苏醒，她仓皇四顾，伙伴们早已不见踪影。她站起身，沿着窄窄的雪梁狂奔，孤零零跑下山坡，而那刚好是麝牛部落逃走的相反方向。

北洲的严冬，大地一片白雪茫茫。卢娜竭尽目力，在天地间搜寻伙伴们那熟悉而亲切的小黑点。那些聚在一起的小黑点，在白雪世界非常醒目，可以帮助迷途的麝牛找到部落。

两天之后，阿海监测到，卢娜找到部落归队了。他总算放下心来。

然而，百麝部落却并没有接受卢娜。卢娜已经不一样了，她戴了项圈，她会招来飞怪和毒刺。她是个间谍。如果留下她，部落将再也得不到安宁。无论他们跑到多荒僻遥远的地方，人类随时都能利用卢娜找到他们。

百麝部落大首领卡姆狠心决定抛弃卢娜。"你走吧，不要再来找我们。人类会回来找你的。"说完，卡姆头也不回地走了。百麝部落开路先锋冰雪勇麝很不忍心，卢娜身上怀着的正是他的孩子。可是，在这严酷的穷冬，食物匮乏，天敌猖獗，能活下去已经非常不容易，部落根本没有多余的精力应付人类。冰雪勇麝知道，与卢娜情同母女的卡姆心里其实更难受。勇麝信赖卡姆的智慧，于是他遵照卡姆的指令，领着大伙一起离开了卢娜。

看着伙伴们渐渐消失在茫茫天尽头，卢娜伤心欲绝。她根本无法在大雪原独自活过严冬，她和肚子里的宝宝现在只有死路一条。卢娜再次朝着与部落相反的方向狂奔，绝不能连累部落，脆弱的部落无法承受再失去更多成员。

卢娜自己也不知道到底没头没脑一口气跑了多久。等醒过神来，她发现自己正站在一个小山坡顶，坡下转弯的地方，依稀可见有一个隐秘雪洞。那么，就是那里了，就死在那里吧。

卢娜跑下山坡。她脚趾圆圆的大蹄子，这次没有用来刨雪觅食，而是给自己挖了一个窄窄的墓道。她钻进雪洞。在本能的驱使下，她在这个三米长、两米高的雪洞里转过身来，尖角锐利的脑袋冲着向外的通道，圆滚滚的臀部紧紧顶在雪洞最里面的雪壁上。她看不见外面的世界，外面的世界也看不见她。她终于有了一点点安全感，刚刚够用，可以期待一个安宁的死法。

卢娜就这样一动不动不吃不喝地在雪洞里站了好几周。麝牛的命真硬啊，卢娜仅靠体内脂肪就支撑了这么久没有死掉。阿海他们的直升机无数次从雪洞上空掠过，但就是看不到一丝丝卢娜的小黑点。

大家都认为卢娜一定是死在雪里了，八成被雪崩深埋了。阿海决定徒步去找找看。跟踪器哔哔作响，他发现了一个窄窄的雪洞通道。经过几周的狂风暴雪，那里已经看不出一点点卢娜曾经来过的痕迹。

那个通道仅容一人爬进去，阿海就这样把脑袋探进了卢娜的雪墓洞，与卢娜四目相对了好几十秒。

"对不起，别害怕。我不会伤害你。让我来帮助你，好吗？"阿海柔声细气地对卢娜说。卢娜心想，人类为什么这么害怕呢？感到害怕的应该是她啊！不需要冲击、顶撞和撕咬就能赢的人类啊，来无踪去无影有飞怪辅佐的人类啊，百麝部落早就对你们认输了，就看你们想要取走哪一条性命。"带着我的尸体满意地离开吧，再多的痛苦，都让我独自承受吧。"卢娜喘着粗气，呼出的气雾转眼就在她脸上结成冰霜。

阿海不得已再次使用了麻醉针，虽然卢娜已经奄奄一息。他把卢娜装进四面底部透气的大木箱，费尽周折，把卢娜运到狗窝，那是阿海所能想到的卢娜最好的归宿。狗窝是一个有名的麝牛农场，主要生产麝牛丝绒。麝牛虽然长得像野牛，其实亲缘关系更接近羊。麝牛丝绒比普通羊绒暖和八倍，在市场上非常抢手。

卢娜吃了一个"大药丸"——她后来知道那是镇定剂——任凭人类在她的耳朵上穿孔，在耳孔里扎进编有号码的专属标签，"滋滋滋"锯掉她那两只挑向天空的致命羊角尖。

卢娜从此成为一只生产麝牛丝绒的机器羊。在人类的世界，一盎司麝牛丝绒当时可以卖95美元，后来价格更是一路飙升。

公冶博他们检测了卢娜留在雪墓洞里的粪便，查看她失踪期间的荷尔蒙水平，并和她那些仍然在大群里的同伴们互相比较。他们发现，卢娜的压力皮质醇水平比同伴们高出6倍。

阿海知道，麝牛是非常敏感的动物，尤其是雌性麝牛，她们心思灵巧，情感丰富，脑指数是雄性麝牛的两倍。卢娜所承受的高度痛苦，都是人类以科研活动的名义造成的，对此，阿海一点都不感到自豪。太不公平，太残忍，阿海暗暗发誓，以后再也不追赶麝牛了，再也不试图给他们安装电子项圈了，哪怕因此会损失一些高质量的科研信息。

公冶博也很伤感，幽幽叹道："我们完全可以更谨慎一些。我们完全可以想想别的办法。"要是卡姆听到公冶博这话，准会冷哼一声："滚远点儿！别打扰我们！"

2　"谢谢你，卢娜。"

狗窝是一个0.32平方公里的农场，里面养了79只麝牛。这是一个有65年历史的麝牛驯养项目。过去的几千年里，人类驯服过北洲冰原的驯鹿，驯服过青藏高原的牦牛，但从来没有驯服过麝牛。狗窝是一个奇迹，现在的管理者阿英更是一个天使。

狗窝有十多栋房子，最早是老殖民农场，已经存在很多很多年头了。维持麝牛农场的运行，费用不菲，比一份全职工作辛苦多了。阿英花费了很多心血，尽可能让源自上个冰川纪的麝牛们保持原有的生活方式，健康、快乐地在农场生活。阿英接手后，狗窝收养了很多没人要的老弱病残，麝牛养殖规模扩大四成多，丝绒产量提高了65%。

进入狗窝的卢娜认命了。为了肚子里的宝宝，她每天拼命地吃啊吃。再也不用辛辛苦苦刨食，狗窝有足够的草料，以前从来没有一个冬天卢娜能过得这么安逸吃得这么满足。麝牛身体对食物的吸收和能量的利用极其高效，活在世上，麝牛其实所需不多，与同样大小的牛相比，麝牛只需六分之一的食物。

大脾气出生的时候，生命力超级旺盛，额头饱满，眼神清亮，身强力壮，生下来没几分钟就从雪地上摇摇晃晃站起来，不到一小时就开始在农场四处溜达，急切地想要探索新世界。阿英觉得卢娜产下的小宝宝是全世界最最最可爱的小动物，圆滚滚，毛茸茸，穿着四只小白袜跑来跑去，一刻也闲不住。卢娜完全同意阿英对宝宝的各种赞美，她知道自己生了一个健美机灵的小羔羔，心里高兴极了，就听从阿英的建议，给大脾气取名可爱非凡小皮皮。当然，这是大脾气的小名，很快将没有几个动物还会记得这个名字。

春天来了，天气渐渐暖和，狗窝里的麝牛们开始褪毛了。那是他们长毛底下的一层厚丝绒，一种非常漂亮的优质纤维，比昂贵的羊绒更保暖、柔软。有了这层又密又软的丝绒，再寒冷的天气也冻不着麝牛们。

不像宠物狗狗一年到头一直都在褪毛，麝牛一年里只在这短短的一段时间里褪一次丝绒毛。要是在自然环境中，麝牛褪毛需要好几个月时间，丝绒得自己一点一点慢慢从一米多长的外毛里脱落出来。阿海他们在野外，经常可以在春夏时节看到麝牛们拖着一身乱七八糟的毛发四处游荡，像一群不修边幅的极北流浪汉。每当那个时节，麝牛们不论雌雄老少，总是寻找一切可以蹭毛的地方——岩石、河岸、树干……蹭脸，蹭背，蹭肚子——蹭啊蹭，就是为了快快把褪下来的丝绒蹭下来，好凉快凉快。

卢娜这是第一次让人类给她梳毛。谈不上信任，但卢娜不讨厌阿英。卢娜乖乖让阿英把她领到梳毛的房间里，进入一个类似小马厩的大木箱里。卢娜对这个大木箱很熟悉，也习惯了站在这个木箱里任凭人类摆布。通常她进来称体重、打预防针、剪脚趾甲，或者接受其他治疗。大木箱让她有种莫名的安全感，她觉得自己在这里得到了保护，就好像遭遇外敌时，藏身在麝牛群的保护圈里。这个大木箱对人类操作员来说也是一种必要的安全措施，毕竟就算被割去了尖角，野性难驯的麝牛仍然是危险的极地大型野兽。狗窝伙食好，卢娜吃得多动得少，越长越胖，此时足足有302公斤重呢，人类近距离接触可千万得当心。

"你不要害怕，我轻轻梳哦。梳完你就凉快喽。"阿英轻轻抚摸卢娜，她觉得自己了解卢娜，所以自作主张，没有给卢娜吃"大药丸"。在北洲本地人的传说中，麝牛这种庞大野兽特别聪明，聪明到能听懂人话。阿英看着卢娜，真觉得那传说可能是真的。

卢娜没看到，阿英和助手悄悄把她身体两侧的木板取了下来，卢娜左右两侧身体其实只是靠在两根横木杠上。人类用梳爆炸头的大梳子，从丝绒间轻轻柔柔梳下去，把外面一层粗硬长毛拉出来。哈，卢娜的丝绒事实上已经全都从皮肤上褪下来了，只是丝绒和外毛还夹杂在一起，一时半会儿自己脱落不下来。

梳到腹部，外毛更长了。麝牛的腹部很敏感，羊毛很容易纠结，人类需要格外小心，可千万别把卢娜拽痛了。

一块木板接一块木板，人类渐渐把整个操作木箱都打开了，卢娜身后的板子也被取掉了，这样人类就可以把她全身的丝绒都梳下来。卢娜身体周围只剩下几根木杠，这些杆子给了卢娜一种幻觉，似乎大木箱还在她四周保护着她。阿英时刻观察着卢娜，她忍不住寻思，其实拆木板的事卢娜知道得一清二楚，卢娜只是不在乎，更懒得计较。

梳臀部和胸脯花的时间要更长一些。这两个地方的毛发最纠结，因为这些是麝牛们躺下休息时与地面接触的部位，日久天长，都磨成了一团乱毛。

阿英没有梳卢娜毛发浓密的大脑袋，尤其小心翼翼避免碰到卢娜的脸部。阿英知道麝牛们都不喜欢被人类碰触面部。阿英竭力尊重、保护麝牛的一切天性。

卢娜感到梳毛的过程很舒服。她安安静静，陷入沉思，谁也不知道她在想些什么。阿英和助手只花了不到一个小时，就把卢娜全身的丝绒一次梳完。从左右两边，阿英她们分别完完整整地梳下来一张漂亮的毛毯，看起来就像是手艺灵巧的裁缝缝制出来的，其实这些全都是卢娜自己褪下来的啊！尤其是靠近皮肤的那一面，又轻柔又净洁，闪闪发光，没有一丝污垢或结块，真美啊！要是换一头紧张乱跳的麝牛，才不会让人类一次就梳下来这么多丝绒呢！有的麝牛只肯乖乖站十几分钟，一次只能梳一小片儿，得梳个三五次才能勉勉强强把全身都梳完。

洁净的丝绒面很容易沾染人世的灰尘。阿英赶紧把卢娜的两张丝绒毯子卷起来，外毛朝外、丝绒面朝里。这些就是要卖给纺织作坊的丝绒原料，世界上最顶级、罕见的自然纤维，穿在人类身上，不会发痒，不会过敏，人类甚至可以把它扔进滚水中，捞出来后也一点都不会缩水。这世间独一无二的宝贵纤维，所有人都喜欢、都想要，供给永远无法满足需求。

装袋，称重，卢娜这一季产出3.1公斤高级丝绒，可以卖1万多块美元呢！卢娜真棒啊！

阿英轻轻对卢娜说："谢谢你，卢娜。"卢娜看了阿英一眼，仿佛淡淡地表示不用客气。

3 "请你迎着风，自由自在地长大吧。"

不管是在野外还是在圈养场，麝牛宝宝的死亡率都很高。在野外严酷的气候下，麝牛宝宝虽然生下来就有全毛，但远远没有父母的长毛外套加丝绒内袄保暖，他们需要靠妈妈的身体取暖，靠妈妈的乳汁填饱肚子，靠部落的联合保护逃脱天敌，稍有不慎就会死于非命。而在狗窝这样生存条件较好的人工圈养环境，虽然饥饿、寒冷、被天敌捕食的死亡风险降低了，但宝宝们很容易感染疾病、饮食失调，死亡率也一直居高不下。

事实上，流产和死产一直是狗窝所面临的最难解最持续的大问题。就在小皮皮出生的前一周，狗窝有一头雌性麝牛死于全身系统性感染，她腹中的胎儿也因营养不足而萎缩死亡。

可爱非凡小皮皮一生下来就集万千宠爱于一身。她有两个妈妈，卢娜妈妈的爱像天空一样辽阔无边，阿英妈妈的爱像大地一样深厚无垠。

麝牛宝宝出生几周后就可以吃成年麝牛的食物，通常半年断奶。断奶后，大部分麝牛妈妈会把粘在身旁的孩子踢开，让他们自己去找吃的。但卢娜从来不踢走小皮皮，小皮皮想什么时候吃奶就什么时候吃，想吃多久就吃多久。卢娜自己也每天都吃得饱饱的，所以奶水充沛，绝对管够。

小皮皮吃得饱喝得香，无忧无虑，每天一觉睡醒后雷打不动先拉一大堆羊屎蛋儿。她长得很快，容貌俊秀，身体结实，比同龄的小公麝牛还要力气大。

小皮皮生性豁达。卢娜从来不约束小皮皮的天性，鼓励小皮皮勇敢做自己，也鼓励小皮皮大胆探索未知世界，从自己的错误中学习生存的本领。卢娜常常和小皮皮比赛看谁望得远。卢娜让小皮皮竭力远眺围栏外的广阔莽原，还有在天边起伏的遥远雪山。卢娜给小皮皮讲百麝部落的传奇故事，讲卡姆奶奶的高超智慧，讲勇麝爸爸的凶猛无畏。小皮皮的心灵对那没有围栏的辽阔故土充满了好奇和向往。

小皮皮机灵得很，会仔细观察妈妈的行为，总结经验教训，从来不给狗窝添乱。自从那一次吞食异物，搞得半夜三更上吐下泻要死要活之后，小皮皮再也不吃塑料垃圾了，哪怕那塑料垃圾看起来再像美味的青草、苔藓或树叶，她也绝对一口都不吃。

"我记性可好了！我可聪明了！"小皮皮在狗窝里闲聊时自豪地告诉大家。有几个麝牛妈妈听了这话，直翻白眼，但天真烂漫毫无戒心的小皮皮浑然不觉。

出生几个月后，小皮皮的尖角就长出来了，这可是顶牛的绝佳武器装备，嘿哈！然而，出于安全考虑，狗窝规定，所有小宝宝都必须锯羊角、戴耳牌。小皮皮头一次显示出超级大牌气的天赋。她又哭又叫，又踢又跳，就是不许人类动她的耳朵和尖角。卢娜也前所未有地情绪激动，把小皮皮塞在自己的肚子底下，用长毛盖得严严实实，甩头、吐唾沫、恶狠狠刨地，绝不许人类靠近。看起来要想抓住小皮皮锯角戴耳牌，只有一个办法：把母女俩全都麻翻在地。

当时狗窝刚好发生了另外一起不幸事故，一头成年母麝牛在一次麻醉中，意外死于第一胃的呕吐物，狗窝因此正在全面重新评估用药安全。阿英舍不得给小皮皮吃大药丸，更别提把小皮皮和卢娜一起麻翻。阿英其实在心底里也舍不得割掉小皮皮漂亮、神气的小尖角，麝牛的羊角一辈子只长这一次，割掉可就再也长不回来了，不像鹿类，年年掉旧角，岁岁长新角。最最重要的是，别看小皮皮现在脾气大，平时她可懂事呢，特别爱憎分明，从来不会乱发脾气拿小尖角顶人，她喜欢人类饲养员们还来不及呢——就算是人类，也得讲道理是不是？

小皮皮的未来有无限的可能性，阿英绝不会允许任何人干扰小皮皮的自由成长。阿英叹口气，笑着对小皮皮说："好吧，你这个大脾气啊，那就先不动你的尖角和耳朵吧。请你迎着风，自由自在地长大吧。"阿英亲了亲大脾气的小脸蛋，"你啊！"大脾气安静下来，也亲了亲阿英的脸蛋，抹了阿英一脸唾沫和鼻涕。

从那以后，大家都改叫小皮皮为大脾气。大脾气独立自强，可有主意了，谁都别想欺负她。

而狗窝的霸凌，可真不少。有一只小公麝牛，比大脾气大一岁，大家都叫他二百斤，因为他长得又高又胖，刚满一岁就称了两百斤，顶伤过三名饲养员。二百斤看起来傻傻的，表情永远呆呆的，浑浊的小眼睛里没有一丝灵气，反倒天生透着一股杀气，走起路来就像一具僵尸，逮谁欺负谁。

有一次，大脾气正从铁丝网边上的铝制大水槽里好好喝水呢，二百斤沉甸甸地走过来，不停用前蹄刨水盆，直

到把水盆踢翻在地，水全洒了。这还不够，二百斤没来由对大脾气耍起威风来，死命踢了大脾气几脚，要大脾气滚一边去，别挡道。大脾气气坏了，一声不吭，低下头，瞄准了，用小尖角使劲顶了一下二百斤，刚好顶在他的软肋上。二百斤疼得哇哇大叫，他自己外强中干，毫无远见，唯唯诺诺任凭人类割去了尖角，所以根本没有能力反击大脾气，只好一溜烟逃跑了。从那以后，二百斤再也不敢无缘无故招惹大脾气了。

卢娜的日子就没那么好过了。在自然环境中，麝牛群中的雌性麝牛们彼此感情深厚，合作默契，互相关照，可以性命相托。越年老、越有智慧的雌麝牛，在部落的威信越高，大家也越愿意服从她的决定。可以说，雌麝牛之间的权威等级，是在一次次与恶劣环境、凶狠天敌的对抗中，自然而然形成的，日久天长的考验之下，每头雌麝牛都对大首领心服口服。

然而在封闭狭小的圈养场，雌性麝牛们虽然朝夕相处，但关系松散，彼此嫉恨，反而没有那种亲密无间的感情纽带，只有不断放大的敌意和恶念，满心满眼只留意同伴们的缺点，只想着互相伤害、占尽便宜。有几头雌麝牛特别刻薄，总想当老大，却彼此谁也不服谁。她们整天大摇大摆地横行霸道，故意激怒对手，争斗不休，还见缝插针欺负卢娜这样心静如水、与世无争的雌麝牛。毫无必要的内部冲突没完没了，有时候连安安静静卧着瞭望远山都不可得，心思聪慧、内心敏感的卢娜常常气得直掉眼泪。

虽然已经在狗窝安顿下来，物质生活安逸，但卢娜对人类的恐惧却一丁点都没有消减——那种对天敌的恐惧和警惕，是在几十万年的进化过程中，深深刻写进麝牛基因的原始本能。只要看到人类，卢娜体内的压力皮质醇水平必然噌噌上升。可以说，在狗窝，卢娜没有一天真正放松自在过，每时每刻，她都处在类似被大灰狼围堵的紧张情绪中。

就像一张弓，弦一直绷得太紧，就容易断裂。其实，狗窝的哪头麝牛曾经有过哪怕一天的内心安宁呢？吃了大药丸、打过麻醉针之后的镇静当然不算数，那个时候的麝牛们，只是尚有呼吸浑浑噩噩的行尸走肉而已。

狗窝开放了参观游览项目，向游人科普麝牛的珍贵和奇特。来来往往的人类越来越让卢娜心绪不宁。虽然不愁吃喝，卢娜却一天天憔悴。她多么想念卡姆和百麝部落的伙伴啊！这思念，一天比一天强烈。她眺望远方的时间越来越长，进食的时间越来越短。她病了。

这一年，大脾气两岁了，完全可以离开妈妈独立生活，卢娜能教给她的，她也全都学会了。卢娜感到好累啊，她此生的最后一个任务终于圆满完成了。

卢娜不再进食，牙龈脓肿引发了脑膜炎。阿英想尽办法也无济于事。很明显，病重的卢娜更加厌恶人类，见到阿英就焦躁难安，好像阿英是只讨厌的郊狼。

临终前，卢娜对大脾气说："不要让人类决定你最好的归宿是什么。你要自己决定。要是你渴望没有围栏的天空、大地和空气，你就应该去找卡姆奶奶，她会收留你的。"

4 "嘘，别作声。"

大脾气满三岁这年的初夏，狗窝附近忽然出现了一些小群麝牛。他们往往以小家庭为单位挤在一起，似乎很迷茫下一步该何去何从。如果偶尔见到雪橇狗，他们会像见到可怕天敌大灰狼一样，更紧密地挤在一起，死盯着狗狗。狗狗见了麝牛，也会兴奋地狂吠不已，做出猛烈挣脱狗绳冲过去的疯狂举动。如此一来，麝牛们就更紧张了，把藏在中间的小麝牛们挤得密不透风。

阿海说，北洲正在开发新矿区，修路、盖房、挖山、钻井……轰轰隆隆，开发区刚好就在野麝牛们喜欢的一片夏日栖息地。许多麝牛失去家园，没吃没喝，只好到处胡乱游荡。

阿英和阿海忧心忡忡地看着流浪麝牛群，大脾气却满心欢喜，整天挤在栏杆上，都快把圆乎乎的脸蛋儿挤扁了。她冲着每一只路过的野麝牛咩咩咩打招呼，想和每一只野麝牛交朋友。她的野性苏醒了，她觉得每一只野生麝牛都比圈养场里怨气冲天的囚徒麝牛可爱，她想在天地间狂奔一气，无拦无挡，无拘无束，去探索甘冽的雪山溪水，去啃食岸边新冒出的草芽，去品味岩石和土壤的味道，甚至——哼哼，试试和大灰狼、大灰熊或北极熊打上一架？她感觉精力无穷，浑身有使不完的力气。而狗窝的围栏限制了她，她觉得憋闷，浑身不痛快，缺氧，缺跑，缺阳光暴晒，缺大风劲吹。

夏日骄阳金光灿灿，孕育新生命的古老冲动在麝牛体内涌动。麝牛进入发情、交配季节，狗窝迎来一年一度的骚动期。大脾气也朦朦胧胧地第一次想谈谈恋爱，但她讨厌狗窝里眨巴着浑浊小眼睛虚弱无力的二百斤们，她整天独自躲在围栏边的一个小角落里，目光投向栏杆外，投向无边无际的旷野。

野麝牛在这个时节，会变得尤其暴躁、易怒，攻击性也更强。

附近小镇接连发生了好几起麝牛袭击狗狗事件，有两条狗狗因伤势过重而死亡。镇民们怨声载道，都不敢独自在街上行走了。人们每天早上出门前，都得先好好查看一下有没有野麝牛藏在屋子外面。

有一个带薪休假的警察，为了保卫自家被一小群麝牛团团围住的狗屋，带着工作佩枪跑去驱赶麝牛。他开了好几枪，非但没有吓走麝牛，反而令麝牛更加激动。一头麝牛猛冲过来，重重地把一只利角刺进警察的大腿。血流如注，这位警察当场死亡。

这起事件在当地造成极大震动，死去的警察立即被追授为烈士。执法人员紧急出动，根据DNA鉴定，找到了那头涉事麝牛。当时那头杀警麝牛正恬静地埋头吃草呢，就好像他从没杀过人一样。杀警麝牛听到动静刚刚抬起头，迷茫的眼睛还没来得及看清形势，就被数颗子弹同时射中头部，闷声倒地而亡。

镇民们给本地议会代表打热线电话："狗狗就是我们的家庭成员！怎么能任由麝牛无故杀害？现在终于出人命了！一位可敬的老警察付出了生命的代价！难道政府还不采取有效措施吗？我们的狗狗必须拴狗绳，野麝牛却什么约束都没有！想怎么攻击就怎么攻击！我们的狗狗躲都没法躲，跑也没法跑！这公平吗？别说狗狗了，我们所有人整天提心吊胆，一点安全感都没有！要是野麝牛实在太多，我们应该杀了吃肉！"

有几波调查员拿着问卷来到狗窝，他们解释说，政府将根据问卷提供的数据，决定今年狩猎大游戏可以签发的猎杀麝牛额度。"袭击人类和狗狗的都是雄性麝牛，今年雄性麝牛的狩猎额度肯定会大幅增加！正好，狩猎爱好者也更乐意猎杀雄性麝牛，打猎过程更刺激嘛，标本挂起来也显得更威武嘛！增加的许可证收入还可以用于改善民生，一举多得！"阿英听了这些话，锁起愁眉板着脸，一言未发。

麝牛天生惧怕人类，路过的野麝牛即使喜欢大脾气，想和她交朋友，也不敢在围栏外过久逗留。但是这天，又有一小群麝牛路过狗窝，奇怪的是，这一群麝牛似乎与大脾气之间存在着某种神秘的纽带。不但那几个和大脾气年龄差不多的幼崽跑过来跟她玩，而且非常非常奇怪，群里有个麝牛奶奶老是一边嚼草，一边目不转睛盯着大脾气，却冷冷地从不回应大脾气友好的问候。

大脾气悄悄隔着栏杆问那些小伙伴："这个老奶奶是谁啊？看起来真酷啊！我好喜欢她！"

三岁的雨雪韧麝抢着说："她当然酷啦！她是我们的卡姆奶奶啊！大名鼎鼎的百麝部落冬日大首领啊！别看她现在就像个普普通通的老太太，一副万事不操心的闲散模样，到了冬天，附近这些麝牛群集合在一起，足有上百头，大家全都听她的！"

大脾气听了这话，顿时仿佛全身涌过一阵强电流，激动得都快喘不上气来了！她直接四蹄腾空跳起来，差点从栏杆上跳出去。她边跳边冲着卡姆大喊大叫："卡姆奶奶！亲爱的卡姆！我是大脾气！卢娜是我妈！我和我妈都爱你！我从一生下来就爱你……我爱你爱你爱你！"

卡姆奶奶直接石化，草都忘了嚼，脸上的表情瞬息万变。她好像要走过来，却又改变了主意。轻轻跺几下蹄子，甩几下头，她收回目光，默默转头向另一个方向走去。

大脾气有些摸不着头脑。她确定卡姆奶奶认出她了，而且卡姆奶奶肯定也很喜欢她！卡姆奶奶见到她也很激动！但是，"卡姆奶奶怎么不理我呢？"

韧麝崇敬地说："奶奶难得这么高兴呀！可能是因为你在围栏里面。奶奶讨厌围栏。要不是因为你，奶奶根本不许我们靠近围栏。"

大脾气望着卡姆奶奶的背影。卡姆奶奶的屁股上好像长了眼睛，那短短的小尾巴冲着大脾气明明白白摇了三下，好像在无声告诫大脾气："嘘，别作声。"大脾气笑了。

这天夜里，一群野麝牛对狗窝发动攻击，一根早有些破损的栏杆被撞断倒地，围栏敞开了一个大豁口。所幸没有人员伤亡和财产损失，只是跑了一头三岁的雌性麝牛。

阿英知道大脾气回家了。她站在窗前，望着一头雄壮的麝牛后退、助跑、加速、猛烈撞击，栏杆应声折断。围栏里面的大脾气，一秒都没耽误，腾地冲出围栏，头也没回，随着麝牛群向远方疾奔，很快消失在深沉夜色中。

"再见，亲爱的大脾气。"阿英眼含泪花，微笑着，向大脾气渐渐模糊的背影挥手告别。

5　"这是不流血的输赢，总比人类为满足私欲，
　　不惜把孩子们投入战争火坑要有脑子得多。"

雨雪韧麝整天紧随着大脾气东跑西颠，两个年轻麝牛咩咩咩总有说不完的话题。

在广阔无边的天地间，阳光灿烂，空气清新，四蹄所至，遍地山珍，大脾气和雨雪韧麝之间萌生出甜蜜的友情。韧麝是那么温柔，那么无私，那么帅气，还懂那么多！大脾气怎么能不爱他呢。

冰雪勇麝警惕地注视着雨雪韧麝的一举一动，时不时过来撞一下或者踢一蹄韧麝，默默评估韧麝是否在啃老。麝牛界对啃老族绝对零容忍。

刚入夏，勇麝的眼眶前腺便开始渗出气味浓烈的麝香分泌物，他不停用前腿去擦拭眼眶。如此一来，勇麝路过的植物上就全沾染了他的麝香分泌物。勇麝的雄性气息浓浓遍布整个栖息地，无形中对其他雄性麝牛造成强大的心理威慑。

大脾气和韧麝都想离气味熏天的勇麝远远的，于是他们整天躲到小家群最偏僻的角落去玩耍。

"你为什么叫雨雪韧麝？"大脾气说完，忍不住笑起来，"要么是雨，要么是雪，又是雨又是雪，多奇怪啊！"

韧麝收起笑容："唉，你不知道，从我出生那年开始，每年冬天都又是雨又是雪，情况一年比一年严重！"

大脾气不解："又是雨又是雪多好玩啊！冬天下雨，多有趣啊！不过比起冬雨，我也更喜欢冬雪。"

韧麝："一点都不好玩。要是既下雪又下雨，雪地就会冻成冰，我们就刨不开冰雪，吃不到下面的枯草、苔藓，整个部落就都得饿肚子。"

大脾气很惊讶。她从来没有饿过肚子。想象一下，冰天雪地饿肚子，那该有多难受！

韧麝："更惨的是，雨雪在我们身上结了冰，羊毛外套都粘在一起，我们就像整天背着一个冰柜生活，别提多沉重了。有许多小宝宝，就那样被冰柜活埋了……"

大脾气眼睛瞪得更大了。这两年在狗窝，冬天有时候的确会下雨，每到那时候，阿英都让饲养员把麝牛们关进棚子里，为此很多小麝牛还很不满呢！但大脾气更喜欢在下雪天偷偷溜出棚子，静静立在雪地里，让轻柔的雪花落满全身，然后全身使劲一抖，啊，雪花四散而起，大脾气的长毛外套轻轻飘扬，仿佛在与梦幻雪花欢快共舞，只要没被饲养员发现，大脾气能一直这么乐此不疲地玩下去。

"雪上雨，原来这么凶险啊！"大脾气觉得自己以前所了解的世界比狗窝知识墙上的图画还不真实，简陋而粗浅。

韧麝的声音低沉得几乎听不见："去年冬天，我们百麝部落的所有新生宝宝，都被雨雪冻死了。也有可能是饿死的。反正，一个都没活下来。"

大脾气的内心像被大石头砸了一下。她从小就营养好、身体壮，本来已经做好心理准备，没准今年冬天就第一次怀宝宝呢，她甚至还为这个想法特别兴奋过。她喜欢生一个以韧麝为父的小宝宝，想一想就甜甜蜜蜜的。但她现在犹豫了。她对大自然的了解比一个新生儿强不了多少，她不知道的风险太多。她需要积累更多野外生存的经验和技能，她不能让小宝宝一来到世上就和死神苦苦搏斗——在宝宝连一丁点儿搏斗能力都还没有的情况下——那太残忍了。

卡姆奶奶虽然没有发表意见，但大脾气看得出来，奶奶很赞赏她的小心谨慎。"每一条生命来到世上，都是有价值的，都不能白白牺牲、浪费。这是时间长河不停流淌的意义所在。"奶奶认真地对大脾气说。

于是在剩下的温暖日子里，大脾气更多地和卡姆奶奶在草地上闲逛。她学着奶奶的样子，多吃多晒，尽力积累脂肪、强健体魄，为即将到来的寒冬做好最充分的准备。

大脾气她们嚼草的时候，公麝牛们总是没完没了地喷气、甩头、吐唾沫、跺蹄子，逐渐发展到怒视、倒退、助跑、猛撞，撞击声惊天动地。每次撞完之后，公麝牛看起来都有好一阵子目光呆滞，似乎有些不知其所为，那是脑震荡恢复中。连雨雪韧麝也不例外，可怜的小东西，你怎么能顶得过勇麝那些大家伙，你还嫩着呢。不出所料，韧麝顶牛失败后，立即被赶出了勇麝的夏日小家群。

大脾气对公麝牛们充满同情："为什么非顶牛不可呢？不能用更和平的方式解决争端吗？大家又不是没脑子！"

卡姆一边咀嚼鲜美的青草，一边慢悠悠地说："不用在意，让他们去撞。这是不流血的输赢，总比人类为满足私欲，不惜把孩子们投入战争火坑要有脑子得多。"

6 "拖垮敌人，直到它们自己滚蛋。"

这是大脾气在野外经历的第一个严冬。大脾气头一次见识了卡姆高超、果断的领导能力。

整个夏天，冰雪勇麝小家群逐水草而居，将短暂的生长季节利用到极致，个个吃得膘肥体壮。当漫天飘雪铺满夏日河谷栖息地，卡姆领着大家，逐渐往高地迁徙，沿途越来越多小家庭与他们会合。卡姆始终是最有经验、最自信的那一个，每当她迈出第一步，其他所有麝牛都会信任地跟上她。

大脾气紧跟在卡姆身旁，求知心切，不懂就问。她俩的长毛外套随风飘扬，互相拥裹，身体散发的热量彼此温暖。她们四蹄步伐一致，呼吸和心跳也节奏一致。

"为什么要不停爬山？好累啊！山上风真大，冷得要命。"说完，大脾气被山风吹得有些喘不上气。

卡姆永远不慌不忙："河谷的积雪太厚，就算有世界上最利于刨雪的大蹄子，我们现在也很难在那里刨出食物。你抬头仔细观察一下，大风会把山脊的积雪吹散吹薄，我们在高地更容易刨出雪下的干草和苔藓。"大脾气恍然大悟。

大脾气学着卡姆的样子在狂风中缓缓呼吸："为什么夏天食物又多又好，咱们小家群移动得很频繁，冬天食物少，部落成员多，我们反而移动得比较少呢？我们在这个山头都待好几天了，这里的枯草、落叶我都有些吃腻了。我们怎么还不到别的地方去换换口味？"

卡姆："野花野草丰美的春夏季节，是麝牛妈妈的哺乳期，她们必须吃到足够食物，好为宝宝们分泌乳汁，所以我们总是迁徙到花草最丰茂的地方去。冬天，我们的首要任务是活着。你看，咱们的小短腿和长外套虽然有助于保存热量，但并不利于咱们在雪地里长途跋涉。咱们大家一起努力，好不容易才在这个山顶刨开一块草地，连最小的成员也可以吃饱肚子，这是最理想的冬营地。只要没有天敌威胁，冬天咱们能不迁徙就不迁徙，尽量待在同一个地方觅食，避免反复刨开冰雪、浪费宝贵能量。"

阿英曾经指着狗窝知识墙跟大脾气说过，200万年前，麝牛先祖跨过冰封海峡来到北洲，之后奇迹般保持了始祖的模样，几乎没有变过。短腿、厚毛、膘肥体壮，这些特征使现代麝牛在几十万年的悠长岁月里，极好地适应了北洲严酷的生存环境。

然而大脾气现在亲眼看到，这些宝贵的适应性也限制了麝牛们的活动能力。尽管麝牛每小时可以跑50多公里，但他们很容易身体过热。麝牛的小短腿拖着粗壮的身体在雪地里跋涉，也格外耗费能量。

大脾气对卡姆奶奶说："所以，无论冬夏，麝牛群的每一次行动都必须特别高效！觅食和避敌的决断，必须精确无误！"卡姆对大脾气很满意。

狂风骤起，大脾气看着庞大的百麝部落所有成员有条不紊，聚在一起抵御狂风，心中不由生出一股豪气。"奶奶，幸好有你。你是咱们百麝部落最可靠的大首领，你下达的每一个指令，大家都会毫不迟疑地执行。但你从不独断专行，而是和所有雌性共享决策权。"

卡姆："记住，亲爱的大脾气，母女姐妹们的情谊是我们百麝部落最大的财富。没有雌性决策团的理性建议，就没有我卡姆的最后决断。"

大脾气："为什么连那么好斗的勇麝爸爸都那么信任咱们雌性决策团的决定？"

卡姆眯眯一笑："因为他知道咱们比他们聪明。"

大脾气也笑了："阿英妈妈跟我说过，雌性麝牛的脑指数比雄性高两倍。"

卡姆："阿英有没有跟你说过，咱们雌性的情感也更丰厚。咱们有照顾后代和家庭的天然母性，有最强烈的心理、生理动机尽快找到最多的食物和最安全的栖息地。你注意到没有，孕期的麝牛妈妈尤其不好惹。"

"所以，一切重大事项，比如一天之内，麝牛群迁徙的距离有多远，晚上在哪儿休息等等，都要由咱们雌性决策团决定！因为咱们理性又智慧！"大脾气紧挨着卡姆，内心满是对卡姆的崇敬，"奶奶，百麝部落能活到今天，全靠你。"

卡姆："应该说，是咱们大家无论雌雄，团结一致，同心协力，才有了大首领的领导力，才增加了百麝部落的生存机会。"

大脾气："嗯！勇麝他们也很重要。迁徙的时候，他们是开路先锋。遇到天敌时，他们组成强有力的防御圈，保护老弱病残。"

卡姆："但你一定要牢牢记住，雄性的成功离不开咱们雌性决策团的明智决断：保护圈分几层？每一小组负责哪个层次的保卫？谁当先锋？出击不出击？何时出击？出击几次？等等。"

大牌气："我现在明白了，其实夏季顶牛也是一种练兵！雄麝牛的额头厚板真结实，他们的麝牛角是致命的强大武器！我看出来了，大灰狼大灰熊北极熊，全都害怕勇麝他们弯弯曲曲的尖尖角！"

卡姆微笑："的确，雌性的智慧与雄性的勇敢，是百麝部落能够活下去的两大关键。"

大牌气："既然我们智慧又勇敢，为什么我们常常要被动防御，而不是主动撤退？原地站定，任咬任打，像一群受气包，我不甘心！虽然我们腿短，但我们很强壮，不一定跑不过天敌。"

卡姆："有些天敌确实连小麝牛也可以跑得过，比如笨重的北极熊。但是，小麝牛跑不过大灰狼，也跑不过大灰熊。我们没有锋牙利齿，只有一副天生吃草的肠胃。我们最好的战略是利用防御优势，拖垮敌人，直到它们自己滚蛋。"

大牌气听了卡姆的话，垂首静思片刻："所以，从整体看，防御是我们最好的战略。如果大家都各顾各逃跑，所有幼崽迟早都会落入天敌之口。没有幼崽，就没有部落的未来。"

卡姆闭上眼睛："是的，牺牲幼崽的事情发生过太多次了，那是活过今天顾不了明天的苟且战术。迟早有一天，你必须用你的脑力计算，精准指挥雄性麝牛的每一步行动。是逃是守，全要根据现场局势做出判断。从现在开始，我要求你在每一次决策的过程中好好观察，学习如何成为一个未来的领导者。这很重要。"

大脾气使劲点头。勤奋好学是大脾气延续一生的特殊禀赋，不用卡姆提醒，大脾气如饥似渴地学习伙伴们的经验和教训，举一反三，记忆力超群，只要有她在场，同样的错误绝不会出现第二次。卡姆看在眼里，喜在心头，她格外器重大脾气，耐心回答大脾气的所有问题，急迫地想把自己一生的经验在一个冬天就全部传授给大脾气。卡姆担心，太晚就来不及了。

大脾气进步神速。

7　"我发脾气了！超级超级超级大脾气！"

世界上最冷的雨是北洲的冬雨。长冰棱一串串挂在大脾气身上，再怎么使劲抖都抖不掉，大脾气觉得自己就像冬天狗窝里那个结冰的大木桶。

不到一岁的小宝宝们真的像是被冰封在一个个小冰箱里，他们每走一步都很困难，有的只剩两只眼睛露在冰盖外面。他们拼命想偎依在妈妈身旁取暖，但是他们和妈妈中间隔了两层厚厚的冰盖。部落里到处都是小麝牛有气无力的哭叫声。

更糟糕的是，没有食物了。大风的确吹散了山脊的积雪，然而冬雨结结实实地把大雪山冻成了大冰山。饥寒交迫，有几只初生麝牛小小的身体永远留在了山顶。可怜的麝牛妈妈舍不得离开宝宝，整日整夜卧在已经没有生命体征的小冰箱旁边，久久不愿离开。

天敌从大风里闻到尸体的香味，吞咽着口水从四面八方奔来。

一只北极狐妈妈最先赶到，她瞄准小羊羔最鲜嫩的部位下嘴，对麝牛妈妈的哀号充耳不闻，一顿狂吃。

没多久北极狐妈妈就被一群大灰狼吓跑了。领头的大灰狼正是卡姆的老对手，可恶的阿尔法。失去宝宝的麝牛妈妈不得不离开僵卧的孩子，忍着悲痛回到部落保护圈，看着野狼们疯狂撕吃宝宝的小尸体。

随后一头雄性大灰熊和一头雌性北极熊结伴而来，龇牙咧嘴把阿尔法的狼群赶跑了。

那雄性大灰熊也是卡姆的老相识——来自南方的凶蛮大公熊黑尖。黑尖号称要从北方夺回被人类抢走的地盘，然而他夺走的却只是麝牛赖以生存的家园。卡姆不认识那头雌性北极熊。在她的经验里，通常北极熊不会跑到这么偏远的地方来，这儿地势太高，太偏向东南，太靠近内陆，离大海太远了。雌性北极熊这会儿应该不是在冰雪深洞里冬眠、生崽，就是在海冰边缘地带猎食海豹。但是看看现在，这头雌性北极熊不仅出现在这内陆高地上，而且似乎还和那大公熊黑尖建立起某种神秘的互助联盟。"他们应该是对手，而不是朋友。"眼前奇特的图景，令卡姆万分不解，心神不宁。

狂野的阿尔法当然不甘心放弃已经到口的肥美猎物，无奈黑尖和北极熊同伴太过强大，一巴掌就能把阿尔法拍扁，阿尔法只好把阴森的目光投向戒备森严的麝牛群。

在勇麝的尖角连续刺伤三头大灰狼之后，阿尔法不得不决定放弃。他领着狼群一夜之间消失在茫茫雪原。

卡姆对雌性顾问团说："我们最好离开这里。"趁着野熊们专心吞吃宝宝死尸，百麝部落悄悄向山下撤退。或许狗窝附近的沿海谷地现在还能刨出一些食物。

卡姆的判断没错，狗窝谷底没有雪，地面也没有结冰，整个山谷在寒风中裸露着，就像巨人伤痕累累的胸膛。饿了好几天的麝牛们低头猛刨，连土带根，一通大嚼大咽。

勇麝他们兴高采烈，卡姆却无心觅食。她盯着暗灰的天空，忧心忡忡。

大脾气塞了一嘴枯草，一边咀嚼一边含含糊糊地问："奶奶你怎么了？你不饿吗？"

卡姆："唉，没有雪被保温，植物要被冻伤了。来年春天这里的花草肯定会减产，到时候，哺乳期妈妈们要饿肚子了。新生宝宝营养不够，凶多吉少。"

听了这话，大脾气满嘴的食物变得难以下咽。"那我也不吃了。我少吃一口，草根就能多一点点保护。"

卡姆："好孩子，你少吃几口，对生态平衡微不足道，不但保护不了植物，连你自己的小命也要丢了。你得使劲吃，有了强壮的身体才能应付险恶环境的挑战。唉。唉。"

这天夜里，狂风呼啸。大脾气一夜没睡着，她有一种大祸临头的预感，用阿英的话说，"自然妈妈发脾气了，大事不妙！"

第二天早上，狂风威力丝毫未减，天空阴暗得好像要塌下来。百麝部落和往常一样，紧紧挤在一起抵御狂风，勇麝、韧麝他们站在最外层，小宝宝们躲在最里面。大脾气看见，韧麝的长毛被狂风吹得根根竖直，好像全身的毛皮马上要被狂风整个剥走一样。

大风吹得勇麝睁不开眼睛抬不起头。卡姆在漫长的一生中，从来没有遇到过这么暴烈的狂风。

远处隐约传来奇异的喊喊喳喳声。卡姆从来没有听到过这种声音，她警惕地举头张望，风呛得她喘不过气来。这声音大脾气听起来似曾相识，她内心没来由生出莫名的恐惧。

大脾气低头大叫："奶奶，我们该怎么办？我好害怕！"

雌性顾问团经过紧急磋商，很快形成一致意见：原地不动，小心防御，用祖宗之法，以不变应万变。

但大脾气觉得这不是个好主意，可是她讲不出理由。"奶奶，我想走！"她觉得怒火开始在胸中燃烧，就像那次在狗窝人类非要割掉她的小尖角时一样。她不想待在这里，这是等死！"死"！忽然间，灵光乍现，她想起来了！她知道自己为什么想发超级大脾气了！在她很小很小的时候，狗窝就被这个坏东西袭击过！它吃掉菜园和鸡圈，把狗窝的西墙整个埋没！昏天黑地，死神狰狞，那是她最想彻底遗忘的噩梦！很长一段时间以来，她一直以为那真的只是个噩梦！

大脾气狂声大叫："离开这里！立刻！极——度——危险！大家快逃——"血液涌上脑袋，她脸颊滚烫，双眼通红，疯了一样跑出麝牛群，寒风立即俘虏了她，她觉得长毛外套和绒毛内袄一下子全被大风揭走了，寒冷刺骨。

"大脾气，你在干什么？你疯了吗？快回来！"卡姆厉声呵斥。

"冰海啸！冰海啸！冰海啸！"聪明伶俐的大脾气变得只会傻傻唠叨这一句话。

卡姆疑惑地看着她："你说什么？冰海啸是什么东西？孩子，快回来！你会被冻死的！"

大脾气的怒气从胸中狂泻而出，她的声音比卡姆还要严厉一百倍："特级警报！赶快撤退！再迟就来不及了！冰海啸，冰的海啸！快逃啊！"

也许是被她的声音震住了，或许是被她愤怒跺蹄子甩脑袋的举动吓懵了——她可一直是一头温雅的年轻母麝牛啊——麝牛群开始松动，慢慢往大脾气的方向移动。

卡姆厉声阻止："危险！都不要动！"麝牛群闻声，又凝固了。

大脾气狠狠盯着卡姆的眼睛，嘴里喷出的唾沫好像能把寒风擦出火花："你这个大笨蛋！你要害死大家了！"喊喊喳喳的神秘声音越来越近，超级大脾气爆炸了："冰的海啸！你们想被活埋吗？"虽然不知道什么是"冰的海啸"，但是出于对大脾气的信任，韧麝和一批年轻的麝牛开始向大脾气靠拢，百麝部落分裂了。

卡姆从来没见大脾气发过这么大的脾气："你这个超级大脾气！你要害死大家了！难道我们百麝部落聚在一起还挡不住寒风吗？"

大脾气连声狂呼："挡不住！挡不住！挡不住！"

喊喊喳喳的声音更近了，几乎要盖住大脾气的狂呼乱叫，卡姆有些举棋不定："你确定吗？别着急，你慢慢说。"

大脾气跑回到卡姆身旁，拼命推奶奶："冰海啸！没时间慢慢说！别磨蹭！我发脾气了！超级超级超级大脾气！"麝牛群注视着大脾气，惶惶不安。天空更加晦暗。

就在这时，大脾气双眼圆睁瞪视着卡姆的身后，发出最疯狂的尖叫，韧麝他们跟着发出一阵惊叹，满脸恐惧。卡姆猛回头，只见一座海冰的高山，赫赫然耸立在眼前，绵延无际，正向他们劈头盖脸地急速砸过来。

"快——跑——"大脾气推着奶奶，用尽全身的力气怒吼，她命令韧麝立即带头开路，顺风逃命。卡姆终于明白过来，她跟着大脾气，在韧麝屁股后面狂奔，其他部落成员紧随着卡姆夺路而逃。

和往常一样，勇麝和他的勇士团断后，他们尖角冲外，双肩隆起，怒吼着，试图抵住那坚冰的高山。冰海啸眨眼间将他们完全淹没，他们就以那尖角冲外、双肩隆起的固定姿势，离开了这个世界。

冰海啸吞没勇麝小组后，速度丝毫未减，继续全速推进，落在逃命大军最后面的麝牛纷纷陷落在冰海啸的巨嘴里。

"快跑啊——"大脾气护着卡姆，甩开小短腿，四蹄疾驰如电。

当大家终于摆脱冰海啸追击，停下逃亡的脚步，大脾气清点残余，只有14头麝牛逃生。百麝部落一晨之间缩减为十麝部落。

卡姆垂首默默无言。从这一天起，大脾气成为百麝部落新头领，改名超级大脾气。阿英曾经熟悉的那个温柔、无忧、幼稚的大脾气，在同一天死去，新生的超级大脾气，心头的熊熊怒火再也没有熄灭过。所有那些死去同伴的面容，都永远刻在她的脑海里，一刻不能忘却，直到她死。

8　"快跑！"

　　这个冬天遭到毁灭性打击的远不止百麝部落。在接下来的冬日，超级大脾气部落陆续接收了好几波其他冬季大部落的残余成员。环境险恶，整个北洲地带陷入某种急剧动荡。超级大脾气领着50多头幸存麝牛勉强熬过这个多灾多难的冬季，春来话别时，三岁以下的小麝牛没有一个活下来。

　　春天的河谷果然如卡姆所预料，植物长得稀稀拉拉，瘦小干瘪。无论麝牛们满怀期望地迁徙到哪一片曾经花草丰美的草坡，看到的都只是一片死气沉沉的青黄不接。能吃饱肚子就算万幸，何谈储备过冬脂肪。前路莫测，这个生长季，几乎没有成年母麝牛打算怀孕。

　　韧麝和大脾气、卡姆组成相依为命的夏日小家群。韧麝身高体壮，原先总是一团孩气，终日笑眯眯的，一派万事随缘的天真烂漫。百麝部落的生死磨难催熟了他的心智，现在他神情严峻，举止凌厉，大脾气猛一看常常会恍然惊觉是不是勇麝复活了。然而韧麝毕竟不是勇麝，他半饥半饱，内心荒凉，那副心灰意懒、没精打采的状态，勇麝可从来没有过。

　　大脾气自己也越来越不苟言笑，目无表情的脸上一双严厉的大眼睛无法自控地时刻搜索着危险来临的迹象。她知道，他们三个的内心都受了重伤，伤口一直鲜血淋漓，无法愈合。尤其是卡姆奶奶。

和以前一样，大脾气总是不停向卡姆求教，但卡姆沉默得像块石头。冰海啸事件彻底摧毁了卡姆的自信，她一下子变得无比苍老。她吃得很少，发现了食物，就静静等着大脾气、韧麝他们来充饥，大脾气怎么劝说都没用。

又到了雪花翻飞的季节，超级大脾气领着大家往高处迁徙。到了上一年与北极狐、阿尔法、黑尖他们狭路相逢的山梁，大脾气部落已壮大到54只麝牛，没有幼崽，只有一个准妈妈——她一看就很年轻，没有什么经验——大脾气默默决定把她作为部落第一保护对象。看起来这个山梁今年仍然是一个还算理想的冬营地，大脾气她们决定就地驻扎，所有成员时不时举头四望，密切观察有无食肉天敌出没的迹象。

大脾气站在卡姆身边，天地清明，物是羊非，她不由悲从中来："今年部落没有小宝宝，防守应该比往年容易得多吧。"

卡姆轻轻晃晃脑袋，没有说话。她已经瘦成了皮包骨，仍然几乎什么东西都不吃，决意把食物都留给部落里的年轻成员。

人类官方动物保护组织颁发了最新的冬季狩猎大游戏指标。北洲居民的持续抗议终于得到回应，今年冬天的麝牛指标大幅提高——在阿英看来，高得就跟没有设定任何限制一样。"限制"当然还是有的，狩猎指导书明确规定：由于成年雄性麝牛会严重威胁人类的生命和财产安全，而捕杀雌性和幼崽会危及麝牛种群的可持续发展并导致物种灭绝，所以大游戏猎人一律不准猎捕雌性麝牛和幼崽，只准捕杀成年雄性麝牛。

猎人们跃跃欲试，他们正要比试一下眼力，看谁能瞄准最雄壮的极地大野兽。这个新规定使麝牛狩猎活动变得更刺激更好玩，以后谁要是再不小心猎倒了一头雌性或幼崽，嘿嘿，那就不止要遭到同伴的嘲笑，还是违法行为呢！过瘾！谁不想放倒一头威猛雄壮的公麝牛呢？能把一个怒目圆睁的公麝牛大羊头挂在墙上，那才叫英雄气概十足嘛！

大脾气早就听到雪地车的轰鸣声，54只麝牛结束一切其他活动，迅速聚集并排好了队形。韧麝负责领导第一层防御圈，小组成员是全部落最健壮的十头公麝牛。

几个包裹得严严实实完全没有人样的人类出现在视野中，手里的长条金属不时在阳光下反射出刺眼的光芒。大脾气又生出不祥的预感，有点心慌意乱。"没有小宝宝，我们该逃跑吗？"她与雌性顾问团迅速交换意见，其他雌性都建议用防守拖垮敌人，理由跟大脾气之前的想法一致："今年部落没有小宝宝，防守应该比往年容易得多吧。"

但大脾气觉得心里不踏实。她扭头去看沉默的卡姆奶奶，却骇然发现奶奶正死死地盯着她，激动得浑身颤抖。

大脾气询问的声音很轻，却沉重得能挂住冰棱："奶奶，我们该跑还是该守？"

卡姆盯着大脾气，颤抖得更厉害了，她的嘴唇哆嗦着，老眼里溢满泪花。

大脾气靠近卡姆，轻轻挨着她，温柔地安慰她："奶奶别着急，我都记着呢。你说过，是逃是守，全要根据现场局势做出判断。你还说过，和人类打交道，千万要当心。"卡姆渐渐平静下来，睿智的大眼睛牢牢盯住那几个靠近的人类大包裹。

韧麝高声发出警告的怒吼："站住！再靠近我就不客气了！"

站在最中间的那个人类哈哈大笑起来："这头公麝牛真漂亮！方圆几百里再找不到第二个了吧！谁都不许动！它是我的！"摄像机红光闪烁，韧麝怒吼着往前猛冲，像对付大灰狼或大灰熊一样，希望能把来犯之敌吓退。

敌人没有后退，只是停下脚步，举起手里的金属长杆，原地不动。韧麝慢慢后退，想退回自己的防守岗位，有效组织下一次更暴烈的猛冲："下一次，哼！我就要来真的了！"

枪响了，韧麝应声倒地，再也没能回到群里。后备队友立即上前替补韧麝空出来的防守岗位。

人类赞声一片："不愧是狩猎女神！枪法举世无双啊！"

大脾气心如刀割，怒气冲天。她从小在人群中长大，知道人类残酷起来比野兽还要恶毒，但她第一次见识到这么干脆利索的屠杀。她害怕极了。

"快跑！"大脾气和卡姆一起大吼。她们带头转身奔逃，麝牛群转眼间消失在远方。徒然几声枪响，人类跑不过麝牛。

"可惜只猎到一头。这些笨麝牛！怎么不挤得更紧，反而都跑了呢？！真倒霉！"凶手猎人悻悻地抱怨道。

"女神不用遗憾，您瞧瞧这一头！一头顶得上十头！百年不遇啊！您这一趟狩猎，收获极大！无人能比！绝对第一名！"

凶手猎人用枪头戳戳韧麝肌肉发达的鬐甲，咯咯笑起来："那倒也是！我的战利品博物馆，又添新成员啦！阿福，快给我发个小视频！"

助理阿福："好嘞！这条视频要是不火遍全网，我就不姓吴！"

9 "别让天敌宰割得太轻松！"

大游戏屠杀异常残酷，超级大脾气部落虽然早已学会见到人类就逃跑，但是猎人实在太多，猎枪火力实在太猛，雄性麝牛一个接一个不断倒在人类枪口之下。

不可避免，大脾气部落的防御保护圈越来越单薄。没有足够的雄麝牛组织防御，他们即使遇到根本跑不过的大灰狼和大灰熊，也不得不夺路奔逃。于是总有落在最后面的麝牛，会不幸落入天敌之口。大脾气努力想要保护的那个年轻准妈妈，拖着沉重的身体，怎么跑都跑不快，很快被阿尔法一口咬住，被群狼掀翻在地，她临终前只咩咩哀泣了两声，就被阿尔法咬断了咽喉。大脾气他们停下来，静静看着狼群大快朵颐。

是啊，只有当一个同伴被尖牙利齿的天敌抓住，活着的成员才有机会得到片刻安宁，直到下一次再有天敌感到肚中饥饿。准妈妈麝牛应该够阿尔法狼群吃好几天的。

黑尖和他的北极熊伴侣——大脾气现在知道这个可恶的母熊名叫雪煞——大摇大摆地闻讯赶来，大熊们用几声低沉的怒吼就把阿尔法狼群吓得夹着尾巴逃跑了。这意味着，短暂的安宁结束了，阿尔法狼群很快将发起另一次狩猎。

再次亡命前，大脾气部落的伙伴们最后看了一眼黑尖和雪煞，他们埋头大吃着麝牛准妈妈和她腹中已成形的胎儿。这个年轻的麝牛准妈妈此生第一次怀孕，也是最后一次，多可怜，多可悲。黑尖和雪煞大撕大咽，吃得浑身是血，麝牛们竟然连伤心的力气都没有，他们只能静静地看着。无力阻止，也没有什么好悲伤的，或许过几天就轮到自己了吧。

"散了吧？"卡姆小声自言自语。大脾气举棋不定。她知道散伙绝非良策，大冬天散伙几乎意味着集体自杀。想想当年的卢娜。但是，或许散伙还有一丝活路？比聚在一起逃命好那么一点点？上天留给部落的选择多么有限啊！

　　阿尔法狼群和黑尖夫妇则紧紧抓住了命运赐给他们的千古良机。他们都是极其聪明的食物链顶层野兽，他们看清了大脾气部落的弱点。没有防守，这群麝牛就像是他们野地放养的私家羊群。

　　天敌们就这样盯上了大脾气部落。整个寒冬，天敌无须再耗费宝贵能量四处奔波，而只需跟紧大脾气部落，饿了就抓来一只，吃饱喝足了就懒懒卧下，边消化食物边观赏麝牛艰难觅食，哈哈，那好不容易从冰雪下刨出来的每一口草料，都将很快转化为供奉给食肉天敌的优质肉蛋白，营养又美味。

　　阿尔法、黑尖他们整日神气活现，日子过得悠哉美哉，不是天堂胜似天堂。狩猎成功率百分之百，一点能量都不用浪费，史无前例！后无来者！试问地球上何时何地捕猎者有过这么高效的猎捕行动？随着大脾气部落成员数量持续减少，天敌们个个滋养得膘肥体壮，丰神俊逸。

　　母狼们审时度势，纷纷打算怀孕，而且一怀至少三胎。她们坚信自己能轻松养活三胎以上的狼崽——三胎都只是保守数字！

　　雪煞常常怀疑自己是不是在做美梦，真是万万想不到的好运气啊，在北洲内陆竟然还有这么一个美好的羊肉天堂！雪煞本来在海冰不断减少的北洲洋沿岸饿得奄奄一息，差点都快活不下去了。多亏有公大熊黑尖，允许她共享这么一个羊肉天堂！

黑尖不想冬眠。可口的羊肉如此充足，而且唾爪可得，享受生活都来不及，何须冬眠？雪煞头一年谨慎起见，将腹中未着床的受精卵吸收为身体营养，没有怀孕产子。今年吃得饱饱养得肥肥，她已下定决心冬天要生几个熊崽崽。

雪煞入洞冬眠的前一天，黑尖夫妻俩猎走了卡姆。虽然老羊肥肉不多，但味道很不错，肉质新鲜、耐嚼，绝对算得上高品质肉蛋白。这年头，肥羊本来也难得一遇，黑尖雪煞夫妇没打算过于挑剔。卡姆将是北极熊雪煞这一年的最后一顿。雪煞吃饱喝足后钻入四米深的曲折雪洞去冬眠，没多久就在半梦半醒中一口气产下四只杂交灰北极熊崽。

大脾气徒劳地远远绕着被撂倒的卡姆打转，凄声哀叫。卡姆没有一丝惊慌，也没有一毫恐惧，她和往常一样头脑清晰，镇定自若。她好像一点都没感觉到疼痛，直直盯着大脾气，清清楚楚留下最后遗言："散伙！全体！独自求生！愿时间保佑你们！"

失去卡姆奶奶是最后一根稻草，超级大脾气被冲天怒火烧成一个火球。"你们听到了吗？奶奶说散伙。都散了吧！跑不赢的逃跑，聚在一起，羔羊待宰，最终全都死路一条！"

大脾气部落的麝牛现在只剩下可怜巴巴的11只。辛苦了整整一年，他们混得更惨了，眼看就要死绝了。这是多么单薄、脆弱的冬季麝牛大群啊，还没有勇麝当年的夏日小家群大。

伙伴们都呆呆地看着大脾气。大脾气转身离开，伙伴们本能地想跟上她，却遭到她严厉的呵斥："散也是死！聚也是死！都死得晚一点！都活得久一点！别让天敌宰割得太轻松！别把天敌供养得太舒服！"

和当年的卢娜一样，超级大脾气独自狂奔而去。

后来她也找了个隐秘雪洞，在里面不吃不喝躲了好几个月，让悲伤痛痛快快地将自己活埋，呼吸、心跳、消化几乎停止。在那些寂静的日子里，她忍不住时时想起失散的伙伴们，他们还好吗？尚有几只还活着？

雪化了，雪洞的天花板塌了，大脾气又一次站在太阳光下，暴露在这个残酷的世界面前。她还有心劲大发脾气吗？看起来她还不如卢娜，连一个安静死去的墓穴都不可得。一只麝牛，还能到哪里去安安静静求死？

大脾气依旧不吃不喝，漫无目的地在冰消雪融的极地游荡。卡姆奶奶临终前，有多长时间没进食了？不吃不喝也没什么了不起的。春草长出来了，淡紫色的北洲银莲花开始在大地之上零星开放，大脾气丝毫没有食欲，像鬼魂一样在天地间飘荡。

这一天她不知不觉回到狗窝。站在栏杆外面，她看着小时候生活的狭小羊圈。狗窝原来这么小啊！小得让她惊讶不已。阿英唤她，递给她一把青草，她条件反射一样机械地张嘴接住了青草。啊，新鲜青草的滋味多么甜美啊！

她竟然都忘记了呢！她像饿狼阿尔法一样，风卷残云吃光了那把青草。阿英赶紧再去给她拿新草。等阿英捧着更大一把青草回来，大脾气已经变成荒原上一个小小的黑点点。远方的大北雪山，沉稳无言，绵延不绝，好像在张开宽广的怀抱迎接大脾气的归去。

阿英知道麝牛们这个冬季都遭遇了什么，她看见了太多雄麝牛血淋淋的尸体，村民们都在庆贺终于摆脱了野麝牛的祸害。孤零零的大脾气撞开了阿英的泪闸。小黑点都已经完全看不见了，阿英还眼泪汪汪地向大北雪山的方向张望。

这是大脾气最后一次和人类打交道。

10　"我们绝不做最后一代。"

大脾气沿着蓝绿河谷，闷头往深山里走。她的超级大脾气又上来了，打定主意要跑到最远最远的地方，不让任何天敌有机会轻易宰割自己。

一路上，除了几群春来北迁的禾花雀，她什么动物都没看到，所以当她猛然发现一只庞大的雄性麝牛躲在石隙里悄悄哭泣，不由吃了一惊。

大脾气停下脚步，好奇地看着这只雄麝牛。雄麝牛不好意思地擦擦眼睛甩甩头："我在这里蹭毛，不小心眼睛进沙子了。"

大脾气："没关系。想哭就痛痛快快地哭吧。这年头，谁没有伤心事。不瞒你说，我刚刚才哭过一大场呢。"

雄麝牛听了这话，真的又眼泪哗哗地哭起来："我们大北部落的伙伴……不是死就是散……就剩下我一个……呜呜呜……"

大脾气："我也是。我们百麝部落也只剩下我一个。我叫超级大脾气。"

雄麝牛："啊！你就是百麝部落的超级大脾气啊！久仰大名！你智胜冰海啸的故事，在各个麝牛部落都传遍了。我叫大壮壮，我……我也是你的超级粉丝。"

大脾气垂下头，忍住泪："没什么了不起的。我们牺牲了很多同伴。"

大壮壮走出石隙："但是你们部落活下来了，让这个世界知道了你们的故事！其他麝牛部落也学到了宝贵的历史经验。你们是英雄，是胜利者！"

大脾气："谢谢你，大壮壮。"几个月来，大脾气第一次感到心情舒畅。是啊，死羊不能复活，但是只要还有一只麝牛活下来，百麝部落就还在！对，活着就是胜利！

大壮壮："我们部落大首领临死前说，环境险恶，天敌如麻，我们可能是最后一代麝牛了。"他的眼泪又落下来。

大脾气瞪起眼睛："不，我不服！我们绝不做最后一代。我们要活下去！我们的后代也要好好活下去！"

大壮壮刚流过泪的眼睛明明亮亮："对！我也是这么

想的！我也不服！再野蛮的猎人也吓不倒我！再多的野狼和灰熊也不能让我放弃明天！哼！我们麝牛一族要再活200万年，看谁活到最后！"

大脾气觉得大壮壮的每句话都说到自己心坎里去了，她好喜欢大壮壮啊。

大壮壮指指北方高高耸立的王后雪峰："我知道一个秘密栖息地，就在王后雪峰山脚下，从来没有天敌到过那里。你想不想和我一起去？"

大脾气："那还用问！现在就出发！"

大壮壮："跟我来！"

大脾气像是在指挥上百只麝牛部落的先锋："前面开路！"

大壮壮带着大脾气，逆着蓝绿河水的流向，向王后雪峰挺进。峰回路转，在好几处陡峭的峡谷地带，蓝绿河转入地下，失去踪迹，眼前只有万丈悬崖，好像走到了绝路。然而大壮壮或者左一拐，或者右一绕，啊，眼前豁然又出现一个秘道！穿过秘道，蓝绿河泠泠作响，重又在羊蹄下缓缓流淌。

就这样，大壮壮和大脾气在大北雪山的秘密山谷迂回穿梭。天黑之前，他们在蓝绿河边找了一块平坦的地面露营。大壮壮啃了一些青草，卧下来慢慢反刍。但大脾气什么都没吃。她感觉不到饥饿。吃了一冬天的草和雪，她浑身每一个细胞都渴望更带劲儿的东西。她渴望土壤和岩石。

11　"遵命，百麝大首领！"

第二天天一亮，他们又出发了。雄伟的大北雪山将蓝绿河深藏在幽秘山谷中，终年积雪不化的一座座大山时不时现出一片片朦胧绿意。人迹罕至，兽踪难觅，他们经过了几处平缓、开阔的山坡，白色、紫色的北洲报春花花球含苞待放，春光暖暖，微风习习，大脾气每每暗想，嘿！这里是很不错的夏日栖息地啊，养活十只麝牛没问题。

大壮壮好像每次都能听到她的心声，总是在前面大声说："更好的地方还在前面，我向你保证！"

中午时分，他们拐过一道弯。啊，苍茫天光中，远山叠嶂，幽峡宽广，鸟鸣悦耳，松香沁脾，彩蝶翩跹，游鱼嬉戏，大脾气顿觉天高地远，如临仙境。

这里就是蓝绿河的发源地。群山环抱之中，散布着十几个大大小小的湖泊。在北洲短暂的生长季节，一面面湖水晶莹、纯净，好像天外神仙遗留在世间的一块块蓝宝石。从蓝宝石里溢出的雪水一路流淌，哺育了沿岸无数的生灵。山坡上生长着茂密的北方针叶林，湖岸边绿草青青，一簇簇北洲特有的寒带野花在明亮的阳光下怒放。秀丽的王后雪峰手持一把长长的利剑，静静站立在蓝宝石湖畔，守卫着繁衍于此地的生灵。

大壮壮深吸一口久违的湖畔草木清香，笑眯眯地看着大脾气："欢迎大首领来到我们的夏日栖息地。"呦嗬嗬，大壮壮这是在申请加入百麝部落呢。

大脾气惊叹不已。她锐利的眼光一扫，就知道这里足以养活50只麝牛，每只麝牛都能吃得饱饱的，长得肥肥的！

大脾气："真棒啊！你是怎么找到这个秘密栖息地的？"

大壮壮："去年为躲避盗猎人，跟着鸟儿找来的！我还发现了一个理想的冬营地，就在王后雪峰背面。你想不想看一看？"

大脾气："前面开路！"

大壮壮领着大脾气，跑到王后雪峰跟前。他指着王后宝剑下方一道窄窄的石缝："我给这条小路取名一线天。"

大脾气眯着眼睛审视一番："不错，好名字。"

他们穿过一线天的狭长山谷，从一线天捷径直接穿越了大北雪山。

大脾气忍不住大叫："咩咩咩，太神奇！我们竟然到了苔原地带！费时不到三分钟！"要知道，按照大脾气的生活经验和地理知识，他们要从王后雪峰山脚翻过大北雪山抵达北洲苔原，至少需要好几周时间呢！

显而易见，这一带没有任何天敌来过。大北雪山北麓虽然处在阴面，但山坡上也长满了高大、茂密的针叶林。更北边，那一望无际的原始苔原上，棉花草正在打花苞，矮小结实的北洲赤桦木和花柳正悄悄抽出鲜嫩、厚实的绿叶。

大壮壮得意地看着大脾气，大脾气的眼睛闪闪发亮："多理想的冬季宿营地！这正是我一直梦想的家园！"

大壮壮："我就知道！嗨，你注意到了吗？冰封万古的苔原正在融化，我们脚下的地底，有火焰正在日夜燃烧，改天我带你去参观冰中烈焰。以后我们可以一年四季在这里自由自在生活，没有任何天敌打扰！"

大脾气若有所思："好一个冰中烈焰！连苔原都发脾气了！焰雪壮麝，百麝部落的子孙后代一定能在这里身心健康地长大成羊！"呦嗬嗬，大脾气这是在接受大壮壮加入百麝部落的申请呢。

大壮壮快高兴疯了："遵命，百麝大首领！"大脾气和大壮壮相视一笑。从此以后，只有死亡能分开他们。

春光明媚，万物欣欣，大脾气忽然觉得肚子好饿呀。她特别想尝尝这片土地的滋味，于是扭过头，舔了舔身旁的岩石，哇呀呀，味道太好了哇！她忍不住沿着一线天峡谷，不住气地一路舔了回去。顺着最美好的岩石口味，她舔进王后战袍的一道衣褶里，哎呀呀，眼前出现了一个巨大的石洞！洞壁上结满了盐粒和矿粒，100只麝牛2百万年也舔不完！

大壮壮在大脾气身后惊叹："你太聪明了，轻轻松松就发现了王后冰宫秘道入口！"大脾气顾不上说话，她从岩壁上舔下来一小块矿盐，将它轻轻含在嘴里，让它慢慢在舌头上融化。她眯上眼睛，细细品味每一个层次的每一种滋味，啊，多么丰富饱满的幸福滋味啊！妙不可言，这是世界上最可口的山珍矿味！这辈子都爱不完！

后来，由于北洲气候急剧变暖，无数南方的寄生虫、细菌、病毒随着南来的动植物入侵北洲大地，很多北方动物被从没遇到过的疾病感染。曾经辉煌一时的阿尔法狼群连续好几年爆发严重瘟疫，加上食物匮乏，成员一度锐减到鼎盛时期的五分之一。麝牛当然也不例外，巨大的生存压力本来就使麝牛们精神紧张、身体虚弱，免疫力下降，南来病原体的入侵更是雪上落雨。很多麝牛不幸病逝，有些部落几乎灭绝。多亏有抗菌杀毒的冰宫盐矿，百麝部落顺利度过了一次次凶险疫情，还收留了很多其他部落的幸存者。当然，这都是后话了。

菠萝女士和土豆先生

把尾巴和大脑都变成营养，

交给强大的内脏消化吸收。

不用再苦苦思考，

也无须东奔西走。

咱将得到食物、居所和同伴，

从此快活无边永无忧。

——摘自呐喊的三宝诗集《动物快跑》之《菠萝土豆》

1

火焰岛的小耳朵和小叶子兄妹俩，都是很聪明的孩子。小耳朵的耳朵特别灵，能听懂各种动物语言，尤其擅长动物通用语。小叶子喜欢画画，眼睛特别亮，能找到最罕见的花朵，能看清花草树木最细致的纹路。

松树河口现已今非昔比，被人类开发成一个热门旅游区，大红游船随便来，以前长满野西瓜和野葡萄的河岸上，还修建了一个游客中心，负责售卖各种门票和高价零食。那片生长在河水与海水交汇处的茂密红树林，也不再是人迹罕至的原始林地，人类在红树林里铺设了四通八达的凌空木栈桥。原住民动物们虽然心怀不满，却早已发动不起像样的反攻。

岸边，小叶子蹲下来，观察红树林掉在水中的果实："哎呀呀！红树林根上糊了一层什么脏东西啊！全都是！红树林都快无法呼吸啦！"

小耳朵也蹲下来："嘘！有人在用比较高级的动物通用语聊天，哦不对，在吵架！"

小叶子："什么人？"

小耳朵指指眼前红树林根上那团黏糊糊的脏东西。

菠萝女士不高兴了，对土豆先生说："人类在对着我们指指点点！评头论足！态度非常傲慢！还说我们是人！岂有此理！我们海鞘比人类高级多了，曾经！5.5亿年前……"她犹豫一下，然后斩钉截铁地说："包括现在！我们是高度进化的动物！人类只不过是傻猴子！"

小耳朵对小叶子做个鬼脸："乖乖！这家伙说她是海鞘。她能听懂人话！"

菠萝女士对土豆先生说："人话有什么难懂的！嗤！"她说着，从她引以为傲的菠萝状身体的出水口喷出一口半咸半淡的海水。

土豆先生："咱听不懂人话！但人类明显不怀好意！说三道四，指手划脚！安全隐患极大！内脏攻击！"说着，他"噗"的一声，从他引以为傲的土豆状身体的出水口喷出一团黏稠的内脏。

小叶子和小耳朵来不及躲闪，脚上腿上都沾上了腥臭的内脏黏液。俩人被恶心坏了，赶紧跳到一边，躲在一根矮矮的桥墩后面。

菠萝女士本来有些生气土豆先生小题大做玻璃心，随随便便浪费了一副新鲜油绿的好内脏——那可是过滤了很多很多海水，积累了很久很久的营养物质，才好不容易长出来的宝贵内脏啊！为此土豆先生义无反顾地把自己与生俱来的大脑和背神经管都给吃掉了——哦不，贡献出来了！可是看到人类被内脏攻击赶跑，菠萝女士又觉得还挺解气的。

一想到失去的大脑，菠萝女士的怒气又升腾起来。虽然她知道，成年后把大脑和尾巴都变成营养供给内脏吸收，是很崇高的奉献精神，是为了生存、为了后代、为了海鞘复兴伟业，总之她心甘情愿。但毕竟，在短短三天的童年幼虫时期，在广阔大海中自由游荡和纵情思考曾让她感受过极大的乐趣，她怀念这种乐趣，对这两样本领的疾速衰退感到怅然若失。于是她又接着和土豆先生吵起架来。吵架是菠萝女士和土豆先生的家常便饭，毕竟在一块树根上一粘就是一辈子，要是不吵架，他俩都不知道该怎么应付漫漫长日以及长夜。

2

菠萝女士："都怨你！要不是你，我也许还保留着我的尾巴和大脑呢。我也许还在大海里四处游荡，还能思考宇宙级别的深刻问题呢，唉。"

土豆先生："嘘！别说那么大逆不道的话，小心被别的海鞘听见，"他歪歪脑袋，大喊一声："海鞘出征！寸草不生！”然后他小声说：“这是喊给别的海鞘听的，嘿嘿，免得他们说咱是鞘奸。你别生气。”

菠萝女士：“什么寸草不生，你还真把自己当植物，我们明明是动物！海里的无脊椎动物中，我们与人类的进化关系最近！背神经管、背索、咽部……我们也全都有……过！”

土豆先生：“人类有什么好！吃不饱，穿不暖，东奔西走，烦恼那么多。咱多快活啊。出生三天后就能找到一块绝妙宝地安顿下来，从此一生都不用再挪窝了，多省事！那尾巴和大脑，不是没用了才被咱吃掉的嘛。”

菠萝女士：“谁说没用？要不是那条尾巴，我们能游到这个高档小区吗？要不是那个大脑，我们能导航到这儿吗？能辨别这儿是不是安全？温度、水压、水流完美不？食物够吃不？繁衍后代合适不？”

土豆先生：“可是你想想尾巴和大脑多消耗能量啊！如果保存尾巴和大脑，咱的内脏就会缺乏营养、发育不良啊！其实你很清楚，咱有尾巴的那三天，体内只有一个很初级的消化系统，甚至都不能进食。再说了，凭咱四处游荡也根本找不到吃的，不被别的家伙吃掉就不错了。祖先的遗训就刻写在咱的基因里：大脑存在的唯一理由就是为行动服务。要是无需挪窝，根本就不需要大脑。要不是吃掉大脑，咱当初怕是只能活活饿死啊。吃掉大脑，咱才有更好的生存机会。”

菠萝女士一时语塞："你今天还挺能掰，记性也不错，不像以前，痴痴呆呆尽知道惹我生气。"

土豆先生："咱这不刚把内脏喷出去嘛，回光返照，暂时给思考供点能量，开导你一下，帮助你顺利成长。其实咱也没把脑子全吃掉，咱神经节甚至比幼虫时期还要更大一些。这是良性置换！负责思考、学习的大脑变小了，负责掠食的神经却变得更粗大了。多好啊！咱只是表面上吃掉了自己的脑子，一切都是为了更好地生存。"说着，他摆摆进水口的纤毛，呱唧呱唧吞了几口海水，把很多浮游生物送进体腔。

菠萝女士："唉，我怀念的正是学习和思考的乐趣啊。遥想三个月前的幼虫时期，我好歹也是个学霸呢！看看现在，我们的神经节是中空的，神经从两端长出来，从前端长出来的控制进水口，从后端长出来的控制出水口、体内器官和肌肉，简陋至极。我们也没有感觉器官，只有进水口、出水口和心房上有些感觉细胞。跟个学渣似的。"

土豆先生："当学渣多好啊！咱真正做到了用肠子思考，越活越没烦恼。从长远看，咱进化优势比人类强太多！"他冷不丁又大喊一声："海鞘复兴！无脑有梦！"然后他小声说："这次是真心话，嘿嘿。"

菠萝女士："再过几个月——甚至可能只要几天、几小时——我就连这些事情也全都不记得了。就像人类的老年痴呆。人类最近才意识到，我们海鞘大脑的退化和消失，与人类老年痴呆时期的大脑退化极其相似，海鞘群落也会一代比一代更痴呆。许多与神经退化相关的基因，海鞘和人类相似。傻人类，我们5.5亿年前就知道这些了。"

土豆先生："说的是啊！他们花好几十年才老年痴呆，咱只用短短三天的时间就做到了。你说咱高级不高级？"

菠萝女士："话虽这么说，可一辈子待在一个地方，长得像植物，活得也像植物，看起来很低等，我不甘心！"

土豆先生："不是也有好多人类整天久坐不动吗？屁股挨着一个附着物，一粘就是大半天，跟植物一样原地不动。咱一点都不差啊！原地不动的定居生活其实非常需要智慧——不是大脑的智慧，是肠子的智慧。而咱的肠子，是咱的强项，天下无敌！"

3

菠萝女士不知不觉高兴起来："真不是吹，咱消化系统绝对世界一流。心脏也进化得特别好，功能强大。循环系统非常先进，血液是健康的灰绿色，举世无双，绝非人类可比。"

土豆先生："对呀！只要是活着的要件，咱都很顽强。繁殖系统更是咱终极大杀器！咱定居后就立马变形，短短几周就性成熟，精子往大海里一喷，转眼又是一大群小宝宝！要是想生得更快，还可以跟植物一样，萌发一堆小芽子，直接克隆一群小宝宝抛入大海。咱一活就是十几年，产下的后代不计其数。哈哈，海鞘称雄，后代无患，哦不，后患无穷，哦不，后代无穷！"

菠萝女士："咳，可惜咱神经系统还是太简单了点。美中不足。"

土豆先生："够用啦，绝对够用啦。咱纤毛上不是有些感觉细胞嘛，用来打猎，百发百中；虽然没有眼睛，咱不是还有小眼点嘛，探测光线，十拿九稳；咱还有耳石，感知重力，十全十美。重要的神经功能咱全都有，简洁、高效又先进！人类养那么耗能的大脑有啥好处，一点都不实惠。就拿人类眼睛为例吧，白长那么大，还没咱看得清楚。"

菠萝女士还是有点士气不振："咱所有的器官，都彼此串联，马马虎虎混成一团，不像别的高级动物，各种器官并行，各负其责。唉，咱感觉有些低人一等。"

土豆先生："跟人比一点都不低！咱各个器官你中有我，我中有你，混混沌沌，鸿蒙初开，互相牵连，彼此勾搭，按需而动，略无规则，超级高效的！"

正说着，土豆先生的心脏忽然停止了跳动，随后又缓缓重启，把体内的液体泵向相反的方向。

菠萝女士的怒气又一次涨满了那中空的小小神经节："哎呦妈呀，这每隔几分钟心脏停跳重启一次，活活在生死线上走一回，真够咱受的！"

土豆先生有些恍如隔世："哎哟妈呀，咱这是在哪儿啊！哈，咱又起死回生一次！这点人类万万做不到。人类大国盛衰交替，一会儿自相残杀，一会儿种族清洗，每次重启，都是一次血淋淋实打实的群体死亡，肉体直接化成营养物质，光是流进大海的那些营养，就够咱海鞘吸收好几万辈子的。"

菠萝女士："人类身体里可没那么多毒素，肉体全是优质营养。咱把自己变成了毒物，身体里钒含量比周围海水高一千万倍。咱没朋友。"

土豆先生："嘿嘿，咱体内还富集金属锂、铁、铌、钽呢，就藏在外表皮下面。这些毒素是咱的超级防御武器，看谁敢来吃咱，看咱不毒死它！"

菠萝女士："人类就敢捉咱吃咱。"

土豆先生叹一声："人类傻呗！幸好咱繁殖力强大，捉不尽吃不绝。人类弄巧成拙，最终还不是帮着咱传遍全球。算下来，还是咱划算。"

土豆先生把进水口伸到上游，舒舒服服地从侧面出水口往下游排出一堆屎尿。

菠萝女士又皱起眉头："看看咱，不但与自身毒素共存，还得与自身屎尿共存。有时候我真觉得恶心得受不了。"

土豆先生赶紧安慰她："反正咱把屎尿都排到下游去了，咱自己的屎尿脏不到咱，眼不见心不烦。"

菠萝女士："那有啥区别！咱上游的伙伴不也一样把屎尿排到咱这里，最后还不是伙伴们彼此吞吃粪便。"

土豆先生："大环境咱管不了那么多，咱只求自己活得最好。咱不是没有类似肾脏的后肾管嘛，只能靠氨气渗滤除去组织间的代谢废物。所以，没办法的事，咱还是忍了吧，不干不净，吃了没病。退一步讲，万事利弊相衡，咱也不可能把好事全占了。"

土豆先生说着，又摆摆纤毛，制造出一股股水流。海水流过咽部，那里有一层黏液，捉住了水里的浮游生物和上游同伴刚刚排泄出来的其他小东西。这些食物统统被推送进土豆先生的消化系统，很快将得到最高效、全面的消化吸收。

4

菠萝女士沉默片刻："其实吧，就算以粪便为食也没啥大不了。我自己也感到奇怪，我忽然不觉得那么恶心了。相反，我觉得这是咱生命力强大的象征，是咱的进化优势。"

土豆先生高兴地多摆了几下纤毛："对极了！你成长了，看待事情终于不那么拧巴了。多消化吸收一些彼此的粪便，的确有助于海鞘的成长。其实吃了咱自个儿的粪便，更有利于成长。你离老年痴呆更近了，恭喜你。咱理解，你刚才那样纯属青春期躁动，到了老年痴呆阶段，一切都会好起来的，你会彻底平和下来，让咱那空空荡荡的神经节集中能量办大事。"

菠萝女士："咱要啥有啥，完美无缺，已经是全球第一高级物种，咱还有啥需要办的大事？"

土豆先生："指明世界和平发展的方向啊！完成全球统一大业啊！"土豆先生用最洪亮的声音，发自内心地大喊一声："海鞘引领！天下太平！"

菠萝女士中空的神经节飘过一团雾气："自从上次重启，我忘了很多事。咱怎么引领世界和平、统一全球呢？"

土豆先生："以席卷之势覆盖全球啊！用咱的小眼点也能看清，用咱的小感觉细胞也能确认，咱周围的一切，河床、海床、岩石、卵石、砂砾、海龟壳、红树林根、船底、桥墩……一切的一切，只要是可以附着的物体，全都已被咱海鞘占领。咱美丽的海鞘王国，像细密的地毯，像巨幅的画卷，不断在大海中蔓延，席卷之势不可逆转，影响力不断扩大，控制力不断加强。"

菠萝女士感受了一下："还真是，密密麻麻，到处都是！喔，其他那些和咱一样需要过滤海水觅食的本地海洋生物，蛤蜊啊螃蟹啊牡蛎啊海蚌啊，现在一个都不剩啦，不是被咱挤走，就是被咱憋死了。"

土豆先生："本地物种都很低级、刁蛮，把他们全部灭绝，世界才会和平，再也没有争端！"

菠萝女士不自信地哼一声："本地物种狡猾得很，没那么容易灭绝吧？”

土豆先生：“天时地利鞘和！咱海鞘的繁殖和生长本来就很快，几乎没有天敌。现在气候变暖对咱更是利好消息，温暖的海流尤其有利于咱加速扩散。况且咱还能传播疾病，一下子可以消灭好多低级物种。”

菠萝女士：“哎呀，好像记得，有些螃蟹和海胆不怕咱放毒，有时候会大胆把咱吃掉。”

土豆先生：“没用，它们才能吃多少？咱用数量打败它们。”

菠萝女士：“人类呢？人类甘心让咱占领海洋吗？”

土豆先生：“当然不甘心。可是人类帮着咱四处传播，那叫个不遗余力。各种轮船、海上人工建筑物都是咱甜蜜的家。你看这些桥墩，人工建筑会阻挡阳光，在水下形成一大片阴暗区域，抑制其他本地生物生长，可是对咱这高级物种却毫无影响，反而有利于咱定居、扩散。有人类的帮助，世界和平，指日可待！”

菠萝女士：“咱把人类养殖的水产品都憋死了，人类肯定恨死咱了。”

土豆先生：“人类当然不喜欢咱，可人类根本没办法摆脱咱。他们知道咱不喜欢纯净的淡水，所以他们只有一个老掉牙的傻办法对付咱：把被咱入侵的海蟹网子、牡蛎笼子从海水里捞出来，放在雨地里冲洗，哈哈哈哈哈，笑死咱了，用雨水能冲死几只海鞘！让人类折腾去吧。”

菠萝女士打个哈欠："那可真好。咱海鞘这么流氓，哦不不，这么顽强，咱放心了。哎呀，没力气跟你吵架了。只想睡觉。"

土豆先生也打个哈欠："睡吧，睡吧。祝愿你睡一觉醒来，老年痴呆，烦恼全无。咱先喷些精子出去，等你睡醒来，再从进水口吸入其他海鞘的精子，给咱的卵子授精，免得咱自家近亲繁殖，影响咱宝宝质量。哎呀，咱吃喝拉撒生宝宝，全都要靠这两个虹吸口，功能太多，效率太高，没办法，只得咱自己多注意一些。"土豆先生说着，喷出一坨精子，四散在周围的海水里。

这一大通折腾，又是喷内脏，又是心脏停跳，又是喷精子，疲倦的土豆先生着实进入了某种幸福祥和的半老年痴呆状态，睡意飘飘然袭入中空神经节，他又有些记不得今夕何夕、此身何处了。

菠萝女士嘟囔一声："也祝你一梦醒来烦恼全无，老年痴呆。"

土豆先生喃喃："老年痴呆，忧愁不再……"

菠萝女士咕哝："咱将无咱，全世界都是咱……都是咱啊，都是咱……咱……"

菠萝女士和土豆先生沉沉睡去。

小叶子望着这个搞内脏攻击的怪东西。它身为动物却长着植物外皮，乍一看像个植物，尤其像个土豆——或者像个菠萝？再看看，它甚至连植物也不太像，它就像个不是东西的东西，一截橡胶管子？一块塑料垃圾？它紧贴在红树林根部，和无数海鞘同伴抱团挤在一起，密密麻麻蔓延开去。

小叶子："这东西从哪儿冒出来的？它自己跟自己吵架？"

小耳朵神情严肃："入侵物种，老年痴呆。雌雄同体，双重人格。"

豪秀老奶奶的第五千零一夜

1

事到如今，你还想继续听我讲故事吗，孩子？像你这样在一只蝙蝠老奶奶面前谦虚、好学、懂礼貌的人类，可不多见呢。我很高兴，你们全家早已经被我们绿野马蹄蝠身上最调皮最会弹跳的冠状病毒三姐妹未寒、知寒、新寒都感染过了，所以这次你们都会没事的，不要害怕。你们身体里已经有三寒姐妹的抗体，现在即使她们的后代进入你们的眼睛、鼻子和嘴巴，她们也掀不起什么大风暴了。

是秋风渐渐寒冷的时节吧？当时你们全家一个接一个病倒了，你们还以为自己感冒了。你们发烧，干咳，浑身酸痛，四肢乏力，呼吸不畅，躺在床上动弹不得，那是你们自身的免疫系统被警报唤醒之后的反应，你们浑身都调动起来，全力以赴要去杀死来犯之敌。你们的身体超速运转，大脑调高体温，血管扩张，大量白细胞紧急集结到位于呼吸道的主战场。这些白细胞战士将自我牺牲，与入侵病毒同归于尽。战况惨烈，在你们的肺部，那三寒姐妹最开始拼命复制自己的地方，死亡的细胞层层堆积，炎症渐渐达到顶峰。你们的肺部像是被粗糙的砂纸狠命摩擦过的玻璃，伤痕累累。

后来你们都扛过来了，全都自愈了。就连你家老爷爷也扛过来了，多亏他平时辛勤劳作，身子骨结实，又爱说爱笑性情豁达，也没有糖尿病、高血压、癌症等等痼疾缠身。在狂风暴雨般的抗毒战争中，你们身体里的病毒越来越多，如果白细胞来不及和它们一起爆炸，它们就会感染其他器官。更有其他一些狡猾的致病细菌，平时潜伏在你们身体里韬光养晦，在和平时期被你们的免疫系统压制得服服帖帖，这时候却也乘乱造反，大肆侵略各处器官，白细胞一时半会儿确实也顾不上平息它们的叛乱。如此一来，在你们的免疫系统对新入侵的病毒产生抗体之前，那些虚弱的器官可能不堪重负，反而先于病毒崩溃，如果出现严重的并发症对老年人可就很危险了。

是啊，我知道。你们没有钱，也没有那个闲时间动不动就往医院跑。有个头疼脑热的，你们就静静地躺下来，没日没夜地昏睡，耐心等待病毒在你们身体里触发的风暴自己停息。你的阿巧妈妈相信蜂蜜白米粥和生姜土鸡汤可以治百病，她自己站都站不稳，却努力给你们全家熬了大锅大锅热气腾腾的米粥和鸡汤。她这一套也不能说完全没用，因为在白细胞辛苦作战时，你们的免疫系统的的确确需要大量水分补充战斗力。阿巧让你们喝下那些汤汤水水的流食，虽然不能直接治病，却的确有助于你们加强代谢、避免脱水。

你说你生病的时候最喜欢喝姜汤、米粥和鸡汤，你还喜欢吃甜甜脆脆的水果？呵呵，的确，你们人类的祖先为你们进化出了多么完美的胃口啊！你们喜欢的，正是你们需要的。同样，那些让你们深感痛苦的症状，其实也正是你们所急需的。那些不堪忍受的发病症状，正是你们人类远古的祖先给你们遗传下来的宝贵财富，那是你们最高效的防御系统。牺牲了多少代的人类，你们才进化出那样一套高效的防御系统啊！

不过我一点都不羡慕，因为我们蝙蝠早就进化出一套更高效的防御系统，谦虚一点讲，可以说是你们人类的升级版吧。我听说，最近有很多人类科学家对我们这套免疫系统很感兴趣，想看看能否为人类所用，借此开发出抗癌新药，甚至把人类寿命延长到200岁以上。但我认为你们人类科学家只能看见皮毛，至少目前是这样。数千万年的进化历程，想要研究得清清楚楚那可不容易。

你也想知道我们为什么能忍受人类无法忍受的超级病毒？想知道我们的免疫系统是怎么进化升级的？这个问题比较复杂，说来话长。还是先从我们蝙蝠的飞翔本领说起吧。

2

你知道蝙蝠是全世界唯一会飞的哺乳动物吧？不不不，飞松鼠只是会滑翔而已，其他所有所谓会飞的哺乳动物都是这样，仅仅会滑翔而已。只有我们蝙蝠能持续地自主飞翔，平均时速100公里。蝙蝠飞得到底能有多快，取决于具体的物种。拿我们绿野马蹄蝠来说，每小时可以飞50公里。你们人类认为地球上飞得最快的哺乳动物是墨西哥的无尾蝠，它们每小时能飞160公里，人类觉得它快如闪电，莫辨其踪，倏忽往来，莫知其方。我们蝙蝠种类繁多，比无尾蝠飞得更快的种类，多的是——只是你们人类还没发现而已。

哦，你也知道地球上所有哺乳动物物种的四分之一是蝙蝠？好吧，对此说法我就不做详细的评论了，就算它八九不离十吧，毕竟，虽然人类自信满满，但你们的确并不认识所有的哺乳动物和所有的蝙蝠。有些哺乳动物你们还没见过就濒临灭绝或已经灭绝了，而直到今天你们见过的蝙蝠总共也就1300多种而已。

人类认为我们蝙蝠是世界上除了啮齿类动物之外数量最多的哺乳动物，有些科学家估计全球一共大约有10亿只蝙蝠。好吧，对这个过于保守的数据我也不做评论，要数清楚我们蝙蝠的总量，对人类来说是不可完成的任务。你只要记住我们分布范围广泛、数量庞大就够了，从极地到赤道，从森林到沙漠，到处都有我们翩跹的身影。人类总自夸是万物之灵，是地球的主人，其实我们蝙蝠才是目前地球居民的正牌代表。

为什么我们才算是哺乳动物中真正的飞行者？你可以想象一下，你手指间的皮肤变得更大，更薄，更有延展性。蝙蝠翼是我们手指骨上覆盖的一层薄薄的皮肤，这种有弹性的皮肤薄膜在蝙蝠修长的手指骨和许多灵活的关节之间延展，构成了我们身体表面积的95%。在飞翔时，翼膜还能帮我们调节体温、血压、水平衡和气体交换，这一套调节机制也是进化的完美杰作。

我们飞得比任何鸟儿都要灵巧、敏捷、轻松，没有一只鸟儿在空中可以像我们这样随心所欲地改变姿态和形状。举个例子吧，我们转弯的时候，只需微微侧一下身，掉头半径只有半个翼展那么长，这对鸟儿来说，是不可想象的魔幻动作。按照身体大小的比例，蝙蝠的大脑比鸟类大多了，这也是不言自明的，毕竟比起鸟儿，我们经常要应对更困难、更复杂的局面。不用多说，脑容量越大越耗费能量，对此你们人类最深有体会。

好，言归正传，让我继续说说我们进化升级的强大免疫系统。你早就悄悄观察到，我们的蝙蝠宝宝生下来三周后就会飞行了，很好。你不知道的是，当飞行的时候，我们身体的新陈代谢水平比静息时要高出很多倍，每分钟心跳1000多次，体温火速上升到38摄氏度以上，对于大多数陆地哺乳动物来说，这些信号意味着死亡。

一只哺乳动物在空中自由飞行所需要的能量是如此巨大，以至于我们体内有很多细胞瞬间就分解、炸裂了。这时候，我们的身体会产生其他哺乳动物都没有的特殊分子，这些分子能帮忙快速修复损伤的细胞。那些破裂细胞释放出的DNA片段随后四处游荡，漂浮在它们完全不应该存在的地方。要是换作人类遇到这种情况，你们的免疫系统肯定会立即警铃大作，把这些漂浮的DNA片段当作即将给你们带来疾病的入侵之敌，紧急启动防御流程，围歼外敌，高烧、发炎，并让你们肌肉酸痛、浑身难受。

你想想，我们天天都得飞，每次飞行都得发一次高烧，要是再天天发炎，时时自残，那我们还活不活了？所以，我们的祖先在进化出飞翔能力的同时，为我们进化出更高级的免疫系统，这套系统有办法识别并谨慎回应这些DNA片段。奥妙在于，我们失去了一些涉及入侵反应的基因，巧妙地削弱了免疫系统的反应，该发炎时才发炎，不该发炎时就不发炎。

这下你能猜到为什么那么多种对人类致命的病毒和细菌不会让我们生病反而能在我们体内与我们相安无事了吧？我们的免疫系统能够对病毒和细菌保持一种"有效反应"的状态，不像人类，总是过度反应。过度反应杀敌一千，同时自损八百，搞不好就把自己先打趴下了。你已经看见村里的情况了，发烧、发炎固然可以杀死病毒，但对你们的身体危害也很大。那些从重症中死里逃生的人们，肺部损伤也许一生都无法恢复如初。

有时候不是病毒入侵，而是对病毒入侵的过度反应，使人类病情危重甚至丢掉了性命。你还记得你们人类历史上著名的1918年大流感事件吧？对，距今都超过100年了。那次，地球上5%的人类死于大流感，死亡的主要是青壮年，就是因为比起老人和儿童，青壮年的免疫反应更剧烈，结果自己的身体器官先吃不消了。

当然，如果人类病死了，入侵他们的病毒也就跟着死了。所以，聪明的病毒，比如三寒姐妹，很留意不要让自己毒性过强。细水才能长流，毒性越低，才能传染越多的人，才能使自己的后代愈加繁荣昌盛。所以，每传播几代，她们的毒性通常就会变得更弱。当然，三寒姐妹都很调皮，说不定什么时候她们就变异了，培育出一个超级大病毒宝宝，在人世间纵情肆虐一番，过把瘾就死。所以人类啊，你们最好离我们蝙蝠远一点，再远一点。

3

现在，人类媒体把我们描绘成百毒不侵的怪物，说什么"长得丑，脾气怪，性格孤僻，全身携带100多种病毒。"他们还假装用我们绿野马蹄蝠的口气说："不过我不坏，也不想祸害谁，为了不给人类带去灾难，只能卑微地生存着。努力进化成没人喜欢的样子，深居简出，夜里出门。幻想可以和人类永远井水不犯河水。"

孩子啊，你们整个人类社区都已经被小小的未寒病毒吓破胆子，陷入集体癫狂，在这段日子里简直是谈蝠色变，但是你们居然还是这么以自我为中心。人类的皇帝喜欢把不同意见全部抹掉，只剩下赞美的声音，但那并不表示他就真的最聪明、最正确。同样道理，人类啊，你们以为把森林砍掉，把湿地填平，把山峦炸开，把其他动物杀光吃尽，就可以在地球上唯我独尊了吗？请问你们有时间想一想唯我独尊的后果吗？每次一想到人类，我脑子里首先就冒出两个词：愚蠢而傲慢。当然，这其中不包括你，亲爱的小可。

我根本不在乎对人类来说，我们坏不坏，是不是祸害，带没带去灾难。我们也一点都不卑微，6500万年前我们就出现在地球上，我们蝙蝠一族也是大自然母亲当之无愧的宠儿，至少一点都不比人类卑微。

我也不在乎你们喜欢不喜欢我们。我们进化成夜行性动物，那是因为夜里天敌少，昆虫多，而且夜里空气凉爽，有助于驱散飞行时肌肉活动产生的热量，使我们全身保持适宜的温度和湿度。白昼的热气会使我们薄薄的翼膜吸收过多热量，导致脱水和中暑，那对我们来说有致命的危险。白天，我们悠闲地拥抱着自己，倒挂着享受宁静的时光。这倒挂的姿势也是我们进化出来的秘密技能，一旦出现意外情况，我们随时可以迅速飞起。这些生活习性全都是我们宝贵的生存智慧，你们的媒体该是有多自恋才会说出那番蠢话啊！

你也觉得媒体说得不对？你一点都不觉得我长得丑？你觉得我长得很萌很可爱？呵呵，在这一点上我完全同意你的观点，我也觉得我们绿野马蹄蝠长得很美。我们鼻子上面突起的这块马蹄形状的鼻叶，对有些人类来说是"长得丑"，对我们而言却是无价之宝。鼻叶能帮助我们的鼻子和嘴巴一起发出高频叫声，我们因此可以用人类听不见的声音互相交流。有了鼻叶的帮助，我们在漆黑一团的夜里也能轻轻松松找到食物。我们每秒可以叫20声，然后我们用灵敏的大耳朵——这对让我们自豪的招风大耳，想必人类媒体也认为长得很丑——接收回声，立即就可以准确破译周围任何物体的方向、距离、大小以及行动速度。

我们的声纳系统能不能检测出人类的一根头发丝？当然可以啦，这太容易啦。

每个蝙蝠家族都有自己的特点，可谓千姿百态，千变万化。每个蝙蝠家族的形态都是进化的奇迹，是自然母亲的慷慨馈赠。你知道吗？世界上最大的蝙蝠是飞狐，住在南太平洋的岛上，翼长可达1.8米。顺便说一下，飞狐携带的尼帕病毒已经害死了不少人类，毒性比禾寒强多了。世界上最小的蝙蝠是泰国的黄蜂蝙蝠，差不多和一只黄蜂一样大小，比你的拇指盖还要小，比一分钱硬币还要轻。可惜因为栖息地丧失，黄蜂蝠正濒临灭绝。

人类常常把思想独立、与众不同、专注于自己内心世界的同类嘲讽为"脾气怪，性格孤僻"。看到你们的媒体用同样的目光看待我们，我有些自满地微笑了。在我看来，不应该有任何一只蝙蝠因为他所热爱的处世方式而受到嘲笑和鄙视。我们过着有条不紊、自得其乐的隐居生活。有些蝙蝠冬眠，有些则不冬眠，冬天来了就千里迢迢迁徙到更暖和的南方去觅食。有些蝙蝠喜欢独居，而有些喜欢群居在山洞里。美国得克萨斯有一个蝙蝠山洞，每年三月到十月，有数百万只蝙蝠去扎堆。我们尊重每只蝙蝠选择的自由。

很多人类媒体说我们是瞎子。但我们的视力其实并不坏，很多蝙蝠的视力比人类还好，有些蝙蝠甚至能探测到紫外线。不过我们常常不需要用到视力，因为我们的听力实在太好了。我们能听到20赫兹到12万赫兹的声音，对比一下，人类是20到2万，狗类是40到6万。我们喜欢用丰富多变的声音交流感情。当感到内心欢喜的时候，我们会咕噜咕噜低声吟唱，有时候还会浑身剧烈颤抖，无需多言，伙伴们立即就能洞察彼此的情绪和感受。

在有光线时，有时候我们过于信赖自己的视觉，反而会惹来大麻烦。比如说，我们的声纳系统明明告诉我们前方有一处坚固的障碍物，可是我们的眼睛却什么也没看见，于是我们就径直飞了过去，"咣当！"我们撞到玻璃了，真狼狈啊！嘿嘿，很好笑是吧？我们的所有感官都经过了数千万年的进化，玻璃这个东西实在是超出了我们的本能反应范围。也许再过很多年，我们可以进化出忽略视觉发现、坚持声纳识别的新本能，但是到那时候，也许你们人类又发明了连我们的声纳系统都检测不出来的新障碍。最近这100多年来，人类改造自然的速度实在是太快了，快得让我们所有其他物种都来不及好好做准备。

蝙蝠妈妈是如何在成千上万只蝙蝠中找到自己的小宝宝的？很简单，通过识别每只小蝙蝠独特的声音和气味呀。

我们的独特之处三天三夜也说不完。是的，我们真心真意为我们多态多样的"怪和孤僻"而骄傲。

4

我们的确携带了很多病毒，他们发生变异后可以跳到其他动物身上。比如跳到果子狸身上的萨斯病毒，跳到猴子身上的埃博拉病毒，跳到骆驼身上的魔斯病毒，以及跳到猪身上的知寒病毒，跳到穿山甲身上的未寒病毒。至于调皮的小新寒，你都无法想象她已经跳到了谁的身上，你们人类最好离野生动物远一点，再远一点，永远也不要知道这一点。

病毒们有时候可能同时跳到好几种动物身上。比如三寒姐妹，她们的中间宿主就多了去了，果子狸和穿山甲只是其中的两种而已。有的动物耐受性强一些，可以与病毒共存，就成了病毒们的中间宿主。有些动物耐受性差一些，扛不住，病毒就会在这些动物的族群间引发瘟疫。而人类，这最弱不禁风最贪生怕死的物种啊，只要我们身上的病毒能从中间宿主跳到你们身上，定然会让假装自信、高级、文明的你们惊慌失措、原形毕露。

讽刺的是，正是人类自身的活动——捕捉、买卖、食用野生动物——促成了很多次史无前例的成功跳转。在人类的野生动物交易市场，许许多多在自然环境中很难聚会的动物们被人类胡乱关在一起，一只很快被煲汤的可怜蝙蝠可能就摞在一只很快被小炒的果子狸头顶，动物们的粪便、尿液、口水沾得到处都是，动物们越害怕越紧张，这些排泄物和分泌物就越多……因此野物交易市场是三寒姐妹最喜欢的场所，她们试着跳来跳去，热切等待着来来往往不小心踩到野生动物排泄物的脚，没戴手套的血淋淋的屠夫的手，爱吃半熟不熟鲜嫩野味的油滋滋的食客的嘴。

大部分人类一听说我们携带了那么多的病毒和细菌，就认定我们一定很脏，浑身臭烘烘的。嗯，你知道他们大错特错了。我们比猫咪还爱干净，一有时间就清洁自己的身体。我们花很长很长的时间梳理毛发，一丝不苟地给自己或同伴舔啊，捋啊，我们的毛皮永远洁净、光滑。干干净净才能让寄生虫在我们毛皮上没有容身之地。从这个意义上说，我能不能说，我们蝙蝠事实上比你们大部分人类还要干净得多呢？哈哈，小可，你不用那么拼命地点头嘛，我就知道你和我有同感。

你担心我们身体里携带太多病毒和细菌，会影响自身的健康？唉，因为未寒最近兴风作浪，你们村子现在已经和外界完全隔绝，大路小道都被无情封堵，家家户户也早已断绝往来。村子里寂静得如同遥远的夜晚，让我恍惚回到了过去的岁月。你却无法忍受禁闭的生活，偷偷跑出来找我听故事，还要担心我的安危。很多人类会认为你是个拎不清的小傻瓜。

我知道你很关心我，我也很想安慰你说，"放心吧，我们会没事的。"然而事实上，虽然媒体说我们是"天然病毒库"，但我们绝非百毒不侵，有些病毒也会使我们生病，比如狂犬病毒。蝙蝠在自然界几乎没有天敌，疾病是我们最大的威胁。你听说过白鼻病吗？那是一种真菌感染，那种白色真菌长在蝙蝠的口鼻和翅膀上，这几年已经杀死了数百万只蝙蝠。对冬眠的蝙蝠家族而言，一旦感染白鼻病，死亡率百分之百。猫头鹰、老鹰和蛇有时候会吃蝙蝠，但比起白鼻病造成的蝙蝠死亡，这些被天敌吃掉的数量可以忽略不计。

有一点你们的媒体倒是歪打正着说中了，我们的确希望和你们人类老死不相往来。其实你们根本没有理由惧怕我们，我们喜欢清静的生活，对吵闹的人类躲避还来不及呢。人类的影视剧常常把我们描绘成病魔怪兽，给无辜的受害者带去疾病和毒素。但那不是真的。我们也不希望让病毒跳到你们身上去，我们压根不想和人类为敌，我们不想和任何物种为敌，我们尊重所有物种的生存权利，包括被我们吃掉的昆虫。没有昆虫，就没有我们。没有我们，昆虫的世界也会完全颠覆。

人类事实上是我们最大的天敌。我们希望人类离我们越远越好，咱们最好互不干扰，互不侵犯，各过各的好日子。如果你们人类非要到蝙蝠山洞里来，那就请你们把衣服、鞋子以及所有的装备都好好地消消毒、去去污，不要把我们以前从没遭遇过的微生物比如白鼻真菌带给我们，也别把我们的病毒若无其事地带走，这对咱们双方都好。是的，小可，你每次来看我之前都做得很好，谢谢你。

说到这里，我也要感谢你和阿巧一直没有把我们的行踪告诉给村里人。当然，阿巧是不想让别人知道在这里能捡到值钱的蝙蝠粪，而你是真心实意顾虑我的安危。现在未寒捅出这么大的娄子，你在电视上也看到了，人人都知道我们绿野马蹄蝠是未寒的最终宿主。要是村里人知道我们一家就住在离他们这么近的旧矿洞里，肯定会跑过来把我们赶尽杀绝。

我们也不想和人类住得这么近啊，但是有什么办法呢？我们的森林都被人类砍光种田了，我们的山洞也都被人类炸平采矿了。我们只好住在人类阴暗的猪圈里，废弃的旧建筑物里，甚至粮仓里、深井中。你们自己要当心，三寒姐妹的同族还多的是。

<h2 style="text-align:center">5</h2>

你流眼泪了。死了很多的村民，你很难过。我也很难过，这本来都是不该发生的悲剧。别哭了，好孩子。你还想听什么故事？只要你想听的，豪秀老奶奶今天给你讲个痛快。

你担心三寒姐妹虽然不会杀死我，但是会缩短我的寿命，就像她们对待你们村子里的老人一样？不会的。我这么回答绝对不是为了安慰你。你今年15岁了吧？记得你第一次和阿巧来到这个废弃的矿洞，你才刚刚学会走路。不用阿巧指点，你一眼就发现了我们这一大家子。今夜是我们相识的第五千零一夜。14年来，你看我变老了吗？没有吧！

事实上，今夜是我此生的第一万一千夜，我已经是太太太——后面省略18个太——太奶奶了，我的子孙已经有二十多代了。我敢说，地球上没有任何其他动物，能和我们蝙蝠一样活着见到自己的第二十代子孙。而且我到现在还能生呢！我每年春天生一个小宝宝。今年春天我将和我的第二十二代孙女一起生，我们所有蝙蝠妈妈将组成温暖的育儿之家，一起照顾小宝宝。

我只有5厘米长、12克重，跟一只小老鼠差不多大。你们人类认为，动物越小，寿命越短。的确，夏虫不可语冰，老鼠只活两年。但是我们蝙蝠却打破了这条长寿规则。大部分蝙蝠在野外能活20年左右，你们人类科学家已经发现有好几种蝙蝠可以活30年以上。2006年，你们发现有一只西伯利亚小蝙蝠活了41岁，你们认为这是最长寿的蝙蝠。其实呢，呵呵，我们还有更长寿的呢，只是你们人类还没发现而已。

有些蝙蝠寒冬腊月在洞里冬眠好几个月，即使全身被冰封，冻成了冰棍儿，到了春天也能再次活过来。看，当我们卷起翼膜，把全身裹得严严实实，我们就为自己的身体设置了一道保温层。这就如同皑皑白雪覆盖在大地之上，像一床大棉被隔绝了寒流，保护着雪地下植物的根和种子。你们人类的祖先一定早早就观察到蝙蝠顽强的生命力，所以在人类的传说中，蝙蝠如同幽灵，靠吸血获得永生。这些传说有两个错误。

第一，大部分蝙蝠不吸血，世界上只有不多的几种蝙蝠以吸血为生，比如我以前跟你说过的吸血蝠薇薇母子。对，就是被阿威探长和阿雪博士从邪恶的蓝铃爪下救走的那家吸血蝠母子。他们要是两天吃不到鲜血就会饿死。我们绿野马蹄蝠？我们偶然也吸血，但鲜血并不是我们唯一的食物来源，我们主要吃昆虫和植物。

第二，我们的生存能力其实很脆弱，远没有看起来那么强悍。几乎所有蝙蝠都和我一样每年只生一个小宝宝，所以我们其实很容易灭绝。相比之下，其他小型哺乳动物虽然寿命没我们长，但他们一年生好多次，一次生一大窝，想想猫咪、兔子和老鼠吧。

人类的活动把很多蝙蝠彻底毁灭了，自然栖息地的丧失是蝙蝠面对的最广泛威胁。你也知道，在整个地球上，蝙蝠赖以生存的森林正以可怕的速度消失，很多种蝙蝠已经或濒临灭绝。唉，现在，整个绿野大陆地，在温度和湿度方面适合蝙蝠生存的山洞，真的是太少太少了。现在我们凑凑合合能有个栖身之地就不错了，根本不可能像祖先那样精挑细选一个最舒适最喜欢的隐秘山洞安家落户。

如果我们蝙蝠都死绝了，地球就不是现在的地球了。所有物种的命运息息相关。地球母亲的进化不慌不忙，她由着人类折腾，也并不关心任何物种的灭绝，她永远都胸有成竹，准备好重新开始再来一次进化，她有亿万年的时间可以消磨。但蝙蝠只有这一次机会，人类也只有这一次机会，孩子，你们人类胸有成竹地准备好了吗？

6

根据你们科学界的统计，全世界有300多种水果依靠蝙蝠授粉，蝙蝠还帮助坚果、无花果和可可等植物传播种子。人类科学家观察到，有些种子只有经过蝙蝠消化道的消化、发生了一系列化学反应之后，才能顺利发芽。蝙蝠每年从成熟的果实里传播几百万枚种子，热带雨林中95%的新生林木要感谢蝙蝠帮忙传播了种子。

没有蝙蝠，人类就得和香蕉、牛油果、芒果、巧克力等好多好多美味的食物永别，顺便也得跟一些罕见品种的龙舌兰和仙人掌说声再见。

全世界有七成蝙蝠主要吃昆虫，蛾子啊，甲虫啊，蚊蚋啊，蚱蜢啊，都是我们的美味。其余的三成，大多以水果为生，哈，你见识过我们吃水果的样子，只花20分钟，我们就可以消化掉吃下肚去的香蕉、芒果或莓子。

人类有句俗话说，林子大了什么鸟儿都有。同样道理，种类多了，吃什么东西的蝙蝠都有。有些蝙蝠吃鱼，有些蝙蝠吸血。有些蝙蝠爱吃花蜜，比如长鼻蝙蝠，他们能像蜂鸟一样，盘旋在巨大的沙漠花朵跟前，用和他们的身体一样长的8厘米长舌吸食花蜜。苍白蝙蝠痴迷于吃蝎子，就算是被世界上最毒的能把一个大活人活活毒死的毒蝎子蜇了，他们也一点事儿都没有。在一年中的某些时节，苍白蝙蝠的食谱中有七成是蝎子。

谁受益谁知道。蝙蝠是消灭人类眼中的"害虫"的能手，每小时可以吃1200只蚊子。我们每晚吃几千只虫子，加起来重量都超过自身体重了。蝙蝠们吃了如此多的昆虫，以至于有些蝙蝠拉出来的粪便都是闪闪发光的——那是一种叫做几丁质的闪亮物质，是昆虫外骨骼的组成部分。

正是这一夜夜的昆虫宴，帮助人类林户和农民的各种作物免遭昆虫的过度侵害。也正是我们每天晚上的蚊虫狩猎活动，帮助地球母亲维持着昆虫的数量平衡。没有我们，酸溜溜热乎乎水嫩嫩软绵绵的人类没准会被蚊子吃灭绝。自然有道，依我说，少用些杀虫剂，剩下的活儿就交给我们蝙蝠吧。

蝙蝠还激发了不同凡响的人类医学成果。有80多种药物来自依靠蝙蝠才能生存的植物。通过研究蝙蝠如何使用声纳系统，科学家为盲人开发出了灵敏的导航设备。免不了的，对蝙蝠的研究还带来了疫苗的巨大进步，毕竟，我们携带的病毒种类繁多嘛。

吸血蝠妈妈薇薇跟我说，吸血蝙蝠唾液里的抗凝血剂很快会被人类用来治疗心血管疾病。还有好几个国家的科学家正在复制吸血蝠唾液里的酶，用于治疗心脏病和中风。

不过，我始终无法理解人类对蝙蝠粪的热爱。刚才说了，我们蝙蝠都有洁癖，全身上下干干净净。排泄时，我们都会把屁股撅得远远的，生怕又脏又臭的屎尿沾到自己身上。气味强烈、闪闪发亮的蝙蝠粪中，氮、磷、钾的含量都很高。作为地球上最有营养的肥料之一，蝙蝠粪曾经是一门大生意。有一阵子，美国鼎鼎有名的石油大州得克萨斯的最大宗出口矿产品是蝙蝠粪，石油才排第二位。在美国内战期间，蝙蝠粪里面的硝酸盐甚至被人类提炼出来用于制造火药和炸药。

我一直以为，蝙蝠粪只是植物的养料，不是人类的养料。直到见到拾粪的阿巧，我才知道，有些人类竟然也吃蝙蝠粪，还美其名曰"夜明砂"，号称吃了夜明砂，可以增强视力。因为我们能"夜间视物"，所以吃了我们的粪便就能明目？我太佩服人类的想象力了。

7

你问有没有可能是阿巧采走的蝙蝠粪把三寒姐妹给传出去了？我只能说，新鲜的蝙蝠粪便的确富含活生生的病毒和细菌。阿巧在晾晒、制作夜明砂的过程中，可能会沾染到某些冠状病毒，但这些病毒不一定能直接跳进阿巧身体里，但或许可以直接跳进鸡或猪这些潜在的中间宿主身上。这次大闹人间的未寒病毒，更有可能是被人类活捉的那些中间宿主传出去的。我听说他们被关在海鲜市场的铁笼子里，当场拉了很多的屎和尿，吐了很多的口水，分泌了很多的黏液。

不过你这个问题倒是让我想起来另外一件事。绿野市的新市长齐齐已经给一项"从火星带回样品"的宇宙探险行动特批了很多很多经费。以前从来没有人类飞行器从巨大的火星表面降落并重返地球，所以很多人类科学家盛赞这次行动具有伟大的历史开拓意义。据说十几年后从火星挖来的样品就可以运回地球，人类将把样品好好研究一番，看看火星上到底有没有生命。你觉得这幅场景眼熟吗，孩子？

你也许会认为我思想太保守，也许吧，老奶奶不都很保守吗？或许是因为我们比你们更懂得珍惜已有的幸福。在我这个保守的蝙蝠老奶奶眼里，这无疑是人类又一次大模大样闯入另外一个蝙蝠洞。只不过这个蝙蝠洞位于遥远的宇宙地平线上，与地球生物已经隔绝45亿年。

你也特别好奇火星上到底有没有生命？好吧，假如火星上有生命，你们难道就不顾忌你们愣头愣脑的挖掘会污染、破坏他们的生存环境吗？和以往人类瘟疫大暴发的历史一模一样，你们准备又一次大大咧咧地把随手捡到的东西带回来。你们真的做好准备了吗？难道你们就不怕地球生命对来自火星的病原体没有抵抗力吗？就不怕地球的生态环境被彻底颠覆吗？几个月后，当夏日骄阳炙烤大地，未寒病毒也许会暂时撤退，但是当外星病原体在地球找食的时候，很可能他们根本就不在乎外面是夏天还是冬天。

也许我真的是太杞人忧天。就如同我明明知道未寒、知寒、新寒迟早会传遍地球上的每一个人类，却依然忍不住告诫你们离我们远点一样，地球和火星之间的病原体，迟早也会互相传遍吧。进化的力量无处不在，在一次次大对抗中幸存下来的个体，将属于最适应新环境的物种。所以我这个老太婆，确实太多嘴了。我应该冷眼旁观你们去折腾，看着你们怎样全盘接受你们自己选定的命运，并吸取经验教训——如果你们能幸存下来的话。

你说得对，我比你们人类胆小谨慎。我们大家都只有地球这一个母亲啊。的确，就算从火星上挖一些样品回来，我们地球生物被外星病原体感染的几率也很低很低，低到几乎可以忽略不计。别的不说，就看看地球上有多少陨石坑吧，地球已经敞开胸怀接收过无数的宇宙外来物。虽然几率很低很低低到可以忽略不计，可是一旦感染发生，后果将是百分之百史无前例、不可逆转的。当然，地球母亲不会在意，她由着人类折腾。

而我却忍不住还想为外星蝙蝠洞抱一声不平。人类啊，你们什么时候才能学会不要随随便便干扰与世隔绝的蝙蝠洞呢？我知道你们好奇心重，但你们永远都长不大吗？管住自己的手脚，安安静静什么也不碰地默默观察，对你们就有那么难吗？想想看，有哪个人类愿意一块大陨石忽然从天而降把自家砸个稀烂呢？

你不停地摇头，哈，看来在外星蝙蝠洞的问题上，咱俩的意见一时难以统一。这很正常，即使观点不同，我们也彼此认真聆听了，这就够了。以后我们可以继续探讨这个问题。

时候不早了，我有些累了。孩子，我想代表所有的蝙蝠洞再说最后几句话。我们从来不惧怕人类，就像我们从来不惧怕光明。我们不反对人类研究我们，好奇的模仿是动物们不断进步的阶梯。我们也不反对人类暗中监视我们，测试我们携带的病毒是不是又进化到了能够在人类之间广泛传播的临界点，我们真心祝福人类提前研制出大暴发病毒的疫苗，找到对抗病毒的潜在疗法和特效药。

与其事后徒劳无功地喷洒无数的消毒液污染环境，不如从一开始就不要胡乱打扰蝙蝠洞的生活。珍惜这数十亿年来唯一一次漫步地球的机会吧，人类。

如流星般坠落

你想磨尖你坚硬的长角，

激情澎湃地打上一架，

赢得那个美丽的姑娘，

然而，光秃秃的你已经无角可磨。

你用大坨大坨的牛粪标记领地，

警告其他雄性不得靠近，

但是你不知道，

已经不会再有其他雄性来争夺你的地盘。

你在金合欢树丛里溜达，往树上撒尿，

你追逐太阳的影子，在泥坑里打滚。

你天真的举动越来越老态龙钟，

你埋下头，好像有一万岁那么老。

——摘自呐喊的三宝诗集《动物快跑》之《最后的苏丹》

第一章　苏丹

1

苏丹生于1973年，死于2018年3月西北大草原犀牛自然保护区。他是地球上最后一头雄性北白犀牛。

活了45年的苏丹，相当于人类活到90岁高龄。他的一生几乎都是在人类的保护下度过的。

死之前，已经成为全球明星的苏丹病痛缠身，无法站立。日夜保卫他的人类不忍心看他活受罪，不得不含泪为他实施了安乐死。

苏丹身后留下了两个还活着的后代：女儿娜金和孙女法图。

苏丹死后，娜金和法图母女成为这个星球上仅存的两头北白犀牛。

2

苏丹出生在一个有十多头北白犀牛的大家庭里。那时候，大草原上还生活着一千多头北白犀牛，虽然数量不算多，但也勉强可以延续他们已经延续了七百万年的种群。

在家乡一望无垠的大草原上，出生刚刚三天的苏丹眼神清亮，厚重的皮肤就像是披了一件远古的铠甲。他歪歪扭扭地站起来，跌跌撞撞地跟在母亲身后。大地在他的四蹄之下后退，他渐渐自信起来，很快发明了一个好玩的游戏。他不时跑到母亲前面去，回头对着母亲大叫，"我又赢啦！"母亲微笑着，由着他撒欢儿。时不时地，母亲停下脚步，安静地啃食野草，随时准备为小苏丹提供香甜的母乳。

地球上的白犀牛一共有两个亚种，分别是北白犀牛和南白犀牛。这两种大型动物都是这片大草原上最古老的居民之一，科学家说，白犀牛决定了西北大草原的结构和生态，是整个大草原生态演化的主要驱动因素，对许许多多其他本地物种的生存有着举足轻重的影响。

不像其他的奇蹄动物，这两种白犀牛的嘴巴前部都没有牙齿，他们都用宽宽的大嘴唇采食野草。这也是白犀牛名字的来由，白（white）其实是宽（wide）的讹称。

小苏丹很快发现，被母亲啃过的草茬，一排接一排，整整齐齐的。他调皮地纵身摔倒在野草地上，接连打了好几个滚。新鲜的草茬刺得他全身痒酥酥的，别提有多舒服了。

阳光温柔地洒在小苏丹的身上，和煦的微风迎面吹过来。野草的清香味道令小苏丹禁不住深深地吸了几下鼻孔。白犀牛的嗅觉特别发达，在所有陆地动物中，就数白犀牛的鼻孔最宽宽大大，他们的嗅觉通道甚至比他们自己的整个大脑还要大。

在小苏丹未来漫长的圈养生涯中，当他出于向往自由的本能一次次用长角去挑战金属围栏时，当他的长角因为与金属围栏年复一年的较量而渐渐变得弯曲时，在他单纯、孤独的头脑中，儿时那安宁地散发清香气息的野草地将是他永恒的梦想和希望。

3

宁静的童年结束得非常突然。猎人的脚步静静悄悄，子弹出膛的声音惊天动地。母亲带着才一岁多的小苏丹东奔西突，直到她把小苏丹藏好，自己重重倒在一片空地上，张大双眼死去。

母亲倒地后，小苏丹躲在灌木丛里偷偷向外张望。他看到猎人们声势浩大地割去了母亲的大半张脸，拎着母亲那长长的犀角扬长而去。

他好久好久无法动弹。当四周彻底安静下来，似乎连风也不再吹动的时候，小苏丹从林子里慢慢钻出来，走到母亲的尸体旁边。

血，到处都是血。母亲的身体里怎么会有那么多的血。庞大的母亲支离破碎地泡在一个血泊的泥坑里。有一股细细的血流缓缓滚动着，不怀好意地攀到了小苏丹的右前脚上。恐惧的电流席卷全身，就在那一瞬间，小苏丹成熟了，也老去了。他再也不是一只无忧无虑的犀牛崽崽，他的内心被一个大铁锤结结实实地砸扁了，所有的童真都被一丝不剩地砸飞出去。他从里到外一下子变得如此苍老，好像有一万岁那么老。小苏丹流着眼泪，胆怯地吼叫几声，几乎语不成调。他转过身，背对着母亲，没命地飞逃而去。

母亲是因为她那长达1.5米的巨角而死的。母亲的巨角本来是她的武器，她的骄傲，她的荣耀。但人类为了得到她美丽的巨角而杀死了她。

北白犀虽然平日里性情温和，然而一旦被激怒，就会显示出性格刚烈的一面，宁死不屈，横冲直撞，一长一短两根犀角坚硬、锋利，如同两把利剑抵向对手，没有任何猎人敢与他们正面抗衡。猎人们既然无法在苏丹母亲活着时得到她的利角，只能远远地用猎枪先崩了她，等她死后再砍去她的大半张脸，带走她那曾令他们胆寒的大角。

犀牛角的价格堪比黄金。随着时光的流逝，越来越罕见的犀牛角在黑市上将变得越来越贵重。

苏丹母亲的利角也许被人类做成了匕首、佩刀的把柄，或者其他什么稀奇古怪的装饰品。或者被卖到亚洲，磨成粉末，再一小包一小包地转卖给虔诚相信"传统天然药物"的人类。据说犀牛角能解百毒、治百病，其实它的主要成分就是角质蛋白而已，和人类的头发和指甲一模一样。被人类吃下肚去的犀牛角完全不会被人体消化吸收，只会被原封不动地排泄出来。

4

心灵受到重创的小苏丹失魂落魄，在大草原上孤零零地游荡。说起来，他失去母亲的时候，还没完全断奶。但是他糊里糊涂地熬过来了。

是幸运还是不幸呢？两岁多的时候，苏丹被人类捕获。他始终挣扎不已、拼命反抗。人类费尽周折，才将苏丹和另外5头北白犀运到欧洲巡回展出，直到后来把他们安顿在捷克的一家动物园里。后来这家动物园又买了两头来自苏丹家乡的野生北白犀，而这8头野生北白犀，将成为这个物种最后的基因银行里可怜巴巴的主要资产。

小苏丹出生时的大家庭里只有他一个侥幸逃生。人类对犀牛角的欲望一直在持续膨胀，似乎永无止境。家乡大草原上的北白犀在几年之内被人类赶尽杀绝。

犀牛是陆地动物中仅次于大象的庞然大物，然而面对人类的猎杀，所有种类的犀牛统统显得不堪一击。北白犀们喜欢在广阔的草原上游荡，可是在平坦、无垠的大草原上，他们庞大的体型是那么醒目，那么容易被猎人发现并瞄准。他们视力很差，而且天性平和，不喜欢惹是生非，在枪响之前，根本不知道去主动攻击心怀不轨的人类——他们至死也没有意识到，人类是几百万年以来他们遇到的最强大、无情的天敌。最要命的是，他们喜欢彼此依偎，常常聚集成群，更容易被猎人连窝端掉。

2008年，世界自然基金会宣布，北白犀牛在野外彻底灭绝。

2009年年底，人类启动针对北白犀的"最后的生存机会"计划，苏丹和苏尼、娜金、法图四只北白犀，辗转被运到西北大草原，关进一个0.16平方公里的圈养场里。比起动物园的笼子，看起来苏丹似乎自由了。他真正的家乡，那个生养他的地方，现在已经全都变成人类的农场和牧场，他再也回不去了。

第二章　　穆泰

1

我永远都忘不了那个星期一，我们不得不让苏丹安乐死。他病得太厉害了。我不否认，我流泪了。这是我成年以后第一次流眼泪。这么多年以来，他一直处于我生命中第一重要的位置。他是那么温柔，就像我的家人一样，而我与他相处的时间，比我陪孩子的时间还要久。

事实上，我们所有的警卫都哭了。我们为他举办了一个悼念仪式，这让我们好受了一些。

在我的眼里，他不仅仅是北白犀这一种犀牛的大使，他是地球上现存的全部五种犀牛当之无愧的形象大使。他是历史上最卓越的大使，毫无疑问。

想当年，他刚回到大草原，就成为全球瞩目的明星。毕竟，眼看着一个如此珍奇古老物种的灭绝，本身就像观看一场罕见的流星雨。几乎每天都有来自世界各地的明星专程跑到我们保护区来，就是为了摸他一下，与他合个影。

苏丹，还有他的女儿娜金、孙女法图都很聪明，也都很和气。他们一家三口都是在动物园长大的，娜金和法图甚至一辈子都没有离开过动物园，她俩都是在动物园出生的。他们的听力和嗅觉都灵得要命，也都知道自己的名字。只要我们一喊他们的名字，他们就会听话地走过来。

有时候苏丹也会发脾气，也会被来看望他的人们搅扰得不胜其烦。但是，只要我轻轻摸一摸他的耳朵，他就会放松下来。如果他需要治疗，我们甚至都不必麻醉他，他会乖乖地让我们在他的耳垂上来一针。

他们四个伙伴刚回乡的时候，我们都很担心他们会成为盗猎贼的目标，于是索性把他们麻醉以后锯掉了他们的犀角，没想到这个做法以后会成为常规的保护措施。其实当时我们这么做，也是为了能让他们长出漂亮的新犀角，他们的新角长得可真快。他们原先的犀角扭曲变形得太厉害，可以说是非常畸形，让人看了就觉得心酸。凯斯博士说，那是他们渴望自由的本能留给他们的纪念，他们没有一天心甘情愿地被关在笼子里。

但是有什么办法呢？如果不是两岁多的时候被人类救走，苏丹可能早就死在盗猎贼的枪口之下。可怜的苏丹。

我们24小时荷枪实弹保卫他们，我们的警犬和我们一样时刻待命。我们在他们的秃角上安装了跟踪器，以便随时可以监控他们的方位。我们设置了瞭望塔，定期检查围栏有无损坏……我们成功地从盗猎贼的枪口下救回了苏丹，但我们没法从岁月的手心里把他夺回来。

2

从我认识苏丹的第一天起，大家就在孜孜不倦地想办法让他繁育后代、延续种群。可是太难了。

他们一起回来的四个同伴，严格来说，都算是近亲。娜金是娜丝玛和苏丹的女儿，法图是娜金和骚特的女儿。而小伙子苏尼，是娜丝玛和骚特的儿子，所以事实上，苏尼既是娜金同母异父的哥哥，也是法图同父异母的哥哥——以及法图的舅舅。关系很绕，很不自然，很容易让人惊掉下巴，我知道。可是没办法啊，这么多年来，地球上的北白犀牛就剩下最后十几头了。要想有纯种后代，只能近亲繁殖。

我们很快就给苏丹换了一个更大的圈养场，面积足足有2.8平方公里，这个圈养场的前身是一个奶牛场，那里还住着其他很多本地动物，还有好几头南白犀女士呢。我们希望苏丹能尽量感到舒适、自由，希望他能回到他最原始的野性状态，希望他尽可能完美地焕发出繁育后代的豪情壮志。看起来他似乎适应得很好，在圈养场的各个角落都留下了大坨大坨的粪便，那是他在宣示自己的领地权呢。

我们让苏丹和娜金交配，但是没有结果。娜金可没少让苏丹吃苦头。

我们还试图让苏丹和法图交配，还是没有结果。我承认，对此我们多多少少都有些失望，毕竟，法图是最年轻的北白犀女士，她是最有希望自然受孕的一个。

苏丹常常不停地磨角，虽然他的角总是被锯得光秃秃的。一只雄犀牛要想赢得犀牛女士的心，必须先要和犀牛女士打一架，打赢了，犀牛女士才会允许他接近。

有一天我们突发奇想，把他放进南白犀的领地。也许，他可以和南白犀女士生出一个杂交的小宝宝？毕竟，他们都属于白犀牛这个物种，凯斯博士说，在1万5千年前，这两种白犀牛或许发生过基因融合。也许奇迹会再次发生。

当然，我还听说，也有一些科学家坚信，北白犀和南白犀其实完全是两个不同的物种，他们至少在100万年以前就分开了。唉，我们也搞不清楚这些东西，反正就尽力而为，把各种可能的办法都试一遍吧。

但是很不幸，苏丹被凶狠、高大的南白犀女士打败了。他被揍惨了，看起来一点机会都没有。为了他的安全，我们不得不又费尽周章地把他从南白犀女士们身边弄走了——别忘了，他可是一头两米多高、4米多长、4吨多重的大家伙啊！

他可不管那么多，还是一有空就磨角，磨呀磨呀。但是年龄不饶牛啊。苏丹的后腿太虚弱，根本没法支撑他用自然而古老的方式去与雌性完成交配。他谁也征服不动了。而且他的精子质量也很差，就算我们帮助他完成交配，他也无法使白犀牛女士成功受孕。所以几年前我们就不得不接受令人失望的现实，不再折腾他了。

凯斯博士他们已经把苏丹的精子收集、冷冻起来了，想看看以后能否利用更先进的生物技术让他有机会再次繁衍出自己的后代。然而这种设想对我而言，就像梦一样无法确定、不可触摸。

苏丹自己并不是不想再要一个宝宝，他一直到42岁高龄的时候，还会对着南白犀女士们的领地流连张望，温柔地哼唱着情歌。

3

　　"小伙子"苏尼曾被寄予厚望。我们试图让他和娜金交配，不知道为什么，娜金死活不肯，拼命抵抗。但是她的犀角也被锯掉了，她无力阻挡苏尼的坚持，无法把苏尼赶走。苏尼锲而不舍地追赶她，直到把她逼到一个角落，最后成功地和她交配了两次。她怀孕了，我们都欣喜若狂。可是，到了预产期，她却一点动静都没有。很显然，她又流产了。而这次流产，对娜金的子宫造成了永久的伤害，她再也无法受孕了。唉，可怜的娜金。

　　苏尼和法图也没有结果。我们这时候开始怀疑，法图是不是根本就不能生育。其实娜金可能早就知道这一点了。有一次，我们好不容易把她们母女两个运到雄性南白犀的圈养场，看她俩有没有机会亲自生出杂交的小宝宝。娜金非但自己激烈抵抗，而且简直是疯了一样地保护法图，拼了命地不让任何雄性南白犀接近她的女儿。没办法，为了她们的安全，我们只好又费尽周章把她俩分别运了出来，好让南白犀男士们"雄心得逞"。但是，仍然没有结果，她俩都没有结果，唉，所有的努力都是白折腾。

　　后来兽医说，法图的子宫先天不足，无法受孕。事实上，很悲哀，不管人类如何努力，到目前为止，生于2000年的法图是这颗星球上最后一头北白犀宝宝。可怜的法图。

　　我觉得娜金也太聪明了，简直像个未卜先知的女巫，她怎么就能预先知道法图不可能怀孕呢？说心里话，我们人类对白犀牛生育的事情又了解多少呢？我们只能摸着黑，不停地尝试。

苏尼和南白犀女士当然也试过了。没有结果。真是累人。

2014年，苏尼自然死亡，享年34岁，也算活到高龄了。我知道他也尽力了，可怜的苏尼。

苏尼的故事还没有结束。凯斯博士说，很快，他们将用苏尼和他父亲骚特的精子制造出第一批北白犀体外授精胚胎。

<h2 style="text-align:center">4</h2>

为了安慰全世界，我们保护区的头儿理查德先生宣布说，从技术上讲，苏丹多年前就已经不育，所以他的死亡并不会影响人类挽救这个物种的可能性。他的话说得很婉转。我完全同意他的观点，真的是这样，大家全都尽力了。

我会继续努力工作，照顾好苏丹的两个后代，尽量满足她们的需求，让她们的余生尽量过得舒服一些。现在，每天都有很多人来看望她们，她们挑起了苏丹留下的担子，成为犀牛的新大使。

要是没有偷猎，没有走私，我相信北白犀牛的数量绝不至于像现在这样少到只剩两头的地步。

他们濒临灭绝，不是因为他们进化得不够完美——恰恰相反，他们进化得非常完美，几百万年来，正是他们帮忙塑造出了家乡大草原独特的自然生态环境——但是他们的毛皮虽然厚重却不是防弹的。我痛恨盗猎贼。

我努力告诉我遇见的每一个人，犀牛角没有一点药用价值。可是没有用。我遇见的每一个人都清清楚楚地知道这一点，但犀牛角能卖大价钱，他们要挣钱。而相信犀牛角有神奇疗效的人，却听不见我的声音——或许，他们即使听见了也不会相信我吧，他们更愿意相信他们几千年前的古书记载和邻里间的以讹传讹。

如果娜金和法图也死了，我不知道我还能去做什么。也许我也会拿起一支猎枪，去做一个非法狩猎人，瞄准每一个把枪口瞄准犀牛的盗猎贼。至少，我可以为阿忠报仇了。阿忠巡逻时遇到盗猎贼，身体被子弹打烂了，死后仍然双眼圆睁。我一直以为这种死法会是我的结局，没想到，阿忠先我而去了。他不该死去，他是那么好的一个人，不该那样死去。不为他讨回公道，我死不瞑目。

苏丹的故事也没有结束。科学家准备从娜金和法图的子宫里取出卵子，在试管里授精，制造出活胚胎，然后再把活胚胎植入雌性南白犀的子宫里去。让南白犀做代孕妈妈，这种疯狂的事我以前做梦也想不到。

我还听说，有些科学家已经设法用北白犀的精子和南白犀的卵子制造出了一些杂交的犀牛胚胎。他们现在暂时先把胚胎冷冻起来了，打算一旦技术成熟，就把这些杂交胚胎植入代孕妈妈子宫里。科学家说，哪怕北白犀最后真的完全灭绝了，至少这些未来的杂交白犀牛宝宝还可以延续北白犀的一些基因。科学家还说，这些融合的基因或许也将对南白犀的生存大有好处，有助于南白犀顺利进入北白犀灭绝后所空出来的大片领地。而且，当疾病爆发时，融合基因也许能让南白犀更有抵抗力，也许能给他们带来某些生存优势。这种实验也完全超出了我的想象，我无法做出自己的评价。但是我不得不说，在科学家的各种描述中，全都是"也许或许可能"这样的词汇，这让我提不起精神，我感觉科学家们自己也不确定，希望他们不是纯粹在浪费时间和金钱。

凯斯博士对我说，利用体外授精的新技术挽救一个物种，这种事以前还从来没有发生过。

对我来说，这真的是个太过复杂的科学问题。我能听懂的只有这么多。

我祈求上苍，希望我们能救回这种神奇的生物。我全身心地祈祷。

第三章　娜金

1

看到穆泰和凯斯博士走过来，我不由叹了口气。

凯斯博士边走边慢慢地说："从培养出一个胚胎到生出一只犀牛宝宝，有很长一段路要走。从成功培育出一头犀牛宝宝再到培育出一群犀牛，还有更长一段路要走。"

穆泰："听起来就很复杂。这个过程要花很多钱吧？"

凯斯博士："是啊！成功培育出一头北白犀宝宝，大概要花900万美元。我们正在面向全世界募集资金。"

穆泰惊呼："天哪！这么多！悍泰那坏小子帮客户猎杀一头黑犀牛，也就挣几百美元，每次他都要跟我炫耀好多天，嘲笑我工资太低。"

凯斯博士苦笑一声："人类不是经常干这种事吗？先轻轻松松地破坏掉，再费尽力气挽救。可是在绝大多数情况下，一旦破坏就永远失去了，再也没法挽回了。"

穆泰："前几天我听几个科学家说，只需要十到二十年时间，体外授精、代孕、产出活生生的北白犀宝宝就可以从设想变为现实。要真是这样，那可就太好了。真希望在我的有生之年，能亲眼看到那一幕。"

凯斯博士："我不知道，穆泰。我不想随随便便给你一个时间表，因为我们真的不确定。有很多很多技术问题需要解决，我们需要花很多很多的时间。当然，总体而言，我们对结果持乐观态度。"

穆泰："我还听说，国际联合科学家团队过几天就要过来，从娜金和法图的子宫里取卵。我只是想象一下，就觉得这事千难万难。想想看，她俩都有两吨多重，取卵导管将近两米长，受罪啊……太难了。花销这么大，万一失败了可怎么办？"

凯斯博士表情很复杂："在我看来，最大的风险不在于取卵失败，而是对娜金和法图的身体会造成什么样的伤害。整个取卵过程，她俩必须被深度麻醉两个小时，这可能会威胁到她们的生命安全。"凯斯博士叹了口气。

穆泰轻声说："要是这次体外辅助生育计划……最后失败了怎么办？"他也许是想起了他们自己这十多年来的无数次失败经历。

凯斯博士："我不敢想，我们承受不了失败的后果。原材料太珍惜了，一次失败就可能整个改变北白犀这个物种的未来……"

"那就，别再勉强了吧。"我轻轻地对他们说。但是他们听不懂我的话，我的话对人类毫无意义，他们只听到我随意而温柔地叫了两声。穆泰上前来，摸了摸我的耳朵，挠了挠我的脖子。

2

我时常痛恨命运，为什么让我受那么多苦。这并不说明我是一头爱抱怨的犀牛。我其实很认命，我希望人类能放过我们，别再折腾我和法图了。

听起来很矛盾是吗？我们明明从出生到现在一直处于人类的严密保护之下——请看一看那40多个24小时荷枪实弹的卫兵吧——我却希望他们"放过我们"。

好吧，我就直说吧。人类啊，请让我们好好地灭绝吧，求你们了。真的，与其这样受苦受罪地活着，我宁愿盗猎人一枪把我崩了。

我们雌性白犀牛的身体结构和你们人类大不一样，甚至和大多数动物都不同。此时此刻，在地球上，除了大象，白犀牛是第二庞大的陆地生物。

一头成年的雌性北白犀，从外阴到子宫，大约有1.5米深。人类啊，当你们从我和法图的子宫里取走卵子，上苍啊，那是怎样的一种酷刑！

你们无法像对待人类自己的女性一样，精确、轻柔地手工操作这个过程。你们只能借助那根近两米长的导管，三分把握七分侥幸地吸出我们的卵子。在整个过程中，那个图像模糊的超声波显像器是你们唯一的向导。

我听到你们自己也问过自己，这个过程是否会对娜金和法图的子宫造成创伤？你们的回答是，你们也不知道。你们只知道，你们无法承担我们被伤害的后果，因为整个地球只剩下我们最后两头雌性北白犀了。

你们不甘心，至少我知道凯斯博士是真的不甘心。我们的族群从遍布西北大草原到濒临灭绝，只用了短短十年时间。之后，凯斯博士和他的同事们辛苦工作，又足足用了十年时间，才把这一小片草原上的野生北白犀慢慢恢复到32头。但紧接着，哗啦啦似大厦倾，由人类国王、酋长、总统、总司令等等各路豪杰支持的盗猎团伙，拿着最新式的武器，卷土重来，根本不分什么北白犀、南白犀，或者黑犀牛，一律无差别猎杀。凯斯博士自己就像一只小蚂蚁一样，被扫到一边，为保护我们好几次差点丢掉性命。

凯斯博士，我真的很感谢你，但我真的看不出，你们复活出一头两头甚至三头四头小北白犀，能有什么意义？

听说，为了给我们的卵子提供基因多样性，你们启动了一项应对未来近亲繁殖基因瓶颈的伟大计划——建立了12头北白犀的基因银行。呵呵，呵呵，12头北白犀的基因系列就能提供所谓的多样性了吗？人类砍掉了整片原始森林，然后从最后几棵树上摘下12片树叶，你们把这个叫做多样性吗？

亲爱的凯斯博士啊，科学只是我们犀牛命运拼图的一小部分。你们自己不是也说了吗？人类活动导致物种灭绝的数量是自然淘汰的1000倍。如果人类仍然贪得无厌，战乱、贫穷、偷猎走私、环境污染、栖息地减少、外来物种入侵……这种种人祸足以再把我们迅速灭绝一千次。

如果除了科学家和少数好心而无能为力的人类，仍然没有其他人真正关心某个犀牛物种的死活，那么就算10年后你们花费数亿美元繁育出5头小白犀牛宝宝，又能怎样呢？我们这个物种面临灭绝的命运丝毫不会改变，小宝宝仍然不得不从一出生就被割去犀角，失去自然本性，终身为囚地活着。

你们知道我是怎么想的吗？应该一出生就被割去的，是你们人类的短视、贪婪、愚昧和邪恶。

3

我有时候想，我们如此强烈地吸引到人类的眼球，到底是幸还是不幸？

世界上每天都有物种在灭绝，绝大部分根本没有被人类注意到，而我们幸运地被注意到了，并且被放置于举世瞩目的聚光灯之下。无数的名人达士每天来看望我们，抚摸我们，看起来对我们充满了爱意和同情。

不幸的是，我们这苟延残喘的最后三片树叶，只要活着，就将永无宁日。人类想尽办法要拯救我们，甚至到了荒唐可笑的地步。

我们的生殖系统是如何运作的，对你们人类来说，一直是一个谜，不是吗？你们甚至一度认为，我们雌性白犀牛一年四季都可以怀孕，但你们其实一点谱都没有，不对吗？你们根本不清楚我们的子宫什么时候最适合让卵宝宝着床，你们也根本不清楚，你们制造出来的受精卵能否顺利着床。就算着床、发育了，胎儿能否顺利出生？就算出生了，未来有没有生育能力？能不能适应外界生存环境？你们什么都不清楚，但这并不妨碍你们充满自信地操控一切。我真受够了，我宁愿像我的祖辈那样，被你们人类干净利索地杀死再割去半张脸！

到底是谁的馊主意，要把我和我的女儿许配给雄性南白犀？怎么可能会有结果？我们属于根本不同的两个物种！难道你们和黑猩猩能生出宝宝吗？呵呵，也许你们人类可以，但我们白犀牛真的不行。

你们在两周之内，把我和法图麻翻数次，把我们运到雄性南白犀的大圈养场，因为计划不顺利又再次把我们分别运回小圈养场。每一次运输，对我们而言都难受得跟死了一回一样。你们知道我们的感受吗？你们不知道，也懒得知道。你们只会埋怨我，说我过度保护自己的女儿，嫌我不配合你们的拯救大计。可是我明明知道，我的女儿根本不可能怀孕，我为什么要让她去白白遭受那份苦难？绝对不行，除非从我的尸体上踏过去！

在完全不了解我们白犀牛生殖奥妙的情况下，你们打算给我们找代孕了。你们打算提取北白犀的精子和卵子——精子还是冷冻的，来自死去多年的雄犀牛——实行体外人工授精，再将胚胎植入南白犀代孕妈妈1.5米深的子宫里。我完全无法想象你们要怎么把胚胎植入雌南白犀的子宫，太疯狂了，堪称变态。难道你们真的觉得世界上的南白犀数量很多，经得起你们这么伤害吗？继我和法图之后，你们还要破坏多少南白犀女士的生育能力才懂得住手？

听说你们还设想让马来做北白犀的代孕妈妈，因为，呵呵，呵呵，因为我们都属于奇蹄动物。请问你们人类愿意给快灭绝的猴子做代孕吗？毕竟你们都属于灵长类、基因相似性更高——高达90%以上。

听说你们还打算用我们的皮肤细胞为原料，组合出一个胚芽并人工制造出一个活生生的北白犀小宝宝。

……

我不得不承认，人类啊，你们真是太自信了，想象力真是丰富多彩。

你们不觉得你们本末倒置了吗？南白犀曾经比我们更早濒临灭绝，直到人类在大草原边缘一个杳无人烟的秘境发现一个大约100只的种群，并由此将他们繁衍成现在这样不到2万头的规模，使他们由"濒危"转为所谓"近危"。那大约100头南白犀祖先，也仅仅是森林里的最后一棵小树而已，所谓多样性，早就不存在了。

可怜，现在所有的南白犀几乎都活在保护区里，一出生就要被割去犀角。即便如此，偷猎的规模依然一年比一年浩大。偷猎人的装备和技术比保护区巡逻警卫们的先进多了。看看全世界，黑犀牛，苏门答腊犀牛，爪哇犀牛，独角犀，哪一种不岌岌可危？那几种亚洲犀牛也只剩100头左右而已，对他们的保护都严重缺乏经费。人类啊，你们与其在我们这个注定消逝的物种身上赚足眼球、吸够金钱，不如趁现在还来得及，去好好地保护他们吧！

4

苏丹，我的父亲，我替你高兴。你能这样平静地死去，是你的福气。从此，你再也没有痛苦了。

人类假意把你放归大自然，让你享受帝王般的待遇。

我冷眼看着这一切，有什么用呢？太晚了。就像给一个生前备受冷落、凌辱、折磨的老人举办一场豪华的葬礼，早干嘛去了？

父亲，你在假装的大自然里过着明星一样的生活，但我知道，你对于"放归大自然"这场戏，有多生气。我问你，你那一坨一坨的牛粪，是拉给谁嗅的呢？谁还会来跟你争夺地盘和母犀牛呢？你是想吓走谁呢？扬起你那嗅觉发达的鼻孔，你闻得到任何一头雄性北白犀的气味吗？不要再自欺欺牛了吧。

是的，我曾经深深地深深地怨恨过你，虽然我一直都知道，那不是你的错。你只是被摆布惯了。

能不能受孕，我们犀牛女士自己最清楚。但是人类知道什么呢？人类什么也不知道。他们只知道刺激你和苏尼，还有其他的雄性南白犀，一次次地违背我和法图的意愿，强迫我们接受你们。

我对你发过脾气，我踢过你，撞过你，刺伤过你，对此我很抱歉。可是你知道我为什么那么愤怒，对吗？

法图虽然年纪不小了，可是她根本就没有发育好，人类却让你们一遍遍地骚扰她！你们没有听到她痛苦的哭泣吗？

终于，他们认为我因流产导致子宫受损，再也无法怀孕，他们遗憾地放过了我。我终于解脱了。我承认，我是从那一刻才开始原谅你的。

但他们要再过好几年，才肯放过可怜的法图。

我多么希望，我能和你一样，现在就安安静静地死去。

宇宙之歌，起起伏伏。万千生命，终有一绝。

群星闪烁，既然我们这一颗生命之星已经如此破碎不堪，就让我们静静地走向命定的消亡吧！就让我们划过星空，在这浩瀚的宇宙间安静地熄灭吧。

我多么希望，人类能够懂得这最后一次真正的自由对我而言有多重要。

第四章　法图

1

凯斯博士说得对，采集北白犀的卵子可不像在草原上散步那么轻松自在。

腹部隐隐的疼痛一直没有消失，我懒得走路，也懒得说话。吃草也没有胃口。

我很担心妈妈。强忍着腹部的不适和头部的晕眩，我挪到她身边去，轻轻唤了她几声。

妈妈有气无力地抬起头，哀伤地看我一眼，又垂下她那苍老的大脑袋，重重地喘息着，粗大的鼻孔一张一翕。自从取卵手术之后，妈妈一直情绪焦躁。

我轻轻吻了吻可怜的妈妈。妈妈已经整整三十岁了，相当于人类的六十花甲之年。有一些人类，到了她这样的年纪，早已是儿孙满堂，准备卸下一切生活的重担，开始颐养天年。我也知道，还有另外一些人类，即使过了六十岁，仍然不得不像壮年时期一样为了吃饱穿暖而劳作不息。很不幸，我的妈妈也是那样一世操劳的命运，甚至比辛劳的人类老人更加悲惨。花甲之年，她还必须和壮年时期一样，配合人类的体外繁育计划，以一个老太太的血肉之躯，为了繁育自己的宝宝而备受折磨。

已经快一周了，人类科学家从我和妈妈的身上各取走5颗卵子，用最快的速度当天就空运到意大利的一家实验室。听凯斯博士说，这10颗新鲜的卵子将会用苏尼哥哥和骚特爸爸的精子体外授精，然后，成活的胚胎将用南白犀妈妈做代孕，制造出一窝小北白犀宝宝来。整个项目的最终目的是让北白犀这个物种重新漫步在这片我们古老祖先曾经徜徉的土地上。如果不出意外，这整个过程需要至少70年的时间。

妈妈对这个繁育计划不以为然，甚至非常抗拒。我呢，我乐见其成。我不怕受苦受难，我可以忍耐一切。我心痛的是妈妈，还有将为我们做代孕的南白犀姐妹。多希望我能自己怀上我的宝宝，但是我没有这个能力——北白犀女士生来就有的自然能力，到我这里失传了。

凯斯博士正在接受记者采访，说我和妈妈正在平稳恢复。我不知道我们现在这种状态，算不算平稳恢复。我也不确定，我们是否还能恢复如初。但这些都不重要了，为了这片美丽的大草原，我心甘情愿舍去一切，这是我活着的意义，不是吗？不然，我来到这个世界上还能有什么别的意义呢？

穆泰今天来看我们，他很兴奋地告诉我们，10颗卵子里有7颗可用。这意味着，长途跋涉刚刚启程，我们事实上就又失去了三个小宝宝，那些潜在的活泼可爱的小宝宝们。我一点都兴奋不起来。我只有哀伤。我在心里默默地跟三个小宝宝永久道别。

2

骚特和苏尼都已经死了很多年。此刻，在遥远的意大利克雷莫纳市，有一家生物实验室正在努力尝试制造出他们全新的后代。如果泉下有知，听到这个消息，不知他们会做何感想。

凯斯博士说，苏丹爷爷的冷冻精子活力不够，所以这次没有被采用。是啊，北白犀寒碜的基因银行资产有限，每一份原材料都要用在刀刃上，一丁点儿都浪费不得。

我想起了娜铂姨妈。她是娜丝玛和苏丹的大女儿，是娜金妈妈的亲姐姐。当年，她因为被医生诊断为"没有自然生育能力"，就被留在捷克的动物园里，没有和我们一起南下搬回大草原。没来也好，可以少受好些罪。回想那一路上，又是飞机，又是轮船，又是卡车，我的半条命都快被折腾掉了。

娜铂姨妈虽然不能自然受孕，但看起来她有一个健康的卵巢。人类科学家认为，这可以给他们提供人工胚胎的宝贵原材料，于是他们早早开始做准备了。

2015年，苏尼哥哥死去的第二年，比他小三岁的娜铂姨妈也去世了。娜铂姨妈刚一咽气，她的卵巢就被割下来，运到了意大利克雷莫纳市的一个实验室——我相信，我和妈妈的卵子，上周也被运到了这家实验室。

娜铂姨妈的卵巢里当时有四枚卵子，这家实验室成功地提取出两枚，并为它们体外授精。然而遗憾的是，他们弄混了标签，不小心使用了南白犀的精子，实验因此失败了。妈妈当时气愤地说，娜铂死了人类都不放过她，还要再割她一刀，让她死无全尸。妈妈冲着凯斯博士叫了半天，"人类和黑猩猩孕育不出后代，娜铂的四颗卵子也不例外！"但凯斯博士一句都没听懂。

其实那次失败让人类科学家也很痛心，他们很惋惜浪费了一次宝贵的机会。但是科学家也并非完全没有收获，那个失败的实验表明，北白犀和南白犀通过体外授精产生一个可育的杂交胚胎，是完全可行的。由此类推，纯种的北白犀人工胚胎也完全可以如法炮制。这大概是我们的卵子这次又被运到这家实验室去的原因吧，失败是成功之母，我期待着他们的好消息。

听说克雷莫纳市是个古老的人类城市，它以手工制作的精巧小提琴闻名于世。我希望，这一次，那家实验室的科学家也足够心灵手巧，能够再造奇迹。

3

凯斯博士说，北白犀这种巨型食草动物的灭绝，将对生态系统产生级联效应，使其他草原动物的生存受到损害。

穆泰当时听了这话，身体僵了一下，急切地问博士，什么是级联效应？

"你可以说它是一连串意外事件的连锁反应，"凯斯博士回答说，"就生态系统而言，一个重要物种的灭绝，很可能会触发其他物种的灭绝，最终带来整个系统的崩溃。"

穆泰的手在我的脑袋上温柔地摩挲着，让我感觉很舒服。我对着他轻轻叫了两声。

穆泰："万一……北白犀再也回不来了，如果……我们能够想方设法引进大量南白犀，填补北白犀空出来的大片草原，这样可以挽救生态系统吗？"

凯斯博士摇摇头："没有人能信心十足地回答这个问题。也许我们还来得及，也许我们早就来不及了。也许我们现在所做的一切，全都是无用功。"

他们两个都沉默了。我也沉默了。娜金妈妈哼了一声："还用得着说，当然是无用功！我替未来代孕的南白犀妈妈一哭！地球上每年都有成千上百种物种灭绝，你们有这份精力和金钱，放过我们吧！去救救那些还来得及救助的动物吧！趁你们还来得及！"

　　凯斯博士这回好像听懂了妈妈的气话。他摸了摸妈妈的耳朵，安抚她激动的情绪。"地球上现存的五种犀牛都不同程度地濒临灭绝。我只担心，咱们现在是本末倒置，喧宾夺主，大张旗鼓地宣称要恢复一个事实上已经灭绝的物种，将宝贵的资源从更重要的实地保护工作中转移走了。"

　　穆泰摇摇头："你们的工作也很重要啊！前几天你不是还跟我说，从拯救北白犀中得到的经验和成果，可以用来拯救濒危的黑犀牛、爪哇犀牛和苏门答腊犀牛吗？"

　　娜金："他们有的只剩几百头，有的只剩几十头！而已！他们正在被凶残的盗猎贼谋杀！或者被你们人类的政府拍卖给虚荣的富人猎杀！每天！"

　　穆泰轻轻给娜金搔痒痒："最近这几年，在我们这片大草原上，南白犀和黑犀牛的盗猎数量一直在疯狂上升。夜视镜、消音武器、直升机……盗猎贼的武器和装备现在比我们先进太多，照此下去，下一个就该轮到黑犀牛灭绝了！"

　　凯斯博士点头："现在南白犀的数量最多，让人们感觉松了口气，可事实上它们的族群仍然很脆弱。盗猎贼越来越猖狂，利用先进的信息技术，他们比以往更容易找到并杀死目标犀牛。你看，一个猎奇的游客偶然发现了一头野生犀牛，兴奋地拍下照片，毫无戒心地上传到自己的社交媒体上，几分钟之后，这些照片就会被盗猎贼利用，精准定位这头野犀牛。"

穆泰："我们应该禁止游客给野生犀牛拍照！"

凯斯博士："这几乎和禁止盗猎贼偷猎一样难。"

穆泰："幸好很多南白犀处在人类的保护之下，一出生就被割去了犀角。我们有些本地人，为了收割犀角，在农场和牧场里也饲养了一些南白犀和黑犀牛，都有警卫严密看管着。"

凯斯博士用忧伤的眼神望着我："这正是让我痛心之处。我担心它们被关久了，宝贵的自然天性会渐渐丧失，最后沦为纯粹的犀角生产工具，那样就太可悲了。这片大草原将面目全非，不再是原来的大草原了。"

娜金妈妈喊道："早就不是了！死去的永远不会活过来！坠落的流星还能被捞回天空重新发光放彩吗？"

我无声地哭泣。

4

今天得到最新消息，七个受精卵活下来两个，现在都保存在液氮里，等着被植入代孕南白犀的子宫里。我已无力伤悲。再见，五个小宝宝。

我和妈妈的卵子一年只能取三次。如果计算一下我和妈妈这一生还能被取出多少颗卵子，结果确实会令我灰心丧气。

也许正如妈妈所说，我们的命运真的只是地球宿命的缩影吧。

地球上现存物种一共有800万个左右，其中100多万种濒临灭绝。而这100多万个物种之所以面临灭绝，只因为一个物种的存在——人类。

40年来，地球上的野生动物数量减少了一半。

我只怕，就算我愿意付出身上的每一个细胞，承受一切要命的痛苦，结果却还是零。人类啊，我只怕，我们的命运，真的只是你们未来命运的前奏。

看看这个星球，森林消失，气候变暖，海洋污染，环境恶化，物种急剧消逝……如果未来有一天，这个星球完全寂灭了，那么今天的一切努力和忍耐都将化为泡影，白白浪费。

妈妈常常嘲讽地说，我们是曾经郁郁葱葱、千奇百态的大森林剩下的最后两片树叶。的确，缺少基因多样性，会是很大的问题。听说，人类正在试图用我们基因银行中的干细胞和皮肤细胞制造人工生殖细胞，以丰富我们的基因池。

我想，基因池萎缩，必然也是整个地球未来的命运吧？北白犀的今天，很可能就是其他犀牛的明天，也可能是人类的明天。人造的犀牛宝宝，适应性足够强大吗？是否会有先天不足的种种缺陷？我不由想到我自己，虽然我在成为一枚小小的受精卵之前，就经历过自然受孕的残酷洗礼，但我依然无法自然受孕。

保护很花钱，恢复更花钱。保护区给苏丹爷爷申请了一个社交账号，名字叫"最有吸引力的黄金单身汉"。这个账号当然不是为了给他找女朋友，而是为了募集资金。70年的恢复计划，需要花费多少美元，我简直不能想象。

就让我们为地球母亲做最后一次奉献吧，如果有用的话。其实地球母亲可能根本就不在乎，它见过太多的生存与毁灭，当我们这些曾经存在的物种都消亡后，地球什么都没有失去，随时可以在一片废墟中再来一次缓缓的进化筛选。

等我死的时候，我希望能和黑诺诺一样，躺在一个风光迤逦的高地上，仰望着辽阔、干净的天空，咽下最后一口气。

第五章　悍泰

1

每次看到穆泰他们几个荷枪实弹保卫苏丹的照片，甚至只是想一想，我就忍不住想笑。太夸张了。

40多个警卫，18个饲养员，每天24小时，每周7天，所谓"全天候无间断警戒"，哎，快算了吧！要是把我的大牙笑掉了，你们负责给我找牙医吗？免费送你们一句忠告：赶紧重新换个剧本演吧！

就苏丹那光秃秃的大脑门，偷猎人犯得着冒风险去找它的麻烦吗？穆泰哥哥啊，奉劝你们安安稳稳睡觉去吧，真是彻头彻尾白操心。自然保护区里所有犀牛通常每隔18个月割一次犀牛角，割掉十分之九，只保留生长板以下有神经、血管的牛角根，割一次平均花费1千美元。我一直很好奇，那些割下来的犀牛角都上哪儿去了？肯定不会扔了吧？要是卖掉，卖给谁了？每年能卖不少钱吧？据说保护区为了安全，储存、运输、售卖犀牛角的信息都是绝密。去年，附近另外一个保护区储存的51根犀牛角离奇失窃，到现在还没破案。

穆泰常常骂我是个没有心肝的畜生。嗨，难道他忘了吗？正是我们自己的先辈把北白犀赶尽杀绝的！这事可不赖我！南白犀本来也被他们杀绝了，只不过后来又被科学家在一个鸟不拉屎的小地方找到了100来头。说起来，我们的先辈当年也都是响当当的战士，他们也和我一样，不过是为挣口饭吃罢了，就是想让家人活得好一点而已。

穆泰总质问我："难道你感受不到内心和大自然的联系吗？要是人类清光野地、砍光树林、杀光野生动物，难道不会影响到你吗？"他还骂我是个蠢货，他才是个蠢货！这些事跟我有什么关系？又不是我干的，并且我也阻止不了。我当然希望野生动物都能好好地繁衍，这样我才一直有猎物可打啊。

说白了，我一个向导猎人，能做什么呢？有客户要来大草原狩猎，如果我不做向导，自然会有人争着抢着去做，态度比我积极100倍，被杀死的野生动物一只都不会少！

　　真是气人，就因为我不肯放弃做一个猎人，穆泰他就要和我断绝兄弟关系！要不是阿忠苦劝，照他的说法，他非打死我不可！这可是我的亲哥哥！他犯得着这么激动吗？真过分！

　　难道我就不能做我喜欢做的事情吗？何况我又没犯法。我的客户都是被西北旅游与环境局堂堂正正请来打猎的贵客，客人都是花了好多钱才竞拍到这些狩猎机会的，竞拍会就是由大名鼎鼎的绿野大陆地动物保护基金会大张旗鼓组织的。我要是不好好招待客人，没有让人家尽兴打一回猎，我对得起我的好名声吗？

　　我喜欢打猎，我擅长做一名猎人。要说跟大自然的联系，好像还真有这么回事。我喜欢广阔的草原，喜欢静谧的丛林。只要双脚稳稳踩在野地上，我就好像被神灵附体了，通身的感觉都被激活，就连直觉都清晰异常。从业这么多年，我一次都没出过岔子。我的名头在这个全球"大游戏"狩猎圈子里，不比苏丹小！这个圈子里，全都是大富豪！哪个大佬不想雇佣我？有合理合法大把大把的钱赚，我干嘛不赚？我又不是傻子。

　　再瞧瞧你们干的事，我的亲哥哥哟，你们竟然打算花900万美元去凭空制造一头小犀牛！请问你们是不是发疯了？就上个月，就为了1万美元，大拖鞋他们一口气杀了九只野犀牛！你说你们何苦浪费钱呢？有那钱你们干嘛不去保护好那九头野犀牛呢？

　　就算我不做猎人了，那我还能去做什么？难道和穆泰一起去傻乎乎地守卫苏丹留下的两个母崽崽？村民们笑他们是犀牛铲屎员，辛辛苦苦一个月挣的钱都没有我现在小半天挣得多，那我还怎么让家人过上好生活？关键是，那种守卫有何意义？无聊透顶，饶了我吧！

我又没犯法，凭什么。真是的。喝酒去。

2

嗯，我真的没醉。唉，其实吧，我也不是真把我亲哥哥的话完全当了耳旁风。

不好意思，咳，我呢，有时候也挺困惑的，尤其是偶尔不得不对那些让我真心喜欢的野东西下手的时候。就算我妇人之仁吧，今天借着酒劲，我认了。下不去手也得下啊，虽然事后心情不好，必须借酒浇愁。

我真不想提起今天这事。真希望这事从来没发生过。真希望我能完全忘记发生过这件事。可是没办法，我忘不了今天这事。我哥说的什么"跟大自然的联系"，包括我现在这种近乎多愁善感的可笑情绪吗？

我今天这个客户，是绿野市来的大富婆。西北旅游与环境局的钱领导亲自陪她过来的，可见局里的重视程度。钱领导恭恭敬敬开口闭口称她"齐公主"。齐公主主动选我做她的向导。我说过了，我要是不做，有的是人愿意去做。

齐公主是专门过来打黑犀牛的。听说，绿野市那边有很多人在抗议她，好多人激烈批评她，说黑犀牛是濒危物种，猎杀黑犀牛既残忍又愚蠢。在我们村子里，永远都不会发生这种毫无意义的争论，挣钱养家活命要紧，虚头巴脑的辩论又不能当饭吃。

齐公主有她自己的一套理论。她说，打猎不但不会危及濒危物种的生存，反而会保护濒危物种的繁衍。比如，她竞拍花的40万美元，都可以被当地政府用来保护野生动物。她还说，她杀死的都是年老多病会对年轻动物造成威胁的"问题动物"，所以，她其实是在替野生动物界进行必要而又卓有成效的优胜劣汰的工作。

行吧，每个富豪猎人自然都有一套自己的理论，这些理论也的确能糊弄不少粉丝，网络上为齐公主叫好的声音也不少。我算是看明白了，理论是什么？就是负责把粉丝给绕晕的。

我对各种理论的态度最简单了：废话少说，直接看本质。作为濒危物种，杀一头就少一头，哪来的保护？"为保护而猎杀"，这种胡言乱语，甭管她说得多天花乱坠，都是臭狗屎。真是比穆泰他们24小时保护无角犀牛还要让我笑掉大牙。

嗨，扯远了，富豪的理论跟我不相干，人家也没花钱让我挑他们的理论漏洞。杀死一头老黑犀牛，杀就杀吧。

长话短说，这个齐公主今天算是过足瘾了，可是，唉，我最喜欢的那头黑犀牛诺诺被撂倒了。这个野东西，今天被我亲手一枪打死了。我的心现在活像堵了一块大石头，太难受了。

瞧把齐公主给激动的，我看着就来气。她假装不知道那致命的一枪其实是我打的，要不然照着诺诺当时的气势，她那条小命现在还在不在人世都很难说。

咳，反正我也挣了不少，诺诺的肉也都免费分给村里的乡亲们了。大家伙儿排着队领肉，也都挺高兴的。齐公主爱怎么显摆就怎么显摆去吧。

3

杀死了诺诺，我压根都没想着要跟穆泰炫耀，我都一个劲儿躲着他呢。可是他却偏偏找过来，指着我的鼻子，劈头盖脸又是一通乱骂。我就笑着听他骂，他看我嬉皮笑脸的，就更来气了，说我麻木不仁。

麻木不仁的人会伤心吗？会为一个野东西的丧命难受得想哭吗？

已经好多天了，感觉真糟糕啊。我真心喜欢诺诺那个野家伙，我观察它好久了，都没舍得把它的行踪告诉给任何人。它可真威风，真漂亮，它就是我们大草原最可爱的野东西。唉，我不想再多说了，对不起哦，黑诺诺。

我都没敢跟穆泰说实话，诺诺根本就不是齐公主竞标时选定的那头"年老多病"的老犀牛豁耳朵。咳，谁让诺诺这么倒霉，刚好撞到我们枪口上来了呢。黑诺诺啊，你平时也挺机灵的，那天怎么就犯傻了呢？你的嗅觉不是很灵敏？你难道没闻到陌生人的味道吗？你以为闻到我的味道就表示平安无事？你怎么这么傻啊！！

哎，你不会是为了保护你的老婆孩子吧？我知道那个愣头愣脑冲到齐公主枪口下的臭小子是你儿子星星，难道，你忽然现身是为了转移我们的注意力好让星星乘乱逃跑？咳，不论如何，客观上你用你自己的命换了星星的命。我也是一个父亲，我敬你一杯！

豁耳朵太狡猾，那天竟然躲得无影无踪。你说这些老犀牛怎么都跟成精了一样呢？一个比一个溜得快！老谋深算，他怎么知道那天有人打算去收拾他呢？

我本来根本没打算撞上谁是谁，虽然我知道老钱和司令打一开始就是这么想的。尤其是司令，他成为私人保护区的业主，不是为了保护野生动物，而是因为有利可图，客人撂倒的野生动物是雌是雄是老是少，他从来不在乎。天啊，我至今不敢相信是我亲手把诺诺给结果了。主要也是齐公主二话不说，已经向诺诺打了六枪，枪枪落空，诺诺已经完全被她激怒，直接冲她奔过去了。情况紧急，我要是不打出那致命的一枪，就该出人命了，而且还是大富豪的富贵命，那可比我们的小命值钱多了。

钱领导后来拍拍我的肩膀，悄声说："机不可失，失不再来！干得好。"也是啊，要不然我们都不知道还要耗几天的时间才能完成这个单子呢。夜长梦多，时间拖得越长，大拖鞋他们那帮亡命徒就越有可能听到风声，直奔我们花了老大功夫才确定的狩猎点，来跟我们抢猎。他们一点都不会客气，他们更不会在意撞到他们枪口上的是年老多病的"问题犀牛"还是生龙活虎的壮年犀牛。

不是我现在拼命找借口，当时大家确实都很心急。齐公主从里到外都崩溃了，她的尿臊味可真让人受不了。我们真耗不起了，我也不可能眼看着黑诺诺把她活活挑死。我没有权利说黑诺诺比齐公主更值得活在这个世界上，我只是不能失职，我得对得起自己的名声。

钱领导当然很清楚到底是怎么回事，他装糊涂。政府都不管，你说我一个小雇工，能怎么着？

对不起，黑诺诺，这杯酒，再次敬你。我明明知道你时常在那一带活动……也许早在我向环境局报告豁耳朵方位的时候，我就已经出卖你了。

4

我同意给阿海队长当卧底，打探大拖鞋他们的动向，不是为了钱。阿海他们付的那点钱，还不够我买几瓶好酒喝的。

而且，我犯得着为钱吗？大拖鞋是谁啊？哪个村民听到他的名字心里头不颤上三颤？包括我。

我不怕凶猛的狮子，不怕发怒的犀牛，但是我怕长着人样的大拖鞋。他比任何野兽都可怕。他可以眼睛都不眨地射死一只才6岁的刚刚被割去犀角的白犀牛少年，纯粹是为了好玩，为了享受小犀牛少年的临终哀嚎。然后，他亲自动手，把还没死透的小犀牛的脸刨开，把那割剩下的牛角根剜走了。

不管任何时候，哪怕在猎杀最凶残的大野兽时，大拖鞋都若无其事地穿着一双夹趾大拖鞋。这是他最让我头皮发麻的地方，他不是一个人类，他是一头魔鬼。乍一看，你会认为这家伙就是个普普通通的糟老头，可他的心肠真的比石头还硬，比蝮蛇还毒。他的一个眼神就能瞬间把我石化。跟这个杀人不眨眼的大魔头作对，那绝对是把脑袋系在裤腰带上，随时准备被没收。

如此看来，我就算是没全疯也半疯了。万一走漏了风声，那我就死定了。

穆泰要是知道我现在暗地里和他一样疯，他会怎么想呢？他会向我道歉吗？

我为什么也和穆泰一样发疯了呢？我为什么就糊里糊涂心甘情愿地答应阿海了呢？阿海明明知道，只要是我答应了的事，我就一定会做到。我得对得起我的好名声不是吗？

以前吧，我和穆泰也吵过很多次，我总觉得，物种灭绝跟我有什么关系呢？吃饭睡觉，抽烟喝酒，日出日落，冬去春来，一个物种灭绝了，我真没觉得有什么了不起的。可是，在诺诺倒地的那一刻，我忽然意识到，还真有可能像穆泰说的那样，有那么一天，大草原上一望无际，一头犀牛都没有了。那多遗憾，那，该让人有多伤感。没有犀牛的大草原，就不是我熟悉的大草原了，想想就觉得心里空荡荡的，再想想，真瘆得慌。不行，不能那样。我们不能这么稀里糊涂地失去我们的家乡。

说到底，还是我太心软了。反正阿海队长值得信赖，他宁死也不会泄漏我的秘密，我能为大草原做一点事就做一点吧。就当我是在替阿忠做事吧。这样穆泰再骂我的时候，我心里也能好受一些。总有一天，等穆泰知道了真相，哼哼，我就想看看他要怎么向我道歉。

大拖鞋他们也确实太跋扈了，我早就看不下去了。穆泰和阿忠他们的巡逻队每天四处奔波，他们处在反击盗猎贼的第一线，注意观察一切可疑的脚印，报告听到的一切异常响动，虽然傻气十足，但很值得尊敬。我常常梦见穆泰和阿忠被盗猎人杀死了，浑身是血……

不，阿忠，我不能想你已经不在这个人世，不能。这会儿，你还在大草原上巡逻呢，阿忠，我的好兄弟。我又分不清眼泪和烈酒了。

我做不到。我想你，阿忠兄弟。我无法做到把你排除在意识之外，就像你从来没有存在过。

阿忠，你怎么那么傻！明明同时发出五声枪声，你难道听不出他们贼多势众吗？你听不出他们的武器有多厉害吗？你孤身一人，听到枪声就赶去侦察情况，你还有脑子吗……我看到你脸色煞白地躺在那里，满腔热血全都流进咱们大草原的土地，你有没有听到我的灵魂破碎的声音？我的一部分灵魂跟你一起死去了。

大家都知道是大拖鞋他们干的。太可恨了！我看见穆泰又偷偷哭了，我知道他也想你了。这个家伙，年纪越大越脆弱。呃，这一口酒喝得太猛了，我的眼泪都被呛出来了。我和穆泰兄弟俩再吵架的时候，就没有人来劝架了。以后，我再也不跟穆泰吵架了。这是我这辈子最后一口酒，从此以后我要时刻保持清醒，把你没过完的一生替你一起活了。

可是我真的很悲观。就算我本人为了犀牛的未来，愿意少挣些钱，可是总会有人去干那些脏活的。没办法，穷啊。

最近，我常常想，这么几十年来，为什么我们大草原的人们总是处于"地区冲突"的战火中呢？要想打败对方，就得有军火。要想有军火，就得有钱。要想有钱，猎杀犀牛来钱最快……到底是谁让我们这么没命地自相残杀呢？地球不是属于全人类的吗？亚马逊的森林大火不是会祸害到每个人吗？可是为什么到头来，所有的矛盾、痛苦和灾难都要落到当地人的头上呢？为什么受苦受难的总是我们呢？为什么命丧黄泉的总是我们呢？我们到哪儿去找那个罪魁祸首呢？我们要找谁去赔我们失去的家乡呢？他们赔得起吗？

我一点都不相信被传得神乎其神的犀牛角药效，完全是一派胡言。我只是惊叹它可真值钱，有人可真能骗人。我也打心眼里看不起那些花大价钱来打猎的胆小鬼。唉，我只是为了挣钱，我也是个胆小鬼，胆小的穷鬼。

野生动物太少了，人类屠杀的速度太快了，动物们的繁殖速度撵不上人类的子弹了。我，真的不想再打猎了。

等哪天人类不再迷信了，等哪天向导猎人这个工作不合法了，我会去重新找一份工作的，我保证。

第六章　欧万

1

2023年，娜金和法图首次被人工取卵四年后。这一年的初夏，法图又被人类研究者取了18颗卵子，其中13颗死亡，5颗人工授精成功——这是四年来胚胎成活最多的一次，研究者非常兴奋。要知道，上次从法图身上采集的卵子全死了。

到了盛夏时节，热浪滚滚，此事短暂地爆发为一个小小的新闻热点：研究者宣布，已经成功制造并冷冻保存29枚北白犀胚胎。

这是研究者第13次从法图身上采集卵子。由于娜金过于年迈，研究者已放弃从她身上取卵——取了也活不下来。娜金解脱了，总算过上了平静的晚年生活。

四年来，研究者已经从法图身上取了100多颗卵子，这是法图身体的极限。据报道，法图在这次卵子采集的过程中，情绪稳定，状态良好。

媒体充满希望地报道说，下一步，研究者将把南白犀试管胚胎植入南白犀代孕妈妈，一旦成功，将在技术和法律两方面为造出北白犀宝宝铺平道路。

两头雌性南白犀已经被选定为代孕妈妈，她们被安全地单独关押在一个与世隔绝的圈养场里。研究者没有透露她俩的姓名。

同时被选定的还有一头健康、英俊、正当壮年的雄性南白犀欧万。欧万将被用于引诱入选的南白犀代孕妈妈，人类相信公犀牛可以准确侦查到母犀牛是否处于宝贵的发情期。欧万将与处于发情期并做好怀孕准备的代孕妈妈交配，然后研究者就可以乘机把南白犀试管胚胎戳入代孕南白犀的子宫里。当然，欧万将被严格实行绝育，研究者将百分之百确保欧万没有生育能力，以免代孕妈妈怀上欧万的宝宝——费那么大劲，花那么多钱，用那么长时间，要是代孕南白犀最终产下一个自然受孕的纯种南白犀宝宝，那对研究者可绝不是好消息。

可怜的欧万。

在实施绝育手术那天，欧万疼痛难忍，无法入眠。他看见一颗流星划过大草原上空，火焰越来越微弱。最后的燃烧之后，流星消失在漆黑的夜空，了无痕迹。

2

2024年1月，研究者宣布，一只代孕的雌性南白犀成功受孕了！这个宝贵的南白犀试管胎儿为雄性，活了70天，发育良好。

不过，这只南白犀代孕妈妈2023年11月就和腹中胎儿一起死于细菌感染。事实上，人们是在解剖她的尸体时才发现她怀孕了。

尽管胎死腹中，一尸两命，但研究者依然感到非常振奋，对研究前景无比乐观，认为这是一次突破性进展，距离创造一个北白犀新宝宝的目标前进了一大步。

项目首席研究者托马斯兴奋地告诉媒体："这个小胚胎证明了一切。现在我们有清晰的证据，一个由人工授精、冷冻、在液氮中保存、解冻、在试管中发育的犀牛胚胎，完全可以发育成一条健康的新生命。植入试管婴儿对人类很简单，对犀牛，这是有史以来第一次！我们弄的可是一个两吨半的哺乳动物！"

托马斯透露，6个月之内，将如法炮制，真刀真枪，把珍贵的北白犀试管胚胎植入南白犀代孕妈妈。"犀牛孕期16个月，所以如果进展顺利，2至3年之内我们就可以看到一个北白犀宝宝出生。其实胚胎可以在液氮中储存很久，但是我们不想浪费时间，因为娜金和法图都年纪不小了，我们希望新宝宝来得及师从娜金和法图，学习北白犀的生活习性。"对此，娜金和法图一致同意其实她们也没什么可教的，她们都出生于人类动物园，从一出生就失去了自然的习性，她们所知道的一切都是人类教导的，试管宝宝完全可以直接跟人类学习。

媒体欣喜若狂，纷纷跟进，一些数学比较好的媒体报道说，照此进展，2025年年底第一头北白犀试管宝宝有望出生。

研究者拿着发育70天的南白犀死胎，跑前跑后，白天黑夜，又是手捧，又是装盘，一会儿单人，一会儿集体，摆拍了很多照片发布在各大媒体上。对这些照片，娜金一眼都不想看。

现在大家知道那个已死南白犀代孕妈妈的名字了，据媒体报道，她叫苦若。可怜的苦若。

托马斯说："现在我们有30多个北白犀胚胎，差不多一半在柏林，一半在意大利。我们可以制造10到15个小北白犀宝宝，这意味着，从这些小宝宝身上，我们还可以获取更多的卵细胞，然后制造出更多小宝宝，这个过程可以无限延续。预计20年内，我们可以实现将北白犀放归野外。"不过前提是得有钱。据报道，德国政府的一项相关资助将在2024年结束。拯救组织正在积极寻找新的掏钱伙伴。

3

研究者告诉记者，这个南白犀死胎的父母都已死于细菌感染。也不知道苦若算不算是死胎的"母亲"？应该不算吧，毕竟她只是个代孕的。欧万肯定不算是父亲吧？毕竟他都被"确保绝育"了。欧万现在是死是活，研究者没说，也没有一个媒体记者想起来去问一问。

不过穆泰知道，欧万也死了，比苦若还早死了几天。这两只苦命的南白犀都死于一种100多岁的凶险细菌，连日暴雨和大洪水把这种细菌冲刷回人间，托马斯说，都是气候变暖的错，归根结底都是人类的错。

这只南白犀死胎的血缘父母来自两个不同的动物园，

他们分别被取了精子和卵子，由科学家人工授精后造出了这只本来有希望在大草原上奔跑的纯种南白犀宝宝。2023年9月24日，研究者利用欧万侦查并引诱发情的苦若，之后把这个短命的南白犀胚胎从苦若的肛门扎针植入苦若的子宫——因为犀牛的宫颈弯曲复杂，人类的针头无法直接穿越。可怜的犀牛们。

西北大草原犀牛自然保护区宣布，保护区现有165只黑犀牛，52只南白犀，以及法图和娜金两个金疙瘩北白犀。全副武装的犀牛保卫队，外加一群护林员小队和一支警犬小队，联合卫队24/7警戒，平均每只犀牛的保护费达到每月850美元。

托马斯透露，研究者可以很快制造出6个北白犀幼崽。他承认，栖息地丧失、人类对犀牛角的迷信、基因池太小等导致北白犀濒临灭绝的主要因素一个都还没解决，所以就算北白犀新宝宝制造成功，也改变不了现状，研究者也不可能制造出一大群北白犀，人造北白犀不足以挽救这个物种。但是，托马斯强调，研究者希望下一步能利用干细胞制造出新的精子和卵子，然后利用人造精子和卵子制造新胚胎。研究者还可以用基因编辑技术提高未来宝宝的多样性，也可以从博物馆样品中提取遗传物质。总之，北白犀宿命暗淡，但研究者前景光明。

托马斯透露，现有的北白犀胚胎全部来自法图的卵子。

经过这么多年，法图现在已经确信，所有这些繁殖实验，结果可能全是一场空。法图的心理年龄，也变得有一万岁那么老。

这晚法图又一次从噩梦中惊醒，她又一次梦见了几只奇形怪状的北白犀怪物宝宝，他们头上长着腿，肚子下面长着角。

4

2025年2月，世上的北白犀胚胎数量达到36个。科学家曾经希望从法图那里至少再制造10个，但是法图已经太老了，眼看快没用了。不过与此同时，用死母犀的卵巢组织制造卵子的项目正在火热进行中。

保护区骄傲地宣布，7年没有盗猎人出现了。穆泰幽默地对媒体说，唯一的入侵者是身段灵活地跨越栏杆的羚羊和四处游荡的疣猪。

看着无角的犀牛们，已经公开加入自然保护区巡逻警卫队的悍泰苦笑着摇摇头。

娜金36岁了，苍老而衰弱。她的膝盖越来越糟糕，犀角也耷拉下来。她的消化很不好，整天胀气，不停地放大屁。说不清是出于好奇还是疑心或是纯属无聊，她跑去查看架着相机的三脚架，把记者们吓得四散而逃。她又跑去侦察一辆停在保护区里的陌生汽车，汽车镇定地一动未动。

娜金比以前更加安静，她很寂寞，大部分时间自己孤零零地待着。法图脾气变坏了，也不喜欢和老妈妈待在一起，有时候还会找娜金妈妈打架，穆泰他们不得不把她的秃角锯得更勤，免得她伤到娜金。这几年法图是活取北白犀卵子的唯一来源，每次取卵都得被全身深度麻醉，至今她已经被取了20次卵，这使她成为历史上被麻醉次数最多的犀牛。管理者和研究者都反复强调，法图健康状况良好。

6月份满25岁的法图，和南白犀小姑娘塔舞成了好朋友。野生野长的塔舞是潜在的代孕对象，被人类捉来和法图培养感情。有的记者说，把塔舞引进过来，是向从未在野外生活过的北白犀尤其是法图展示动物园和圈养场之外的生活方式，教育法图狂野之道。也有记者说，把塔舞引入保护区，是为了让她学习娜金和法图的生活方式，以便未来可以教育由她代孕的北白犀宝宝。总之，不管谁教育谁，都是为了教育未来的北白犀宝宝。

5月中下旬，媒体再次激动了一波，国际科学家联合团队绘制出一只雄性北白犀的全基因组图谱。据主要研究者劳润说，这个全基因组可以作为一个参考，评估以前培育的那些北白犀干细胞是否健康。这些干细胞也许最终会被科学家用于制造精子和卵子并繁育出新犀牛，而如果没有基因组参考，科学家将不知道被选用的干细胞在实验室生长过程中是否存在有害变异——在人类和其他动物的干细胞培育中，这类问题很常见。

劳润还说，他们发现以前最被寄予厚望的干细胞系列存在大量DNA遗失——丢了足有3千万对碱基，会影响200

个基因，包括那些涉及生殖和肿瘤抑制的基因。"如果没有基因组图谱，我们对于这一点根本不会知道。我们以为我们有很优良的干细胞系，结果却发现它发生了变异，使用它会导致不安全的生殖。现在我们可以回头筛查所有其他干细胞了。这个基因组图谱是选择使用哪些干细胞的金标准。"

媒体说，新的基因组图谱也解决了北白犀和南白犀的差别到底有多大的争论。早先的数据显示，重大的基因差距也许会对南白犀代孕北白犀造成极大风险。但最新的对比显示二者基因组惊人相似，这个发现极大增强了科学家让南白犀姑娘代孕的信心和决心。

劳润说："现在我们有了北白犀的基因组图谱，我们可以运用所有已有的生物技术协助拯救北白犀这个物种。这不是侏罗纪公园，不是纯粹靠基因编辑和基因工程复活一个神秘的古老物种，我们是在恢复一个至今还与我们关系密切的物种。从哺乳动物和鸟儿到植物和珊瑚，所有其他物种的拯救都可以因此受益。"

被绝育的南白犀小伙酒沫，接替了欧万留下的引诱者岗位。接替苦若的，除了塔舞，还有大丽、阿瑞等几位南白犀姑娘。

蜜糖和男孩

人类不是你们的猎物，

你们是人类的猎物。

你们不是人类的敌人，

人类是你们的敌人。

——摘自呐喊的三宝诗集《动物快跑》之《蜜糖》

1　有只狗狗名叫小蜜糖

蜜糖刚刚半岁的时候被前主人阿英一家收养。那时阿英刚大学毕业，迷茫于未来的人生，独自一人去星宿大沼泽地流浪，路过松鼠林的一个小村庄时，遇见了蜜糖。

那天村子里刚好有集，附近的山民肩挑背扛、牛拉驴驮，带着各种各样的山货来赶集。尘土飞扬的土路两边挤满了小摊位，卖啥的都有，热闹极了。阿英觉得很有趣，就一家一家挨着逛，并不打算买任何东西。憨墩墩的蜜糖被关在一个大铁笼子里，和一大堆猫啊狗啊八哥啊摆在一起出售。蜜糖可怜巴巴地望着阿英，阿英的步子就再也挪不开了。

货主介绍说，这是当地的一种纯种巨型犬。"有点像藏獒吧！"货主介绍说，这种狗很忠诚，很聪明，就是食量太大，要是这次卖不掉，回去就要杀了炖肉。阿英立即掏钱买下了蜜糖。

阿英把蜜糖带回老家火狐狸村，全家人都第一眼就喜欢上了蜜糖，因为蜜糖实在是太漂亮太可爱了。阿英刚上初中的弟弟阿海自觉自愿承担起照顾蜜糖的主要责任，每天给她喂食、洗澡，陪她锻炼、玩耍。阿海与蜜糖形影不离，彼此成为世界上最好的朋友。

作为一只家庭宠物，蜜糖的饭量确实很大，而且特别嘴馋，简直什么都吃。有一次她不声不响一口气吃光了一锅面条，那可是全家人的晚饭啊！

然而和别的狗狗不太一样，蜜糖好像天生有些素食主义。她虽然也不反对吃肉，但始终不太热衷于肉食，对于能把别的狗狗哄骗得不停摇尾乞怜的肉骨头，她也从来都不屑一顾。相比之下，她更喜欢吃水果，什么蓝莓，草莓，苹果，橘子，葡萄，红枣……一顿吃一小筐不在话下——幸好阿英的父母承包了一个小果园，足够她解馋的。去果园的树下捡果子吃，永远是蜜糖最喜欢的游戏。而且蜜糖的嘴巴好巧，轻轻一撮，就把小小的莓子、枣子吃进嘴里去了。

而蜜糖最最喜欢吃的是蜂蜜。这有点奇怪不是吗？一只巨型犬竟然喜欢吃蜂蜜！

蜜糖第一次偷吃蜂蜜的时候，阿英一家都被吓坏了，担心她会死掉。想想看，那可是一大罐刚采集回来的新鲜枣花蜂蜜啊！被年仅半岁的蜜糖掀开盖子吃了个精光！阿海强忍着眼泪说，他刚看过一本书，里面提到有一条外国宠物狗，因为吃了巧克力而心跳过快、发烧、腹泻、呕吐，最后悲惨地死去了。

阿海茶饭不思，密切观察蜜糖的状态，每半小时给蜜糖量一次体温和心跳。然而蜜糖啥事都没有，因为吃了蜂蜜，兴高采烈了一整天。从那以后，家里的蜂蜜必须得藏起来。但是，不论把蜂蜜藏在哪里，藏多高，迟早都能被蜜糖找出来吃光光，有时候一家人真想不通她是怎么办到的，只能说她太聪明了。她因此被家里人唤作小蜜糖。

阿英继续思考人生，一有时间就跟着蜜糖在果园里溜达，与其说她在遛狗，不如说蜜糖在遛她。终于有一天，看着蜜糖锲而不舍追逐一只翻飞的蝴蝶时，阿英开悟了，总算想明白自己到底想要什么样的生活。

后来阿英总开玩笑说蜜糖是她的精神导师。

2　蜜糖出现了奇怪的变化

时间过得飞快，转眼蜜糖一岁半了。

也许是她嘴太馋，吃得太多，她现在长得又高又壮，体重惊人地达到了110公斤。

不过，她看家护院的本领绝对出色。蜜糖天生有一种威严的气场。因为蜜糖的存在，不管是贪心的人类还是贪吃的动物，都不敢靠近阿英家的果园半步。

最先观察到蜜糖奇怪变化的，是阿海。

"蜜糖从来都不汪汪叫，只会咕咕哝哝。"有一天吃晚饭的时候，阿海忽然冒出来这么一句。

爸爸想了想："是啊！你们发现了没有，蜜糖太喜欢吃坚果了。那棵第一次结果的栗子树下不是落了一堆毛栗子吗？你们猜怎么着？全被她吃掉了！太神奇了。我从来没见过会吃毛栗子的狗。"

妈妈从放在碗边的书里抬起头来："那有什么稀奇的，她还爱啃玉米棒呢！我以前真没见过啃玉米棒的狗狗呢。"

过了一天，妈妈在晚饭时惊讶地宣布："今天蜜糖长新本事了，我看见她像人一样站起来，起码有一米高，伸长脖子往远处张望。太聪明了吧！"

阿海锁着眉头，表情严肃，这副模样表明他正在认真思考："书上说，人类是跖行类动物……"

"直行？据我所知，人类走路的时候也会拐弯儿的呀！"妈妈胡开玩笑乱打岔。

阿海："不是直着行走，是跖行……"

妈妈："执行？人类是会执行任务的动物？嗯，有些道理啊。"

阿海："哎呀，也不是执行任务，是跖骨的跖，足字旁加一个石头的石，也写成足字旁加徐庶进曹营的庶，就是脚掌的意思。"

妈妈："明白了！阿海真是妈妈的小老师呢，妈妈今天又涨学问了，谢谢你！你接着说，跖行类的动物怎么了？"

　　阿海被妈妈表扬了，很高兴，他喜欢当妈妈的小老师："跖行类的动物行走时全脚掌着地，还可以抬起两条前肢，用后肢直立，这样虽然没有猫呀狗呀狐狸呀跑得快，但是视野好，可以更方便地发现食物和危险。这是人类进化为自然界食物链顶端的关键。"

　　爸爸停下筷子："有意思。那猫呀狗呀的为什么不能像人一样直立呢？"

　　看来爸爸也喜欢做阿海的学生。面对两个学生，阿海更有耐心了："猫和狗是趾行类动物，脚趾的趾，它们整个脚趾着地走路，所以虽然不能直立，却能跑得飞快。"

　　妈妈："咦，用脚趾走路的不是牛和马吗？还有猪！你看它们，走起路来哒哒哒的。"

　　阿海："牛、马和猪是蹄行类动物，它们用脚趾头走路。有人觉得他们的膝盖是朝后长的，其实那是他们的脚后跟，他们真正的膝盖仍然是冲前的。因为他们只用脚趾头着地，行动灵活，所以他们跑起来像飞起来了一样。嘻嘻，好玩吧？"

　　妈妈也笑了："还真是！要不然我怎么把咱家的小花猪叫小飞猪呢！小飞猪跑起来就飘飘扬扬的呢！"

　　爸爸沉思着说："这么说来，咱们的蜜糖狗狗应该是趾行类动物，用整个脚趾着地喽！唔——"

　　"对呀！"阿海说着，也停下筷子，直起身子，皱眉沉思起来。

过了一会儿，阿海说："我怎么觉得蜜糖走起路来，一直是用整个脚掌着地的呢？奇怪。"

爸爸："是啊，这不是很奇怪吗？"

妈妈："咱家蜜糖从来都不是一条普通的狗狗！"

阿海："蜜糖到底是什么品种的狗呢？我得好好再查一查。"

没过两天，更奇怪的事情发生了。在一个可爱的黄昏，蜜糖爬到一棵核桃树上去了！为了掏上面的一个蜜蜂窝！

面对蜜蜂的疯狂袭击，蜜糖满不在乎地低吼着，嘟哝着。

红霞满天，身段灵活的蜜糖在树上的剪影形成一幅奇特的画面。"蜜糖真的是一条狗吗？"爸爸大叫。

"好像不是！"妈妈也大叫。

"我早就怀疑了！"阿海也大叫，"蜜糖真的是一只大黑熊！"

3　蜜糖露出真面目

大黑熊是国家二级保护动物。不管阿海有多舍不得，正为赴美留学忙得不可开交的阿英立即给绿野市动物园打了个电话。

动物园非常重视此事，立即派来大黑熊专家实地调查。专家几乎立即确定了蜜糖的身份。是啊，看看她的牙齿和嘴巴，看看她弯曲的长爪子，看看她胸口那新月形的白斑，这不是一目了然的事嘛！专家当场狠狠批评了阿海一家。但专家也同时遗憾地表示，因为蜜糖没有出生证明，是一个"野家伙"，所以动物园也没法收留她。

"呀！连动物都得有户籍才能入园啊！"妈妈又开起了玩笑。"那可不！"专家认真地说。

在专家的建议下，阿英又给绿野市森林公安局打了个电话。森林公安局也很快派过来三名穿着深绿色制服的年轻警察。

尽管明知道蜜糖是被这一家当宠物养的，蜜糖一直和一家人一个屋子进食、睡觉、玩耍，三名警察还是不敢太靠近蜜糖。蜜糖倒是一点都不认生，高高兴兴地往三个陌生人身上扑，把三个年轻人吓得魂飞魄散，尖声大叫。阿海赶紧上前去，把蜜糖紧紧搂住，劝她别那么人来疯。

年轻警察们给领导打了半天电话，也没法给蜜糖安排一个安全、合适的落脚点。这可怎么办？真愁死人了。

大人们急得抓耳挠腮，连妈妈都顾不上开玩笑了。一直在一旁默默安抚蜜糖的阿海在肚子里嘀咕良久，才轻轻说出了自己的解决方案："把蜜糖放归大自然吧。"

阿英立即说："好主意。蜜糖的老家在松鼠林一带。"

蜜糖好像感觉到了阿海平静语气下剧烈起伏的情绪，她亲密地搂着阿海，龇牙低声咕哝，好像在安慰阿海。这野兽的咕咕哝哝声，又把那几个年轻警察吓得够呛。他们紧张地盯着野性十足的蜜糖，生怕她一激动，把阿海的脑袋啃下来，太危险了！

领导很快批准了阿海和阿英的建议。毕竟，松鼠林一带的大黑熊已经快被人类杀灭绝了，把蜜糖这样身体健康、精力旺盛的黑熊放回森林，实在是一件两全其美的好事。

但怎么把蜜糖运走呢？蜜糖毕竟是一头野兽啊，听说大黑熊还吃人呢！最后，蜜糖不得不挨了整整三针麻醉药，才迷迷糊糊地昏睡过去，被五花大绑地运走了。

阿海既舍不得蜜糖离开，又心疼人畜无害的蜜糖挨针受苦，跑到自己的房间，哭得死去活来，完全没有了小老师的风范。

4　蜜糖回到松鼠林

在本能的驱使下，蜜糖在松鼠林的一个大树洞里定居下来，这里是松鼠林里树木最繁茂的一片区域。只有深深地藏身在这里，失去亲人保护的蜜糖才能获得足够的安全感。

起初，蜜糖当然很不适应没有阿海一家朝夕相处的生活，伤心了好多天。她悄悄忍住悲泣，也不敢轻易走出树洞。清甜的空气中飘散着各种奇特的味道，令她忍不住尽量张开鼻孔，贪婪地嗅个不停。无数种陌生的声音日夜不息，此起彼伏，清清楚楚地传入她的耳朵，她第一次意识到自己的耳朵竟然这么灵敏，能分辨这么多细微的声响。这些复杂的气味和声音虽然让她害怕，但也让她万分着迷，使她跃跃欲试，想去一探究竟。

她试探着在树洞附近慢慢溜达，充满警惕。她的活动范围一天天扩大，一个崭新的奇异世界向她敞开了大门。天哪，有无数的宝藏等待她去发掘啊！每一天她都有新发现、新惊喜、新收获，美味的食物是如此丰富，奇妙的大地是如此变化多端。相比之下，阿海家的果园简直就是一个小婴儿的玩具屋。

蜜糖全心全意地投入新生活，热烈拥抱失散近两年的自然母亲。在其他动物的眼里，蜜糖也许有些性格孤僻，喜欢独来独往。但天性恬淡的蜜糖自己知道，她是有多么享受这种不受打扰的隐居生活。她不用费劲去让任何动物了解自己，她才没有那份耐心呢。她就是她，一只爱吃蜂蜜的健美、自在的年轻母熊。她脚步所及的地方，就是尘世的天堂，景色优美，天高地阔，遍地都是吃也吃不完、尝也尝不尽的美味。

是的，蜜糖享受森林里每一天的阳光。她无忧无虑地在小溪里打滚，在大树上打盹，在草地上撒欢儿。她渐渐忘记了被人类收养的童年，俨然是绿野森林享尽荣华富贵的生灵女王。

第二年夏天，一只英俊的公熊来到蜜糖的领地，用最温柔的语气向她求爱，蜜糖欣然接受了他的爱意。公熊走后的三个月里，蜜糖不停嘴地进食，体重每天都增加至少三斤，她这是在为自己和宝宝过冬做准备呢。

秋风开始变得寒冷的那一天，蜜糖封住洞口，进入冬眠期。

这一年的冬天，蜜糖在树洞里产下一雌一雄两只可爱的熊宝宝。蜜糖满心喜悦地看着这两个柔弱的小东西，那黑油油的小绒毛下面露出粉嫩的皮肤，小小的眼睛和耳朵紧紧地闭合着。蜜糖轻轻地在宝宝们身上舔来舔去，深厚的母爱在全身澎湃。

因为已经提前储备好足够的能量，在草木凋敝的寒冬腊月，膘肥体壮的蜜糖乳汁充盈。蜜糖的乳汁营养丰富，脂肪和蛋白质的含量都特别高，宝宝们每天都吃得心满意足，一天变一个模样，迅速发育。

出生六周后，熊宝宝睁开了眼睛。又过了两周，他们开始试着走路。三个月大的时候，蜜糖领着宝宝们出洞了。大地一片欣欣向荣，春花烂漫，蜜蜂飞舞，百鸟鸣啭，小熊宝宝们在草地上嬉戏、打斗，精力旺盛，不知疲倦。

到了夏天，蜜糖不客气地拒绝了好几只公熊的求爱，凶狠地把他们赶出自己的领地。她一心一意地照顾熊宝宝，满心满眼里只有她的宝宝们。世界上没有比他们更活泼、可爱、漂亮的小宝宝啦。

他们一家三口又一起度过了一个漫长的冬天。当春风再一次吹拂大地的时候，宝宝们爬出树洞，离开蜜糖，开始独立生活。小公熊跑得远远的，去密林里开拓自己专属的新领地。小母熊舍不得离妈妈太远，就在蜜糖领地不远处的一个山洞里安了家。蜜糖的内心充满骄傲，她做好了生第二窝小宝宝的准备。

就这样，小蜜糖成为尽职尽责的蜜糖夫人。

5　蜜糖21岁了

蜜糖21岁这年，生下了此生第九窝熊宝宝，一雄两雌。她的母爱和三岁第一次做母亲时一样浓烈。

蜜糖已经是一只老熊了，经验丰富，见多识广，处变不惊。她依旧肌肉发达，精力充沛，身段灵活，反应灵敏。从来没有什么致命的大病纠缠过她，唯一让她烦恼的是牙痛。蜜糖太喜欢吃容易消化又营养丰富的水果和坚果，吃起蜂蜜来简直停不下来。饮食含糖量太高，而她又没有刷牙的习惯，以至于满嘴都是被细菌蛀空的龋齿。

松鼠林天堂般的日子里当然也有悲伤。她刚出窝的宝宝曾经被狂野的公熊捕食，她刚离家试图寻找栖息地的宝宝也曾因误闯其他黑熊的领地而被毫不留情地咬死。年景不好的时候，大森林里食物锐减，她的宝宝也会被活活饿死。疾病有时候会好几个月在整个熊族间盘桓不去，有一年她因此失去了一整窝5只熊宝宝，痛苦得简直无法自拔。

最大的威胁永远来自最大的天敌——可怕的人类。蜜糖亲眼看见，盗猎人无情射杀了自己的两个后代。一只黑熊如果不小心被盗猎人发现，那几乎必死无疑。还有几个后代因为跑得太远，在环山公路上被人类疾驰的汽车撞死撞伤，也有不少后代因为侵扰了村民而被人类有计划地诱捕、猎杀或毒杀。

……但所有这些她都熬过来了。总体而言，蜜糖是一个乐观主义者，不纠结于过去，永远面向未来，探索世界的好奇心和激情丝毫不减当年。蜜糖的内心深处仍然住着一只顽皮的小熊宝宝。

偶尔，她会想起童年的那些温暖怀抱，那些百分之百毫无保留的饱满的爱意，那份全心全意陪伴的满足和安心。记忆如此久远，太不真实，就像一场美梦。现在，蜜糖已经无法把那些记忆和人类联系起来。在人类的眼里，黑熊是一种邪恶、残忍的生物，同样，人类对21岁的蜜糖意味着枪声、陷阱和死亡，一丝一毫人类的痕迹和气味都足以令蜜糖没命地躲避、逃跑。

于是，阿英、阿海一家在蜜糖的记忆中都变成了整天直立行走的熊妈妈。在她小的时候，有一群熊妈妈爱她，一个小个子的男孩妈妈尤其爱她，这份遥远而安宁的情感总是让蜜糖一想起来就感到极度的幸福。

6　三只小熊宝宝被活取胆汁

其实事情发生的好几天前，蜜糖已经觉得有些不对劲了。空气中飘散着不祥的气味，飞禽走兽惊慌失措，纷纷躲了起来，屏息敛声，密林变得静悄悄的。

时不时从远处传来各种野生动物绝望的尖叫。蜜糖知道，人类又来这一带狩猎了。她带着三只小熊宝宝深居简出，希望能躲过一劫。

这天，整个白天，她和宝宝们在隐秘的洞府里呼呼大睡。夜里，宝宝们饿醒了，吃了一会奶，他们又兴奋了好一会儿，一个劲闹着要出去玩。直到蜜糖答应天快亮时一定带他们出去玩一会儿，小家伙们才满足地再次入睡。蜜糖也有些饿了，这几天她太谨慎了，几乎没有捕到什么猎物。想要用乳汁喂饱三个大孩子，光吃莓子可不够，她需要补充蛋白质。蜜糖悄悄起身出去打猎。

人类的气味遍布她的领地，令她本能地想躲回洞府。但是不行啊，她必须补充营养。她小心翼翼地利用林中的暗影，悄然前行。她闻到了大耳兔的味道，高兴地追踪而去，决心速战速决，尽早回家。

正当蜜糖全神贯注捕猎时，她听到三只小熊宝宝的哀叫。"妈妈呀，救命呀！"

她立即转身，不顾一切地向喊声传来的方向跑去。一定是三只小熊醒来，见妈妈不在家，就出来找妈妈了。蜜糖疯狂地低声自语："傻孩子啊，你们没有闻到人类的气味吗？妈妈教过你们多少次了！"

来不及了。她眼睁睁看见三只小熊被人类施了魔法，软塌塌地昏睡过去，被人类装进塑料袋。很多很多年前，她也曾被人类施过这种魔法，无助地丧失了一切意识和能力。这魔法在她心灵深处留下一个永远都勘探不透的黑洞，那是她不愿意回忆的恐怖经历。

蜜糖失去理智，嘶吼着扑向人类，几个人类端起枪。枪响之后，蜜糖凭空消失了。人类仔细搜索，却连蜜糖的影子都没找到，只好有些悻悻地撤离了。蜜糖趴在大树顶上，从树叶的缝隙里看到，人类很快又大笑起来，庆贺今晚的收获。

蜜糖舍不得孩子们。她明知风险巨大，却仍然身不由己地尾随这些人类，来到一个地狱般的地方。十几只大黑熊被关在铁笼子里，转身的余地都没有。他们的肚子被活活切开，一根导管插进胆囊里去。日日夜夜，他们动也不能动。日日夜夜，他们的胆汁从导管里不停地流出来。日日夜夜，他们肚子上的伤口永不愈合。他们活着，却比死还难受。他们是不被当成生灵看待的生灵，他们是一台台活生生的胆汁生产机器。

蜜糖听说，人类之所以活取黑熊的胆汁，是因为他们相信吃了活熊胆汁，可以清肝明目，治疗咽喉肿痛。

蜜糖害怕得浑身颤抖。她看到自己的三只熊宝宝也被关进小铁笼子里，被活活地割腹挖胆，她清清楚楚地听到小熊宝宝们每一声撕心裂肺的哀嚎。蜜糖痛彻心肺。

蜜糖在熊场外徘徊了一天一夜。如果人类同意，蜜糖愿意用自己替换三只小熊。但蜜糖知道，这些人类恶魔啊，他们只会把她也关进笼子，活活剖开她的肚子，让她和她的孩子们一起哀嚎。黑熊们的哀嚎，不会激起这些人魔一丝一毫的怜悯之情，只会让他们愉快地联想到花花绿绿的钞票。

第三天，蜜糖亲眼看见，一只年轻的黑熊因为伤口感染死掉了。人类连黑熊的死尸都不放过，就在院子里的太阳底下，血淋淋地剥了小黑熊的皮，割了他的熊掌，挖走了他的胆囊。小黑熊的尸体面目全非，人类浑身都被黑熊的鲜血染红了，他们哈哈大笑着，黑熊的鲜血在他们狰狞的笑脸上凝固。蜜糖彻底吓破胆子，转身狂逃。

7　一个人类轻声呼唤，蜜糖，蜜糖，是你吗？

蜜糖又一次痛苦得无法自拔。她宁愿宝宝们都被疾病干净利索地夺走生命，也不要这样生不如死地苟活着。

半个月之后，躲在树洞中悲泣的蜜糖觉得自己似乎听到了三只小熊的呻吟声。她认为自己一定是悲伤过度，出现了幻觉。可是过了一小会儿，她又听见了宝宝们的叫声。于是她抬起头，侧耳倾听。宝宝们的声音越来越近，越来越清晰，一声声，一遍遍，"妈妈！""妈妈！"这到底是现实还是梦境？

蜜糖爬出树洞，直立起来，凝神捕捉空气中的每一丝响动和气味。听到了，嗅到了，是真的！她又一次失去理智，撒腿狂奔。

她闻到人类的气味，听到好几个人类的声音，不由警觉地停下脚步。但是奇怪的是，其中的一个声音竟然给了她一种隐秘的亲近感和安全感。

"队长，这样管用吗？能找到熊妈妈吗？把小熊扔在这儿得了。"一个声音说。

"养熊人臭嘴交代，这三只小熊就是在这一带被抓走的。咱们再试试看。"那个亲切、柔和的声音再次越过重重密林和层层茅草传入蜜糖的耳朵。

蜜糖在原地静静愣了一会儿，慢慢钻出人类不敢穿越的荆棘丛，古老的树枝在蜜糖身下咔嚓作响。蜜糖出现在三只小熊宝宝的面前，小熊宝宝们立即大声哭喊起来。蜜糖对他们轻声咕哝着，接着急促地微微磕了几下牙齿，一半是安慰，一半是警告，"注意！有危险！"

随着蜜糖的出现，好几个全副武装的人类同时举起麻醉枪。这一次，蜜糖却只是盯着自己的宝宝们，丝毫没有躲避射击的意思。她不想再躲避人类的子弹了，她受够了。开枪吧！如果你们想这么干。如果这个世界全部都是属于你们人类的，那就把我们赶尽杀绝吧！让我们死个痛快吧，没什么大不了的。

"蜜糖，蜜糖，是你吗？"一个人类轻声呼唤着，同时伸出双臂。

是那个好听的人类声音。蜜糖把视线转移到这个人类的身上。比起听力和嗅觉，蜜糖的视力不算太好。但和人类相比，她的视力也不算太差。所以她和阿海一样，清清楚楚地认出了对方。她的男孩熊妈妈。快20年了，比起当年，她的男孩熊妈妈缩小了好多啊，但没错，就是他。

咕哝，咕哝，蜜糖低声回应。

"真的是你！亲爱的蜜糖！"这个人类的声音激动地颤抖着。他的眼泪一行行地顺着脸庞流了下来。他把那些举起的枪口一一按下去，然后轻轻走上前，又一次伸出双臂。

蜜糖迟疑了一下，慢慢挪过去，把脸贴在阿海的手上。阿海轻轻抚摸蜜糖的脸庞、脖子和脑袋。阿海张开温暖的怀抱，等蜜糖反应过来，她已经和阿海紧紧拥抱在一起了。她惬意地转动脑袋，在阿海身上蹭来蹭去。咕哝，咕哝，她撒娇地叫唤着。

"太好了！见到你太高兴了！太高兴了！"阿海搂着蜜糖，哭得话都说不清楚了，其他护林队员们都不好意思看下去了。

8 蜜糖在梦里听到一个小男孩的哭声

就这样，三只小熊失而复得。阿海虽然舍不得离开蜜糖，但并没有打扰他们母子太久，和其他人类一起静静撤离了。

三只小熊肚子上的伤口虽然已经结疤，但身体虚弱，瘦得皮包骨头。他们在妈妈腿边钻过来蹭过去，总也亲不够。蜜糖也一样，舔舔这个，抱抱那个，总也爱不够。

蜜糖从熊场逃回来的第二天，心有余悸。她当时以为孩子们再也不可能活着回来了，就答应一只雄熊的求爱，抓住今年的最后一次交配机会，预备冬天再生一窝。但这些天来，蜜糖并没有急着让受精卵着床，她还不确定自己有没有足够的心力和体力这么快就再生养一窝小宝宝。现在，既然三只受苦受难的小熊宝宝们都活着回来了，而他们无论如何也离不开妈妈的照顾，蜜糖很干脆地决定：这个冬天就不怀孕了。那些没有着床的受精卵将被她的身体重新吸收，成为她的冬季营养。

母子四个趁着大好的丰收时光，美美地吃了三个月。小熊宝宝们很快恢复健康，一个个又长得肉墩墩的，简直称得上膀阔腰圆了。今年冬天，第一场雪落得很早。下雪之前，蜜糖一家就在树洞里安顿好了。他们不吃不喝，不撒不拉，暖暖和和地挤在一起冬眠。在漫长的冬季里，他们偶尔会半梦半醒，彼此咕哝几声，打声招呼，很快便又沉入幸福的梦乡。

一天夜里，蜜糖在沉沉的睡梦里听到一个小男孩嘤嘤的哭声。这声音让她想起阿海温暖的怀抱。带着浓睡后模模糊糊的意识，她竖起耳朵，尽力捕捉那个小小的声音。没错，那是一个男孩熊妈妈的声音。蜜糖一下子完全从冬眠中清醒过来。

哭声似乎离得很远。哭得好伤心。哭声越来越微弱，好像没有力气了。快哭不动了。几不可闻的抽泣，长时间的死一样的寂静。蜜糖待不住了。

蜜糖慢慢钻出洞口。月光下，整个大森林银装素裹，大地一片白茫茫。她慢慢地在雪地上印下一个又一个全脚掌着地的大脚印，向着那无助而若有似无的抽泣声靠近。

她走了很久，心里不是没有一点疑虑。那个方向有一个人类的居住区，蜜糖从来没想过要去靠近。但她好像看到阿海在哭泣，在寻求她的帮助，于是她继续向前，向前。走了好久，雪地上的两串黑熊脚印长得望不到头。

一个人类的小男孩，那么小，形单影只的，躺在雪地上无声地抽泣。他睡着了，意识逐渐消散，彻骨的寒冷已经侵入他的身体内部。他快要被完全冻僵了，马上就要永久地沉睡过去了。

蜜糖走过去，把男孩抱在怀里，男孩冻得像根冰棍。但蜜糖能感受到那颗小心脏在微弱跳动。蜜糖那胖嘟嘟、软绵绵、毛茸茸的怀抱真暖和啊，那颗小心脏跳动得越来越有力。冰棍渐渐融化了，小小的身体热乎起来。

男孩苏醒了，紧紧偎依在蜜糖温暖、舒适的怀抱里，牙齿咯噔咯噔直打战："我迷路了……熊熊好朋友。我爱你。谢谢你。"

蜜糖抱着男孩，继续向人类居住区前进。她听见远远地传来人类嘈杂的喊叫声，还有四处乱晃的灯光。她很害怕，想转身逃走，逃回自己暖和、安全的树洞里去。可是，没有她的怀抱，这个男孩肯定会被冻死的。于是蜜糖继续前进，前所未有地靠近人类的居住区。

"大黑熊！大黑熊抓走了我的宝宝！"蜜糖听到一个尖利的声音。一大片人类的脚步声向她涌来。她惊慌失措地把男孩放在一丛挂满白雪的荆棘中间，这是她本能的母性反应，她不能随随便便地把男孩扔到雪地上，她要尽力给这个男孩最好的保护。

安顿好男孩，蜜糖转身向林子里逃去。月光如水，林木稀疏，她笨拙的巨大身体太显眼了。以前阿海不是说过吗？蜜糖是跖行类动物，她可以站得很高，但是跑不快。剧烈的奔跑会使她庞大的身体迅速产生过多的热量，让她吃不消，所以大黑熊从来不做长距离的剧烈奔跑。

蜜糖听到男孩忽然放声啼哭，这表明他很安全，没有生命危险。太好了，蜜糖稍感宽慰。混乱中，她再次听到那个尖利的声音："啊！我的宝宝还活着！活着！我找到他了！"

下一秒钟，蜜糖听到四面八方传来枪声，震耳欲聋。全身好多地方同时感到剧痛，痛得她都分不清到底是哪里中弹了，她只觉得自己的脑袋被撕裂了。她狂嚎一声，庞大的身体慢慢倒地。

在生命的最后一刻，蜜糖觉得很遗憾，不能再保护熊宝宝们了。"三只小熊啊，祝你们好运，妈妈爱你们。"

9　蜜糖引发了一场小小的争论

由本地村民和当地警察组成的联合搜救队聚拢过来，围着蜜糖的尸体，兴奋地指指点点。

"稀罕！我第一次见到野生大黑熊！浑身上下干干净净，我还以为黑熊都是脏鬼呢！"从镇上抽调来的吴警官激动地说。

"这黑熊个头不小，竟然是个母的！多大了？让老林给瞧瞧！"年轻村民王吉国说。

老林曾经是这一带最有经验最成功的猎户。当然了，现在老林已经没有用武之地了，法律禁止猎杀黑熊——除非是为了自卫，比如今天这种情况。

"好，我来瞧瞧！"老林挤上前来，蹲下身，熟练地拉开蜜糖的嘴巴。

"嗨哟，又是一嘴虫牙！"说着，老林一使劲，敏捷地拔下一颗磨牙。他从腰上解下一个特制的刀具，轻轻一划，磨牙被水平地划成上下两半。老林把刀挂回去，又解下一个放大镜。

"嗬，你的家伙什还挺齐全的嘛！"王吉国崇敬地说。

"我从小就喜欢鼓捣这些东西！"老林有些得意地说，"要不是小时候没条件，只能学打猎，我这辈子准是一名科学家！"

接着，老林喝一声："手电！"几束手电筒光立刻齐刷刷地照过来。

"嗯，让我来数数这大母熊的'牙轮'。"老林慢条斯理地嘟囔着，用放大镜仔细观察磨牙横断面上的年轮。是的，黑熊的牙齿上也有一圈圈的年轮，就和一棵树一样。

"21岁！乖乖！不得了！我第一次见到这么老的黑

熊！看起来真不像！这体格，这身段，简直和壮年的公熊没两样！"老林赞叹不已。

"这么棒一头母黑熊，可惜了。阿弥陀佛。"小娇大妈叹口气。

老林："是啊，要是能自生自灭，再活十年没问题。"

小娇听了又叹口气："可惜，可惜，阿弥陀佛。"

"胡子，你老婆的菩萨心肠又发作啦！"王吉国的爸爸王全仙咧着豁牙，显得醉醺醺的。

"有什么好可惜的！害人的黑熊必须杀死！头发长，见识短！"胡子吼道。

"出言不逊，性别歧视。"一个学生模样的护林警察摇头。

"确实，害人精必须格杀勿论。不过呢，这头黑熊以前倒也没做过什么害人的坏事。"王吉国说。

胡子皱眉："有第一次就肯定有第二次，胆敢偷小孩，真是长了熊心豹子胆！"

王全仙打个酒嗝："嘿嘿，'熊心豹子胆'这句俗话有问题！熊其实最胆小了。他们见了我就跑，我还不是扛枪的老林呢，就是一个扛锄头的农民。不是吹牛，很早以前我还逮住过一只小黑熊崽崽呢，我把它当巨型犬卖给游客了，哈哈哈。"

吴警官瞪起杏眼："逮黑熊犯法！"

王全仙愣了愣："嘿嘿，我吹牛的。吹牛不犯法吧？我只是极言大熊之胆小……"

学生警察："你说得没错，人们总觉得大黑熊邪恶、残忍，其实那是一种误解。上回高海大队长来给我们讲课，用实例说明黑熊其实并没有太强的攻击性，只要人类别招惹它们，它们对人类其实没有太大威胁。"

老林频频点头："人类不是黑熊的猎物。相反，黑熊是人类的猎物！"

"不是吧！"王全仙表示怀疑，"我听说，猴村有个村民，上山挖松露，被黑熊咬掉了半张脸！真事！我大媳妇的二姑父的舅妈家的表哥说的！"

"嗯！我也听说，有个背包客落崖失踪，等人们找到他，哎呀，太悲惨，都被大黑熊啃掉了一大半！"胡子说。

学生警察轻轻说："它们只是在做一头熊会做的事。"

老林："嗯嗯，我觉得黑熊太可怜了。人们毁掉的林子越来越多，黑熊的栖息地越来越小，数量也越来越少，都快灭绝了。说实话，后来我打猎都觉得没以前好玩了，都不忍心下手了。唉，想当年，就算法律没禁止，我也打算金盆洗手。今天我可没开枪啊！大黑熊，你在天有灵，别怪我啊。"说完，老林冲着蜜糖作了个揖。

好几个村民学着老林，也默默地作了个揖，有几个还鞠了一躬。没有人嘲笑他们迷信，蜜糖庞大地躺在那里，发散出一种威严而虽死犹生的强大气场。胡子的老婆小娇又念了几句佛。

吴警官见状，不由露出一丝嘲讽的微笑。王全仙在一旁偷偷观察，觉得这个女警官很有城府。

学生警察打破沉默："高海大队长还说，黑熊被视为野生动物栖息地健康与否的标志物种，适宜的黑熊栖息地能够为黑熊提供充足的食物、水源、隐蔽所和活动空间。所以，黑熊种群的存在意味着此地自然环境健康，适于其他物种生存，物种多样性和基因多样性良好……"

胡子忍不住打个呵欠："我不懂什么物种什么基因，我只知道我害怕大黑熊，看见大黑熊就浑身发抖，心惊胆战。这只大黑熊被干掉了，孩子得救了，我很高兴。"

"问题是，这只黑熊真的有恶意吗？孩子是怎么到树丛上去的呢？这个大家伙真的是要吃我们的孩子吗？我们真有必要杀死它吗？"王吉国惋惜不已。

大家又沉默了。"我觉得吧，我们要学会与没有恶意的黑熊共存共处，尊重它们的生存权。"老林说。

"问题是，我们怎么知道一只黑熊有没有恶意呢？要是它不尊重我们的生存权，把我们先干掉了呢？人命和熊命，哪个重要？"胡子厌倦地说完，转身走了。

"都重要，都重要。"老林喃喃道。

蜜糖又一次坐上了汽车。不过这次，她死气沉沉的，不用再被五花大绑了。

刚被救回来的那个五岁男孩哭得死去活来。"你们杀死了我的熊熊好朋友！熊熊好朋友救了我！熊熊好朋友好暖和，我再也不能和熊熊好朋友玩啦！我想和熊熊好朋友抱抱！熊熊抱抱哇！哇哇哇——"家里人觉得他可能是被冻糊涂了，有点神志不清，他需要美美吃一顿，再好好睡一觉，尽快忘掉这一切。

会走路的小松果

你唯一的防备

是蜷成一小团儿

从鳞片铠甲中间

偷偷探看外面的世界

——摘自呐喊的三宝诗集《动物快跑》之《菜蓟甲甲》

1

金宝闷闷不乐地站在林间空地上。天快黑了，凉爽的秋风穿过树林，发出哗啦哗啦的响声，一阵阵轻柔地拂过金宝的脸庞，把他的头发吹得飘了起来。他不由闭上眼睛，张开双臂，让微风掠过全身。衣服里兜满风，微微鼓了起来。风啊，吹吧，把我吹起来吧，吹上天空，远远地吹走吧。

他刚才赌气从家里跑了出来。爸爸大胜追出来，在后面拼命喊他，他都装作没听见，一口气跑进了屋后这片密林里。

金宝和妈妈一样，特别喜欢读书，喜欢大自然。好朋友阿阳新买了一套世界珍稀鸟类图谱，金宝好喜欢啊，简直爱不释手。只要按一下每种鸟儿图画旁边的按钮，那鸟儿的叫声就会悠扬地从书里面一声声飘出来。虽然阿阳主动提出金宝可以随时来借看，但金宝多想自己拥有那样一套可爱的图书啊！他会给那些鸟儿都起个名字，给它们编许多故事，它们鸣唱的每一首歌，都将代表着一个盛大的事件。每晚在珍稀鸟儿的鸣叫声里关灯入眠，早晨再从鸟儿动听的鸣叫声中起床，该多美啊！他不在乎穿偏大或偏小的鞋子，也不在乎六年级了还背着一年级时用的书包，书包的四角都磨破了。他甚至宁可再不眼馋令他垂涎三尺的各种电子产品，只要能把这套书给他。但爸爸喃喃地说这些书太贵了，实在买不起，爸爸要给他多买牛奶、鸡蛋，"你在长身体，老师跟我说要给你多补充蛋白质。"爸爸还要攒钱给他买新书包、新衣服……

没钱，没钱，金宝受够这些话了，他一句都不想再听了。

月亮挂在树梢。林子里没有一点人类制造的噪音，静极了，只有大自然美妙的音乐之声，远处传来猫头鹰神秘的长啸。金宝的情绪渐渐平复下来，心情也变得愉悦。这片树林，永远都可以抚慰他忧伤的内心，带给他无穷的幻想和宁静。他不再生爸爸的气了。妈妈病逝后，家里一贫如洗，债台高筑，爸爸努力维持祖孙三代的生活，也很不容易呢，这些金宝其实全都看在眼里了。他不禁很后悔刚才无理地对爸爸发了那么大的脾气。

2

金宝一边想着心事，一边漫无目的地在林子里四处溜达。忽然，他被什么东西绊了一下。低头一看，啊！不可能有这么大的松果吧！啊？哈！一只蜷起来的穿山甲！他的心激动得怦怦直跳，他知道这是一种快要灭绝的神奇动物，是全世界被偷猎最严重的哺乳动物。不久前，绿野海关查获了33只活体穿山甲，全都移交到附近的林业大学野生动物养护中心，金宝和阿阳作为小义工，还帮它们挖了好多带蚁后的蚂蚁窝呢。

金宝轻轻蹲下来。这是一只小小的穿山甲宝宝。看，它正张大眼睛，从卷起来的铠甲缝里偷看金宝呢！金宝的心被那温柔的眼神拨动了。他忽然觉得自己跟眼前这只穿山甲很像，孤孤单单的，不声不响的，躲在自己的甲壳里，害羞地探看外面的世界。

金宝听爸爸说，很久以前，火狐狸村周围的山林里，穿山甲可多了。那时候，村民们对这种小动物一点兴趣都没有。吃蚂蚁的怪东西，长嘴，粗腿，脏兮兮，黏糊糊，肉也不好吃，壳也不好剥，弄不好手就被锋利的甲壳划破了。很多人坚信，碰了穿山甲会触霉头。可是后来，从外面的大地方来了好多专门收购穿山甲的商人，说穿山甲浑身都是宝，尤其是甲壳，简直包治百病，什么消肿、排毒、活血、通乳，甚至还能治疗癌症。于是忽然间，村里人一到夜里，就成群结队拎着个蛇皮袋，到野外去捕捉穿山甲。穿山甲遇到危险就缩成一团，用坚硬的鳞甲保护自己，连狮子、老虎都没法下嘴，但对人类来说，捕捉穿山甲易如反掌，只需要弯下腰捡起来扔进袋子里。爸爸说，刚开始大家确实多多少少都挣了些钱，但好景不长，没几年功夫，这一带的穿山甲就绝迹了。

爱读书的金宝当然知道，所谓的穿山甲能治病的说法，全都是人类的迷信和愚昧。阿阳的爸爸阿海是动物学专家，他说了，穿山甲的肉、血和牛羊没有两样，都是动物蛋白质，穿山甲的甲壳成分和人类的手指甲一模一样，都是死去的角质蛋白，人类根本无法消化。用阿阳的话来说，"啃啃手指甲，就能治好癌症了？吃两根头发，就可以通乳了？太搞笑了。"

"小松果，你好啊。交个朋友吧？"金宝悄悄地说。他知道小松果在黑市上很值钱，他必须好好守护小松果的秘密。

3

半个月后，小松果已经完全习惯了金宝的存在。它见到金宝已经不再蜷起身体躲藏，而是自顾自觅食，还不时表演几个杂技动作，逗得金宝不停傻笑。小松果甚至允许金宝把它抱在怀里。它把长长的尾巴环在金宝的手臂上，肌肉发达的腹部紧贴在金宝的肚子上，筒状的长嘴在金宝脸上嗅来嗅去，撒娇似地靠在金宝的脖子上。金宝的心都被融化了。

金宝只和好朋友阿阳分享了"会走路的小松果"的秘密。阿阳分析说，小松果很有可能被人类收养过。

在阿阳郑重发誓不告诉任何人之后，金宝才把阿阳正式领到了小松果跟前。

"会走路的小松果，这是我的好朋友好奇的阿阳。"听了金宝的介绍，小松果头也没抬，继续用锐利的前爪在一节枯木上认真地抠蚂蚁。

阿阳趴在地上，仔细观察小松果。小松果忙忙碌碌，伸出黏黏的长舌头，熟练地把蚂蚁粘起来，送进嘴里。

"你看！"阿阳指着小松果尾巴末端的一个地方，大叫一声。小松果好像被阿阳吓了一跳，觅食活动停了几秒钟。它昂起头嗅嗅空气，思考了一会儿，接着又低下头，伸出舌头，继续捉吃蚂蚁。

金宝跪在地上，顺着阿阳的手指，看向小松果排满鳞甲的尾巴。哎呀，在右边那块甲片上有两个不起眼的小孔！

"这是装跟踪器的小孔！林业大学收养的穿山甲都被打了这样的小孔，安装了跟踪器！"阿阳生怕又惊扰了小松果，尽量压低嗓门。

"你确定吗？"金宝吃惊地问。

"确定！打孔、安装的技术还是我爸爸帮他们引进的呢。"

"这么说，小松果是从林大养护中心跑出来的？那我们要不要把它送回去？"金宝嘴上虽然这么问，心里却一万个舍不得。

"奇怪！"阿阳沉思着说，"我爸爸说，养护中心最近接收的那33只穿山甲全死了，实验人员说是因为他们还没摸索出饲养穿山甲的正确办法。为什么小松果却在这里流浪呢？”

金宝也皱起了眉头：“你爸爸的消息可靠吗？”

阿阳：“绝对可靠！”

金宝：“难道小松果不是33只这一批的？会不会是林大以前接收的？”

阿阳：“不可能是以前接收的，爸爸说林业大学以前接收的穿山甲也全部都被养死了。爸爸还说，他们动物协会的专家这次都生气了，指责林大太不负责任，这几天正要求林大公布所有接收、养护的细节，还要求林大公布这33只死亡穿山甲的去向。你知道的，现在死穿山甲也很值钱。”

金宝：“太可疑了！小松果明明还活着，林大为什么说所有被养护的穿山甲全死了？”

阿阳：“这里面肯定有猫腻！唔，在查清楚事情真相之前，我们绝不能把小松果送回去！”

金宝：“对！可是怎么能把这件事查清楚呢？”

阿阳：“我爸爸人称‘值得信赖的阿海队长’，咱们告诉他吧？他肯定有办法。”

金宝犹豫了一下：“好吧……只能这样了……不过，我可信不过我爸爸，我爸爸人称‘见钱眼开的大胜’。”

大胜这个外号其实是金宝自己起的。两个小伙伴于是捂着嘴，扑哧哧地笑成了一团。小松果奇怪地看了他们一眼，又专心对付蚂蚁去了。

4

一开始金宝还以为那是只狐狸，身量不大，脑袋小巧，一条蓬松的长尾巴派头十足地垂在身后。听到金宝的动静，它机警地抬起头来，在昏暗的暮色中，双眸闪闪发光，金宝这才认出它是只膘肥体壮的野狗。野狗和金宝都静静地站在夜影里，两双同样狂野的目光对在了一起。

忽然，金宝蹲下身去，迅速捡起一根木棍，发疯一样挥舞着木棍，哇哇大叫着，凶猛地向野狗奔去。野狗见状，立即缩起尾巴，一扭身，钻进灌木丛里，消失了。

金宝继续狂奔过去。小松果缩成一只铠甲小球，气定神闲地看着他。金宝长长地舒了口气。看来野狗不但没能制服小松果，反而被小松果的甲片划伤了，小松果的铠甲上血迹斑斑。

没一会儿，小松果见危险解除，天下太平，就若无其事地一骨碌舒展开身体，又开始挖起蚂蚁洞来。

金宝心疼地看到，狗牙在小松果的鳞片上留下了几道划痕。他轻轻用草叶擦拭鳞甲上的血迹，狗血渗入划痕，留下了几处暗影。在那片有小孔的鳞片上，刚好留下一道无法擦去的弯弯的暗红色血迹。这鳞片于是看起来就成了一个笑眯眯的姜饼娃娃。金宝轻触姜饼娃娃的微笑，"小松果，你尾巴上现在有一个笑脸呢。"小松果晃了晃尾巴，那姜饼娃娃的笑脸便像活起来了似的。

不一会，阿阳如约赶来了。

金宝笑着说："野狗大战小松果，小松果赢了一个姜饼娃娃！"

阿阳惊叹不已，接着轻蹙眉头："情况不妙，我爸爸怀疑养护中心出了内贼。"

金宝："什么意思？哦！我知道了，一定是有人把小松果偷偷卖了，小松果命大，逃出来了！"

阿阳："具体情况还不清楚，我爸爸正在联系他在盗猎团伙里的卧底。我爸爸猜测，不仅仅是小松果，养护中心的所有穿山甲其实都被偷偷卖掉了，不管死的还是活的。"

金宝："那说明，这是一个权力很大的内贼！我们千万不能透露小松果的下落！"

阿阳："对！我爸爸也说，在查清楚内贼之前，小松果就要靠我俩来保护了！其他机构他都信不过！"

金宝重重地点点头："没问题！小松果也很适应这里的生活啊。你看，这附近的蚂蚁，它想吃多少就有多少！他以后可以一辈子都生活在这里。"

阿阳："对呀，我爸爸说，穿山甲是吃蚂蚁的能手，最近几年这附近蚂蚁成灾，就是因为穿山甲几乎被人类杀灭绝了！"

金宝抿着嘴，没说话，眼中又燃起一束狂野的光芒。

在他们身后的林子里，大胜目不转睛地目睹了这一切。

5

　　大胜最近很担心儿子。这半个月来儿子再没提买书的事，好像也不生他的气了，但在家里却总是一副心不在焉的样子，天一黑就往外跑，神神秘秘的。大胜觉得很不对劲。

　　这天金宝又三口两口扒拉完晚饭，喊了一声"和阿阳约好去林子里玩啦"，就急急忙忙往树林里跑去了。虽然火狐狸村这一带的林子里现在也没有什么值得担心的危险动物，但大胜实在放心不下。他决定偷偷跟着儿子，看看这小家伙到底在搞什么鬼。

　　于是他欣喜地发现了儿子的秘密。金宝和阿阳前脚刚走，大胜后脚就把小松果捡走了。"儿子真行，真不愧是个金宝仔，找到了这么一个大宝贝，这下子能挣好几千块钱啦！"他喜滋滋地想着。

　　回到家，金宝已经睡了。大胜哼着小曲，熟练地手起刀落，抹了小松果的脖子，接了一大碗血，把小松果扔到开水锅里煮了，连夜把甲和肉分离开来，把甲片晾开，又把肉、血分别包装好存入冰箱，准备第二天一大早趁肉质新鲜去卖个好价钱。虽然现在公开买卖穿山甲是违法的，但大胜知道，食用穿山甲如今是身份的象征，在他打工的共善堂药房隔壁，半仙食府一直在偷偷买卖穿山甲，有多少收多少，生意好得不行。

这一晚，大胜睡得香香的，梦到自己给儿子买了好多牛奶、鸡蛋、衣服、鞋子、书包……儿子一辈子都用不完，笑得嘴都合不拢，他自己也在梦里笑出了声。直到咚咚咚的擂门声把他震醒。

儿子怒火万丈，红着眼睛，跺着脚，举着一片有两个小孔的脏兮兮的穿山甲片，像疯子一样，声嘶力竭地质问他把小松果怎么了。

"什么小松果？噢！对对对，你发现的那只穿山甲！嗯！我把它杀了，今天拿去卖钱！一大笔钱！"

大胜吃惊地看到，儿子刹那间停止了疯狂的喊叫，浑身颤抖，咬牙切齿，满脸狰狞，鼻孔好像要冒出烟来，眼睛仿佛要喷出火来，凶狠地瞪视着自己。恍惚间，他都认不出面孔极度变形的儿子了。一秒钟后，金宝像野兽一样扑过来，对大胜又撕又打又踢又咬，嘴里狂乱地发出野兽一样的吼叫。大胜半天才反应过来，儿子喊的是："罪犯！罪犯！罪犯！"

儿子这不是疯了吗？大胜傻掉了，害怕地看着儿子。

"我一辈子也不会原谅你！"金宝狂叫着，把手里的甲片扔到大胜胸前，嚎啕大哭着，又一次冲出了家门。

大胜家夜里煮穿山甲的气味，附近家家户户都熟悉。有人一大早就报警了。警察仔仔细细搜查了整个屋子，没收了所有的穿山甲肉、血和甲片，就连掉在地上的那片好像有个笑脸的脏甲片也没放过。警察好好地批评教育了大胜一通，宣讲了一番穿山甲快要灭绝的道理。最后，大胜交了200块钱罚款，才没被警车拉走拘留。

6

白忙活了一夜，被罚了款，还把儿子重重地得罪了。大胜扫兴地想，真是偷鸡不成蚀把米。儿子这次也太疯狂了，以前从没见他发过这么大的脾气，大胜越想越心惊。

大胜垂头丧气地去共善堂上班。一进门，班长就埋怨他怎么迟到了半小时，让他赶紧去后院卸货、拆箱，这是一批加急货物，药店那边赶着要用。

卸下来的两口大货箱上，整整齐齐地贴着封条，盖着绿野市林业局的公章，里面装着有合法来源的穿山甲鳞片。

大胜木然地把箱子拆了，按着惯例，把穿山甲片分装成小包装，小心地码在精致的玻璃容器里。

他愣了一下，使劲眨了眨眼睛，以为自己是在做梦。眼前，赫然躺着一片脏脏的鳞片，两个圆圆的小孔，一道擦不去的暗红色划痕，就像一个弯弯的笑脸。

"唉，儿子啊！"大胜忽然想放声大哭一场。

大胜假装掉落了几块鳞片，蹲下去捡。他把笑脸鳞甲握在手里，悄悄塞进鞋缝。

他站起身来，把眼泪硬吞下肚子，心里默默地对儿子说："原谅爸爸吧。我再也不干这种事了，我发誓。"

金尖

人们纷纷传说

你喜欢吃垃圾

喜欢偷背包

喜欢撬车门

喜欢打人伤人杀人

喜欢在铁栅栏上跳舞

喜欢在厨房墙上撞个大洞

——说得连鹦鹉都信了

——摘自呐喊的三宝诗集《动物快跑》之《大疯熊精》

1

金尖被洞外一阵粗野的挖掘声惊醒，从半梦半醒的冬眠中猛地睁开眼睛。大灰熊的视力不算太好，但金尖已经和妈妈朝夕相处一年零三个月，她不用看也能感觉到妈妈那近乎疯狂的惊恐。

这个洞穴是妈妈前几年从岩石底下挖掘出来的。四年前的冬天，妈妈在这里产下两只熊宝宝，他们安然长大，前年夏初离开妈妈去独立生活，这让妈妈非常自豪。上一年冬季，还是在这里，妈妈产下金尖兄弟姐妹四只熊宝宝。这是金尖他们和妈妈一起度过的第二个冬季，春天马上就要来了。

<h1 style="text-align:center">金尖</h1>

金尖记得，上一年深秋时节，妈妈在第一场暴风雪来临之前，带着小熊们躲入这个早就整理好的洞穴。一家五口齐心合力，把洞口巧妙伪装起来。三天三夜的大风雪完美掩盖了金尖一家在洞外的所有踪迹。算一算，他们现在已经在这与世隔绝的洞穴里冬眠五个月了。

漫长的冬日，大家偶尔醒来后难免要聊上一小会儿。前几天，金尖问妈妈，还有多久才可以出洞呀？妈妈说，再等一个月，等五月的鲜花开满大地的时候，就带他们再次出洞。金尖又问，那还有多久他们四个才能长成让妈妈自豪的独立熊熊呀？妈妈笑着说，这次出洞后，如果她能确信小熊们已经具备足够的生存技能，就会放他们单飞，让他们去追求各自想要的生活。不然的话，嘿嘿，他们就得和妈妈再待一年喽。金尖都等不及出洞证明自己了。

可是，还没等他们出洞呢，这才四月中旬，大地才刚刚解冻，却有不速之客找上门来了。听一听，嗅一嗅，狂野的低吼，暴躁的嘟囔，贪婪的喘息，肌肉发达的撕扯，还有那充满威胁的雄性气味……种种信息清清楚楚传入洞中，金尖好像能隔着石头和树枝看见一只利齿间流着口水的大公熊！

银尖、黑尖和白尖也全都惊醒了。小熊们都吓坏了，哼哼唧唧，没头没脑地往妈妈的肚子底下钻。

妈妈竖起两只圆圆的短耳朵，脖子前伸，往日如金盘一样柔美的圆脸此刻凶狠地改变了形状。她目露凶光，长嘴微张，龇起两排利齿，对着洞口低声嘶吼。

"哗啦啦！"一阵粗暴的拖曳，洞口的树枝被移走，石块纷纷滚落。一阵冷风袭来，耀眼的阳光照进山洞，紧接着又被一个可怕的黑影挡在洞外。

金尖的好奇心战胜了恐惧感，她忍不住向洞口张望。那个巨大的黑影耸立在洞外，很多很多明亮的光线从他四周发散开去，他看起来就像一块会发光的黑色巨岩。

妈妈三下两下把小熊们全都拨到身后，迅速向那个黑影猛扑过去。她决心不惜一切代价用自己的血肉之躯堵住洞口。

和黑影搏斗的妈妈，显得那么娇小，那黑家伙的体型看起来足足有妈妈的两倍大！可妈妈一点畏惧之心都没有，她张开大嘴，猛咬黑影的脖子，同时不间断地挥动两条前肢，伸出长长的熊爪子，毫不留情地撕扯黑影的胸膛。

黑影虽然没有妈妈灵活，但他力大无穷。他把妈妈打翻在地，冲进洞里。妈妈翻身跃起，再次扑到黑影身上，两只前掌搭在黑影又高又宽的肩膀上，对准他脖子上的要害部位，狠命撕咬。

黑影疼痛难忍，低吼一声，转过身来，张开大嘴，向妈妈咬过来。妈妈灵巧地摆动脑袋，黑影咬了个空。

黑影恶狠狠地抓住妈妈的脖子，和妈妈嘴对嘴咬在一起，双方都被咬流血了。

黑影气喘吁吁，有些懈怠，打不定主意值不值得为了一顿食物如此拼命。他不耐烦地又一次把妈妈摔倒在地上。和他比起来，妈妈实在太轻飘飘，他一次次把妈妈猛甩到地上。但妈妈绝不是那么好对付的，每一次都立即弹回来，重新粘在大黑影身上撕咬，试图把他赶出洞去。妈妈意志坚定，百折不挠，永远都不会认输，后来金尖完完全全地继承了这个性格特点。

这场生死搏斗，令金尖永生难忘。她的记性很好，妈妈的每一个动作都被她牢牢刻在脑子里，并在她后来经历的战斗中大展神威。

小妹妹白尖哭喊着要找妈妈，弟弟黑尖拼命往洞中最深处的角落里钻。哥哥银尖却和金尖一样好奇，他俩把身体紧贴着山洞壁上，目不转睛地注视着战局，紧张得气都快喘不上来了。

打斗进行到那一刻的时候，金尖倒吸一口凉气，心跳加速，她准确地预计到黑影下一步想要干嘛！果然，黑影张开长长的大嘴，一口咬住最弱小的白尖，白尖整个脑袋连同半截脖子被黑影吞了下去！只听"咔嚓"一声，白尖再无声息，瞬间毙命。

妈妈疯了。她直起身体，狂叫着，张大嘴巴，对准黑影的脑袋，狠狠咬下去，黑影的大半个脑袋也消失在妈妈的嘴里！又是"咔嚓"一声响，黑影呜咽一声，从打斗中挣脱出来，白尖也从他嘴里滑落到地上。黑影低下血淋淋的脑袋，鼻子在地上来回划了几下，低头认输，灰溜溜向洞口退去。

黑影在彻底消失之前，回头绝望大叫："就算我不吃，你也保不住他们！人类的伐木队又开工了！马上就砍到这里了！森林没了！咱们大灰熊都没家了！"

2

妈妈不得不带着三只幸存的小熊提前出窝。伐木机的轰鸣声响彻山谷，母子四个仓皇逃离熟悉的家园，漫无目的地在没有树木的森林里游荡。

森林变样了，死气沉沉，万物萧萧。花朵还没有来得及开放就凋零了，喜欢在春天纵情唱歌的歌雀也不见了踪影。大灰狼、黑耳鹿、红狐狸、山狮、猎豹……甚至连狡猾的郊狼，也都待不下去，纷纷逃跑了。大片大片的草地、林地、河滩被人类开膛破肚，荒凉地裸露着黝黑的内脏。在人类挖过的土地上，本地植物元气大伤、无处扎根，生命力顽强的入侵植物则鬼鬼祟祟地从破败、裸露的土堆里纷纷探出头来，大片大片黑芥已经不怀好意地笑开了将孕育出许许多多种子的黄色四瓣花。

大地母亲受伤了，生病了。妈妈说，根据她的经验，这些受伤、生病的土地，很快会被人类用铁丝网围起来，种上一望无际的葡萄树、苹果树、桃树，或者麦子、玉米和土豆。

金尖一家几乎找不到可以吃的东西。饿啊！他们有气无力地啃几口草叶子，徒劳地在土地上刨来刨去，翻找任何可以入口的食物，草根、莓子、果实……什么都行啊！

可是什么都没有了。

饿啊！小熊们想吃肉。他们学着妈妈的样子，在地上挖来挖去，想挖出一只啮齿类小动物，比如地松鼠、小老鼠，或者小兔子什么的。但就连这些小动物也很少见到了，毕竟，他们也在挨饿啊。

何况，还有很多兴高采烈的猎人和猎犬每天都在跟他们抢食呢！在这些新开发的土地上，大小动物们无处藏身，根本逃不过猎人的子弹和猎狗的利齿。如此一来，金尖妈妈就只能在天黑之后偶尔捉到一只地松鼠，这根本不够小熊们塞牙缝的，更别说填饱肚子了。

小熊们耐心地等着妈妈给奶吃。妈妈一天比一天瘦，皮包着骨头，她也很饿，但她默默地忍耐着。她躺下来，让小熊们爬上她的胸膛。她的乳汁变得很少很少，她已经给小熊们连续产奶16个月，小熊们这时候的饮食本应该以固体食物为主。小熊们的胃口现在大得惊人。在妈妈的胸膛上，小熊们再用力也吸不出奶了，可是肚子还是很饿啊。

真的很饿啊！本来，如果他们能在土地上刨出食物，哪怕半饥半饱，只要能忍耐到秋天，到了鲑鱼产卵的季节，他们就可以放开肚皮，美美吃上好几周鲑鱼宴。哎呀，在那个可爱的季节，他们将吃得多么奢侈，多么挑剔啊！金尖清楚地记得，在去年的鲑鱼宴上，他们只吃肥嫩、多汁的鱼皮、鱼脑和鱼籽，把剩下的鱼肉全留给渡鸦、狐狸这些没那么挑剔的家伙。被这些家伙吃剩下的一切鱼骸，都将被蚂蚁和细菌分解，最终由大树吸收掉所有剩下的养分，这份来自海洋的珍贵礼物就这样完全回归大森林的营养链条。

可是，今年，逆流而上的鲑鱼将不会再来了，因为河流和小溪都已经消失。

自古以来，灰熊们在土地上翻找、挖掘食物的时候，顺便给土地松了土，还把地下的肥料翻到表面，这样就为本地植物的生长帮了很大的忙。人类早就发现，只要是被灰熊翻过的土地，本地植物就长得格外茂盛，植物种类也特别丰富。那些经过灰熊的消化、裹在熊粪中被灰熊排出体外的植物种子，也更容易发芽，甚至有些本地的熊果种子只有在灰熊的消化系统里溜达一趟才能发芽。这些本来是灰熊们对大地母亲的回报，然而现在，他们报效无门，生病的大地母亲已经没有植物宝宝需要灰熊们的帮助了。

不得已，金尖妈妈带着熊宝宝们冒险来到人类聚居区。灰熊的嗅觉非常好，通常可以闻到几公里以外的食物味道。在妈妈嗅觉所及的范围内，只有人类聚居区才有可吃的东西啊。

他们只敢在夜幕降临之后开始行动，翻找人类的垃圾桶，吞下一切可以果腹的东西，不管那是食物还是垃圾。

有一天晚上，他们透过一户人家的窗户玻璃，看见厨房台子上放着一大盘蛋糕。嗅着那只大蛋糕，金尖流了很多很多口水。饿啊！妈妈决定冒一次大险。妈妈撞开厨房后门，把蛋糕扫下台面，和小熊们一起狂吃大咽起来。

男主人听到动静很快就出现了。金尖妈直起身体，与这个看起来又窄又矮的人类眼对眼互相瞪视了两秒钟。

男主人还没想好要怎么把灰熊赶出去，金尖妈已经扑了上去。她情绪激动，野性大发，像对付黑影一样毫不留情地撕咬这个男人。谁也休想再伤害她的孩子们！

妈妈一边猛烈攻击人类，一边催促熊宝宝们快逃，金尖带头向破门跑去。跑到门口，金尖让银尖和黑尖先跑出去，自己回头望了一眼。

人类比黑影不堪一击多了。只见妈妈把那个男人裹在双臂之间，摇晃着，揉搓着，又抓又咬，又砸又踩。金尖看见女主人拎着一根木棒悄悄出现在妈妈背后。金尖又倒吸一口凉气，心跳加速，她准确地预计到女主人下一步想要干嘛！

妈妈的后脑勺上狠狠挨了一记木棍，接着又是一记！第三记！女人使出浑身的力气，一下又一下怒揍这只跑到自己家里撒野的大野熊。结实的木棒都被打劈叉了。

妈妈被打得有些晕头转向。

"妈妈，快逃！"金尖在破碎的房门口哭喊着。这时候，银尖和黑尖已经在夜色中撒足狂奔而去。妈妈且战且退，随着金尖逃出人类的房子。

妈妈命令孩子们不要停，快跑，快跑。但是猎狗的叫声越来越近，一大群猎狗！金尖他们的小腿腿跑不过飞奔的猎犬。妈妈知道大事不好了，她把孩子们全都推下河堤，命令他们游到河对岸去。她自己继续沿着河岸撒腿狂奔。猎狗们追上来了，把妈妈团团围住，狂吠不已。从那以后的很长很长一段日子里，狗叫声总是能让金尖刹那间丧失理智、失去控制。

人类用麻醉枪击中了妈妈，妈妈缓缓倒地。她被人类活捉了。

人类判定她是一只具有攻击性的"问题灰熊"，给她实施了安乐死。

金尖和银尖、黑尖跑散了。她在漆黑的夜里循着妈妈的味道，溜回装着妈妈尸体的垃圾袋，偎依在垃圾袋旁。她在妈妈身边待了很久，直到天亮了，不远处传来人类的说话声，她才悄悄逃走。再见了，亲爱的妈妈。

3

几个月后，为了追赶一只野兔，金尖从一面小山坡上翻过一处比较低矮的铁丝网，进入一片私人林地，意外地发现了银尖。银尖变样了，很显然这几个月他吃得不赖，看起来快和一只成年灰熊一样大了。银尖已经在那里住下来了，看起来他有了一个"主人"——虽然他自己不承认这一点，认为自己只是交了一个心意相投的好朋友。"主人"在银尖面前也并没有以主人身份自居，而是非常非常尊重、爱护银尖。

"主人"是个十五岁的男孩，名叫阿勇。一年前，因为一场意外事故，阿勇折断了一条腿，从此再也不能在大地之上纵情奔跑，只能拖着步子慢慢移动。从十四岁到十五岁，阿勇整整一年没有开口说话，他拒绝去上学，只想一个人待着，整天都在爷爷家的老林子里游荡，有时候甚至在野地里过夜，就像一只无处发泄怒火和怨气的小野兽。他自认是一头"孤魂野鬼"。

为了阿勇，爷爷没有参加这次由洪福齐天公司投资的土地大开发项目，而是让这片林地保留了它野生野长的模样。当然，为了阿勇的安全，爷爷雇人把所有可能伤害到阿勇的野兽全都杀死或赶跑了，然后和邻居一样，爷爷在林地四周也拉上了铁丝网。

阿勇在林地的野径旁看到银尖的时候，他认为这只小熊正在死去，就和年轻的自己一样。

银尖虚弱得连路都走不稳，真不知道他是怎么越过铁丝网的。在那之前的几天，他被一群猎狗咬得遍体鳞伤，屁股上还挨了一颗子弹，每走一步，都剧痛难忍。

银尖在小径旁昏迷不醒，只剩下最后一口气。阿勇并没有立即触碰银尖，他只是注视着银尖。这只熊熊很小，可能还没有断奶。阿勇离开银尖，慢慢走远，躲在一棵树上，观察了三十分钟。当然不会有熊妈妈出现，"可别忘了铁丝网啊！"阿勇在心里苦笑一下，"你难道忘了你自己活在一个大监狱中吗？"没有任何奇迹发生，在等待的三十分钟里，小熊一动也没动。阿勇意识到，如果他不管，小熊必死无疑。

阿勇溜下树，慢慢走回去，脱下外套，把银尖包在外套里抱回家。爷爷说，银尖的伤口不算致命，他只是严重营养不良，饿晕了。爷爷亲自动手，给银尖处理了伤口，还给他调配了一顿流质大餐。银尖闻到香味，翕动鼻翼，从昏迷中苏醒，像饿鬼一样扑向食物。食物！爷爷担心银尖一口气吃太多撑死自己，赶紧合理限制了银尖每顿饭的分量。

获救12小时之后，银尖已经吃了整整六顿大餐。他不但起死回生，而且奇迹般恢复原样，活蹦乱跳，与半天前判若两熊。阿勇简直不敢相信自己的眼睛，他隐约觉得自己眼看着这只小熊在半天之内长大了好多呢，这可真是个见风就长的神熊小子啊。

银尖总算吃饱了。他躺在阿勇的怀里，满足地咕噜几声，舔舔阿勇的脸，静静地凝望着阿勇的眼睛。银尖这一望，天崩地陷，就仿佛来自远古时期的一道闪电，击中了阿勇内心最柔软最隐秘的地方，照亮了他，也彻底融化了他。囚禁阿勇的大监狱被银尖毫不费力地用一个眼神融化了，阿勇跟着银尖来到一个全新的世界，又成为这个新世界的囚徒——阿勇心甘情愿地被银尖俘虏了。

第二天，银尖被放回林地，他可以想到哪儿就到哪儿，想吃什么就吃什么，算是回到了大自然的怀抱。静谧的树林里没有其他捕食者与银尖竞争，树丛里有的是地松鼠和小兔子，所有的莓子和野果也都是他的。林中小湖里还有可口的鳟鱼和鲈鱼，去年从妈妈那里学到的抓鱼技巧总算又派上了用场。

银尖成为阿勇最好的朋友，阿勇对银尖完全着了迷。阿勇丝毫不强求银尖做任何事情，反而整天像跟屁虫一样随着银尖到处探险、玩乐、寻觅食物。银尖也离不开阿勇了，他习惯了阿勇的陪伴。要是哪一天阿勇去看医生半天没有出现，银尖会急得六神无主，可怜巴巴地哼唧个不停。

金尖的到来让阿勇欢喜异常，他多么希望金尖也能留下来。银尖因为吃得饱睡得香，长得肥嘟嘟的，看起来比金尖足足大了一圈。但是金尖虽然瘦小，却仍然不失为一只美丽的雌小熊。她背部和侧肋部的秀气毛发有着纯金色的尖端，在阳光的照射下泛出一片柔和的金色光芒，和她的妈妈一模一样。

金尖在阿勇家围了铁丝网的林地里只待了一晚上，第二天一大早就悄悄原路翻出铁丝网，头也不回地离开了。在人类的目光笼罩之下，她没法得到安全感。她是一头记性很好的小灰熊，她忘不了是人类杀死了亲爱的妈妈，她信不过人类，做不到和人类比邻而居。但这并不妨碍她到人类的地盘去找吃的。

她偷盗人类食物的技术越来越熟练。狗食，猫食，鸟食，她都能准确无误地找到，更别提猪食、鸡食、牛食了。掀开垃圾箱的盖子，也是她的一项独门绝技。在夜深人静的时候，她会挨个检查人类的车辆，要是发现没有上锁的车门，就会毫不客气地打开，翻找出一切可吃的东西，连车座上的面包渣都不会放过。在人类社区，关于一头熊精在本地出没的流言越传越广。金尖来无踪去无影，尽量不让人类发现她的痕迹。

金尖可以在人类社区过得很好，如果这个世界上没有狗狗这种生物的话。如果说她最害怕的是人类，那么第二怕的就是狗类。不要说看见狗，一声狗叫就能让她魂飞魄散。

有一次，她被喷喷香的一碟鸟食吸引，爬进一户人家的后院。这时的她已经是一只大熊熊了，正在为第一次独自过冬储备脂肪。这家有一条中等个头的宠物狗，最多只有金尖的一半大。金尖进入院子之前已经仔细观察过了，院子里没人，也没狗，可是没想到她刚刚翻进院子，那条狗就狂吠着冲了过来。金尖惊魂失措，被狗狗追得围着一个小花坛直打转。其实金尖如果有胆量，一巴掌就能把这条狗狗拍死，但她只顾着逃命了，一点都没想到反过头攻击狗狗。

狗主人看到这一幕，哈哈大笑着，跑到阳台上居高临下摄像。金尖仰头看到高处的人类，更害怕了，情急之下，她"嗖"地翻上一米多高的铁栅栏，四爪用力，灵巧地站立在细细的栏杆上。她回头看了一眼，哎呀，狗狗又追过来了！她连忙转头跳下栏杆，没命地跑起来。幸好栏杆外面是一片保留自然原貌的山谷，金尖溜进灌木丛，远远地逃走了。跑了好远好远，她还能听到那狗狗夸张的狂吠声和狗主人开心的大笑声在山谷里回荡。

4

秋天来了，金尖已经找到一个理想的过冬之地。那棵巨杉离银尖的"大监狱"不远，位于一面地势险峻的朝北陡坡上。那面荒蛮山坡不适合种果树，怪石林立，荆棘丛生，人类轻易也攀不上去，于是就由着它成为火热开发区里一块冷僻的自然保留地。附近流离失所的动物纷纷跑过来争夺这有限的自然资源，其中当然不乏毒蛇、蝎子这一类让人类心惊胆战、防不胜防的毒物。经过一番你死我活的优胜劣汰，那些最毒最狠最顽强的动物在保留地安顿下来。如此一来，人类就更不愿意接近这块险恶之地，一片不起眼的野生动物小绿洲竟然就这样在开发区神奇诞生。

金尖的竞争对手倒不是很多，甚至可以说，几乎没有。此地的灰熊们处于食物链顶端，这一年的日子最不好过，死的死，伤的伤，逃的逃，像金尖这样恋旧的灰熊，结局往往是被人类剥皮填料做成狩猎战利品标本摆在展示台上。但和妈妈一样永远不认输的金尖设法活下来了。

她很喜欢自己选中的这棵巨杉，气味清香，扎根于高拔险地，环境很是幽静。虽然金尖肩膀上隆起的那团肌肉块还不怎么发达，挖石头的话可能力量还稍嫌不足，但扩建一个树洞还是绰绰有余的。金尖的前爪发育良好，弯弯长长，锐利无比，她很快就把树洞内部整理成一个舒适的熊窝，还学着妈妈的样子，在地上铺了一张软软的树叶冬眠床。金尖对自己的小窝非常满意。

但金尖本能地知道自己还没有做好过冬的准备。她勉强能吃饱肚子，可她储备的能量远远不够。秋风渐凉，时间紧迫，她必须每天至少增加一公斤的体重才行，否则，她肯定挨不过漫长的寒冬。

天空飘起薄薄的雪片。去年这个时候，妈妈早已经带他们入洞了。不知怎的，金尖最近频繁地想起亲爱的妈妈。这样可不好，太孩子气，太软弱。

金尖决定，尽可能晚一些入洞冬眠，在入洞之前，尽可能再多吃一些，再多存些脂肪。

她心里渐渐有些急躁，小心谨慎的处世态度略有松懈。这天黄昏，她闻到一阵奇异的香味。天哪，太好闻了！这到底是什么呢？好像去年和妈妈一起品尝过一次呢！她紧急搜索记忆库。

毫无疑问，那是新鲜鹿肉的味道。金尖去年跟妈妈一起吃过的鹿肉，绝大多数是从郊狼或灰狼那里抢来的腐肉。带着四个宝宝，妈妈懒得去亲自打猎。但妈妈的确曾经给他们演示过一次如何猎捕一只小麋鹿，那新鲜小鹿的味道，虽然金尖就只吃过那么一回，却已深深烙入她的大脑。

金尖控制不住鹿肉勾起的馋虫。再说，一大顿鹿肉将意味着她这个冬天有救了。

于是金尖仰着鼻子，一路追踪新鲜鹿肉的美妙气息。她的鼻子也发育得很好，比猎狗的鼻子灵好几倍——猎狗的嗅觉敏感度比人类高一千倍呢——所以她毫不费力地确定了鹿肉的方位。

金尖穿过环山公路旁边的树林，跨过窄窄的排水渠，来到公路边上。犹豫了一下，她开始扭扭搭搭过马路。她还正走在公路中间呢，一辆晃着车灯的小汽车疾驰而来，差点撞到她，幸好她反应灵敏，及时跳进公路另一侧的灌木丛里。暮色沉沉，绝尘而去的汽车司机根本不知道他刚刚和一只漂亮的野熊擦肩而过。

金尖钻出灌木丛，跑下山坡，沿着乡间土路快步小跑。她很兴奋，鹿肉的味道越来越近，也越来越有诱惑力。

她停在独门独户的一栋房子前面，轻轻溜过房子侧面的阴影，向房子后面的独立储藏室靠近。储藏室的门没锁，她轻轻一推就开了。她钻进屋子，就在那里，案台上，血淋淋地放着一只刚剥去毛皮的小鹿。

今天是本季狩猎大游戏的最后一天，下一季狩猎大游戏就要等到明年一月份了。公子哥儿阿福好不容易找到时间，今天进山美美打了一趟猎，这头小鹿就是他的战利品。

金尖的口水一路流到胸膛上，她扑上去，埋头撕吃小鹿。妈呀，真香啊！太过瘾！她暗下决心，总有一天，她也一定要学着妈妈的样子，亲自去打一头小鹿吃吃。

金尖正一边做着白日梦一边大撕大吃呢，忽听门外传来急促的狗叫声，她吓得一激灵，本能地想立即夺门而逃。可是恐怕来不及逃了，出路被堵了呀！而且，她也实在舍不得丢掉爪下这无敌的美味。举棋不定之间，狗爪子已经在挠门了。"来不及逃了！根本来不及！"金尖绝望地想。

一个年轻女人柔软的声音传进耳朵："走啦，跟妈妈去散步。那只野鹿不是给你吃的。"金尖听到女人拉扯狗缰绳的声音，但是那条狗顽强地拗着劲儿，歇斯底里地狂吠着，着急地对着门猛扑，每一次狗爪子扑到木门上，都会把金尖惊上一大跳，那撕心裂肺的狗吠更是快把金尖的脑袋刺穿了。

女人有点不耐烦："姜姜！你发什么疯啊！再淘气，妈妈就要生气了！"狗狗听了这话，不但没有收敛，反而更疯狂了。狗狗似乎想要向女主人证明自己是对的，他一使劲，竟然挣脱缰绳，直直扑到木门上，用全身的力气把木门撞开了。门里面，金尖赫然耸立在小屋子里，高大凶猛。女人和金尖一起厉声尖叫起来。

狗狗得意地蹦回到女主人身边，摇着尾巴，对着金尖狂吠。女主人吓傻了，只知道尖叫。

金尖无路可逃。她脑子一热，学着妈妈捕小鹿的样子，全速冲出门去，捏住女主人，叼住她，拖着她，撒腿就跑。

"救命啊！"女人和狗狗一起大喊大叫。狗狗惹出这些乱子，却没有足够的胆量去抢救女主人，只好气急败坏地跟着被拖行的女主人瞎跑，边跑边对着金尖乱叫。金尖拖着女人，腾出一只前掌，扇了狗狗一下。只要看看狗狗如何被扇得像一片轻飘飘的树叶在地上滚了好几滚，然后呻吟着无法再动弹，你就知道金尖现在体型有多庞大，力气有多可怕了。

金尖情急之下胆大包天把女人拖了好几十米远，一直拖到一个小树林边上。她松开大嘴，丢下女人，向树林里狂奔而去。

狗和人都没有追上来，太好了。好了，好了，不用再跑了，休息一会儿吧。好好喘口气。哎呦妈呀，太惊险了。行了，马上就要下大雪了，今年就这样了吧。

金尖回到自己的树洞小窝，封锁了洞口，长长舒一口气，卧倒下来，合上眼睛。啊，舒服的树叶床啊！她在树叶床上调整了一下卧姿，香香甜甜地睡着了。

一夜大雪。人类没有找到袭击那个女人和那条狗的疯熊，女人甚至都说不清那到底是一只黑熊呢，还是棕熊呢。人类在附近设置了很多熊陷阱，但是从DNA来看，没有一个陷阱逮到了那只疯熊。整个冬天，村里人心惶惶，大疯熊精的故事被人们津津乐道了好久。

5

一冬无话。金尖降低心跳，调低体温，放缓呼吸，减慢新陈代谢，不吃不喝，不拉不撒，时醒时梦，全凭整个夏秋季节储存的脂肪，在树洞里冬眠快四个月了。

好不容易挨过3月份，挨到了4月初。金尖能感觉到寒风变得暖和一些了，送来了一丝丝春天的微弱气息。她晃了晃脑袋，感到自己睡醒了，同时感到肚子很饿。她决定立即出洞，去大吃一顿，把冬眠时消耗的能量尽快补回来。

太饿了，哪怕是吃一顿人类的垃圾呢！迫不及待！

可是人类好像约好了似的，把所有垃圾和狗食、鸟食等等一切金尖可以打劫的食物全都收起来了！金尖倒是打开了好几辆没上锁的汽车门，却什么食物都没有找到！连饼干渣子都没有一粒！

金尖不知道，她竟然还能找到几辆没上锁的汽车，全是因为有人太粗心了。本地居民为了应付"大疯熊精"，在过去的这个冬天都接受了专家的强化培训，把所有给宠物的食物都收进屋里去了，包括垃圾、狗食这些会吸引熊熊的东西。

现在村里大人小孩都知道，熊熊"非常聪明"，会自己开门。专家千叮咛万嘱咐："晚上上床睡觉之前和白天出门之前，请务必养成习惯，把家里所有的房门、窗户以及车窗门都仔细检查一遍，确保所有门窗都锁好了。请大家做好人类这边的工作，让熊熊不能再从人类居住地找到任何可吃的，只有这样他们才能彻底远离人类，保持自然的野性，确保人熊之间互不干涉、和谐共存。"

金尖不出洞则矣，一旦出洞，新陈代谢水平立即上升，一刻都无法忍受饥饿，更别提极度的饥饿。

她发脾气了。不让她做小偷，那她就当强盗吧！

金尖找到一户没人在家的空房子，瞅准一个锁得紧紧的木板门撞了过去。门上的铁锁确实很结实，撞过之后还锁得好好的，只是那木板门被金尖硬生生撞出个大洞。金尖二话不说钻过破洞，在这户人家溜溜达达，最后锁定厨房，翻箱倒柜，一找到可以食用的东西就赶紧塞进嘴里。哎呀，愤怒的肠胃总算得到了暂时的安抚。

可是很快警察就赶来抓她了。唉，没办法，情况紧急，她又在这家的厨房墙上撞出个大洞，从屋子后面逃跑了。

人类狩猎监督官一面请居民加强戒备，一面设置了重重捕熊机关。聪明、谨慎的金尖虽然能毫不费力地识破这些陷阱，但人类的便宜她可真是一点都讨不上了。饿啊！

怎么办呢？她把目标放到了野外背包客身上。那个鼓鼓囊囊的大包里，总是会有吃的，什么杂粮饼干啦，芝士酥皮点心啦，水果啦，香肠啦，都是金尖爱吃的。

她在夜里偷偷到野外宿营地转悠，曾经把一对在宿营车上过夜的老姐妹吓了个半死。当然金尖也如愿以偿，偷走了她们一大袋食物储备，使老姐妹不得不提前结束了那半夜里听熊熊抓挠车门的惊悚旅程。

她也曾在一个周末的深夜，惊醒一个在吊床上睡觉的少年。虽然少年的父亲就睡在三米外的另一张吊床上，金尖还是壮起怯生生的熊胆，把少年从吊床上拖下来，并把少年打倒在地，导致少年头部受伤。而金尖这么蛮干只是为了抢走少年临睡前压在身下的一书包零食。

少年起初和金尖搏斗了两下，后来见势不妙，就明智地采取了守势，用双臂抱头，蜷缩身体，背部朝上，护住腹部，以防金尖更为激烈的致命攻击。金尖看着地上的小人球，好奇地翻了好几下，都没把少年柔软的肚皮翻过来，于是就百无聊赖地在少年坚硬的背部胡乱撕扯几爪，还拍了一下少年露在手臂外面的脑门，抓了几下他的胳膊。这是金尖第一次戏弄人类，她心里涌出一阵奇妙的快感。这种感觉真好，就像对付一头放弃挣扎的小鹿，好玩。金尖没那么心慌了。

少年的父亲及时拿着武器冲过来，金尖不想被棍子击打，赶紧逃走了。事后，少年被紧急送入医院。

根据人类那铺天盖地的新闻报道，在被灰熊攻击的过程中，少年始终保持意识清醒。他身受重伤，头部的撕裂伤尤为严重。万幸的是，少年目前状况稳定，没有生命危险。据少年的父亲介绍，事发前，父子二人都正确地把食物和装备全锁起来了。

金尖带给人类的恐惧还没完呢。吊床袭击事件之后，她的胆子莫名膨胀起来。甚至在大白天，她也会在人烟稀少的小径上等候、跟踪远足者。警方破天荒地在一天之内接到两名远足者的报案电话。

那位男士惊魂未定地说，一只灰熊忽然从树后冲出来袭击他，"我跑，它也跑！我躲到树后，它也绕到树后，想要抓我！最后我们绕着树跑，它却忽然停下了，转过身来，直接和我面对面了！我一个紧急刹车，转身就跑，它抓住了我的背包！我急中生智，金蝉脱壳，脱下背包，这才得以逃生！"

那位女大学生还算镇静："它追着我跑了三公里！我怎么都甩不掉它！我发现路边有个长木凳，赶紧跑过去，利用长凳和它隔开。它跑过来了，直接跑到我眼前来了！我跳上板凳，想让自己看起来显得更高更大，好把它吓跑。可是没想到它也跳到了板凳的另一头，妈呀，它是真的很高很大啊！我吓得把背包砸向它，它接住背包，我这才趁机逃走了！"

熊类攻击人类的事件很罕见，如此连续、频繁的袭击更是罕见。新闻报道说，本地惊现疑似狂犬病疯熊，请游客们在疯熊出没的地区务必加强戒备，并带好防熊喷雾。官方开始调查此事，在调查期间，附近的几条远足小径和夜宿营地都被暂时关闭。不用说，捕熊器布满了这些地方。

金尖的食物新来源又断了。

6

祸不单行，金尖的树洞也保不住了。那片山坡竟然储藏着一种异常稀有的金属矿石，而且储量异常丰富。人类可不能容忍如此大量的财富深埋在地底下，一秒都不能忍。洪福齐天公司立即开始运作，很快得到许可证，工人当天就进场了。小绿洲变成大矿场，金尖的红杉巨树很快就被砍倒。按照工程进度，洪福齐天公司老总齐齐先生最迟将在明年成为绿野市首富。

金尖必须得搬家。可是往哪儿搬呢？指望人类聚居区肯定是活不下去了，只好反向而行，往北方去。

临行之前，金尖去看了银尖一次。阿勇又收留了一只一岁大的小熊孤儿。银尖和这只小熊孤儿虽然经常为了一个上佳的捕鱼点争斗不休，但总体而言，他们不愁吃喝，相处还算融洽，关系还算友好，主要是他俩都很喜欢和阿勇一起疯玩。

阿勇的"熊戏"现在已是当地一景，很多人慕名而来，买了戏票爬上那个在林间空地上新建的高塔，观看阿勇用一根绳子、一个诱饵，引导两只肥胖的灰熊表演追逐、跳跃、打滚、寻宝等各种好玩的游戏。最惊险的一幕，当然是银尖把阿勇的整个脑袋都吞到嘴巴里去，每次表演必然会引起现场观众的惊恐尖叫和热烈掌声，仅此一幕，戏票钱就值了。

金尖叹口气，有点为熊高马大的银尖感到羞耻。银尖这还是一只勇猛的灰熊吗？就算是一只小猫咪对人类也没有这么听话吧？她金尖宁愿饿死，也不想这样虚度一生。外面的世界多么广阔，有多少激动熊心的冒险值得一只熊熊去追求啊，金尖实在想不通银尖怎么能为了一根绳子和一个诱饵耗尽生命。但是熊各有志，金尖也知道，只要是自己喜欢的那就是最好的。于是兄妹俩诚心诚意地互相祝福，道一声珍重，从此天各一方，相忘于茫茫绿野大陆地。

金尖一路奔北而去。人类的踪迹越来越少，但偶遇的人类却也显得越来越危险，他们个个手里拿着猎枪，动不动就开枪。金尖被迫把戏弄人类的心思收敛起来，小心翼翼地不让人类看到自己，只要远远地侦察到一丁点人类的气息，她马上就悄悄躲开了。

最让金尖吃惊的是，北边的食物竟然这么丰富！雪枭岭一带似乎有一个人类的自然保护区？不过看起来保护区里面的灰熊数量已经饱和了，而且被保护的熊熊优越感很强，都特别好斗。金尖去溜达过几次，每次都会遭遇凶狠的驱逐。嗨，至于嘛！金尖不屑一顾地离开这些疑心过重的家伙，根本懒得跟他们动一根熊爪子。

金尖心里哼一声："我金尖才不稀罕你们那被人类严密监视的领地呢！为了那一点点可怜的吃食，被人类戴上一个狗项圈，走到哪儿都逃不过人类的眼睛！人类随时随地都能把你们撂倒，想杀就杀，想剐就剐。这么窝囊，活着有什么意思！"

金尖继续北上，哎呀，更没想到的事情发生了！在雪枭岭北麓的白杨溪，她竟然遇到了黑尖！她可爱的小弟弟！黑尖的记性也很不错，一下子就认出了金尖姐姐。

自从去年和一家子跑散之后，黑尖拼命逃，竟然一口气跑了这么远！当金尖告诉黑尖，妈妈去年就被人类安乐死了，黑尖禁不住发起抖来。

金尖很高兴能和弟弟重聚，她打算在黑尖的领地附近找一个地方住下来。但是黑尖却说他打算离开此地了，他被刚刚发生的一起非法猎杀灰熊事件吓坏了。

黑尖："咱们灰熊和黑熊可不同，咱们不是数量少、繁殖慢嘛，所以咱们属于保护动物，人类不能随便杀死我们。可是你知道吗——吓死黑尖了——就在昨天，有一只大灰熊被一个农民枪杀了！那个农民狡辩说，他把灰熊看成黑熊了。怎么可能看错！咱们和黑熊的区别那么明显！先不说颜色差别，咱们肩膀上有这么一大块隆起的肌肉，黑熊哪有！大老远就能看出区别！不行！哪怕有一丁点儿生命危险，我就坐卧不宁！更何况危险来自狡诈的人类！在人类面前冒险太不值！这是一个最最反复无常的物种！担惊受怕的日子生不如死，我必须逃离这里！"

金尖："那你打算去哪儿呢？"

黑尖："往北去！听说现在北方变得很暖和，翻过大北雪山，那世界尽头的北洲森林正在燃烧，针叶林已经慢慢被落叶林取代，非常适合我们灰熊的生存。要不然，咱俩一起去吧？"黑尖刚发出邀请就后悔了，毕竟，多一只灰熊，就多一份竞争，也就多一份被人类发现的风险啊。

幸好金尖没有继续北上的念头："我觉得这儿挺好

啊，有很多莓子、果实、叶子、根茎、蘑菇，烂木头里可以挖出好多昆虫，地下洞穴里的小动物也真不少！河里还有好吃的鲈鱼！这里比我以前生活的地方好太多了！你也别走了吧！你放心，我绝不会妨碍你，我可以在附近另外找一块领地安顿下来。闲下来的时候，我们还能串串门，叙叙旧，多好啊！"

听了金尖的话，黑尖不禁为自己刚才的小心眼感到有些不好意思："我是真没胆子留下来。要说食物嘛，我告诉你一个小秘密，要是你实在想吃现成肉，可以去下面的农场或牧场里弄一只羊，甚至一头牛！"

金尖惊呼："还有这么美的事啊！人类不会报复我们吗？"

黑尖："他们本来就不应该在这山下放牧！他们不遵守契约！人类的危险正在于此，他们太靠不住了，说话不算数是他们的家常便饭！"

金尖很好奇："嘿，有什么契约可以保护我们去偷羊呢？"

黑尖："有一个野生动物联盟的人类组织，每年都给本地农牧民一大笔放牧养家费，就当是联盟把这些草都买下来了，请农牧民们都别在山下放牧了，免得牲畜被我们给吃了。可是这些农牧民，一边收钱，一边照旧过来放牧，他们的如意算盘是，万一牲畜没被我们吃掉呢，那他们就白白多赚了，万一被我们吃掉了几头呢，他们也绝对不亏本。我们熊熊自己可没法保证一定不去猎捕一头奶牛，对吧？万一饿极了，我们可是连熊孩子都吃呢。"

金尖热爱思考的大脑立刻发出了警报："这是个什么联盟啊？听起来好心得不像人类啊！他们为什么对我们发善心？图什么呢？唔，听起来好像是一个高级陷阱啊！假慈悲吧？没安好心吧？哄我们的吧？"

黑尖嗤一声："什么发善心，他们纯粹是良心不安！把山下的草地留给我们，这是人类该做的！他们欠我们太多了！姐姐，你被人类欺负惯了，还以为这是他们发慈悲呢！你想想，是谁把我们的栖息地一块接一块夺走的？现在我们灰熊的栖息地还不到以前的百分之一！人类霸占我们那么多，只还给我们几块草地，几头牲畜，太便宜他们了！"

金尖喜不自禁："这么好啊！那，有了这个什么动物联盟的保护，这里真是熊熊的天堂啊！你怎么舍得走啊！"

黑尖："真正的天堂，是不用担惊受怕的地方！是没有任何人类能伤害我们的地方！我去意已决，姐姐不要再说什么了。对了，溪边那个小拐弯，看见了没有？就是过了那片小沼泽，倒着一棵大树，还开了一大丛百合花的地方，那是我的秘密藏尸处，树叶底下还藏着半只小麋鹿，是我上周刚打的，就留给姐姐享用了。"

金尖简直不敢相信自己的耳朵："什么！这里还能打

到小麋鹿？难怪那边把我引过来的腐肉闻着像麋鹿！"

"是啊，"黑尖轻描淡写地说，"要是打不到麋鹿，我干嘛在这里待这么久？我总不能饿死自己吧，总不能天天去人类牧场冒险吧？"

金尖："哇！我爱死这个地方了！"

黑尖："小心人类！一切现状都有可能一夜之间改变！要到万不得已的时候才去捕猎牲畜，而且一定要策划周全再行动。切记切记！"

金尖："有小麋鹿可打，我可不去牧场冒险。我躲着人类还来不及呢。你不知道，我上个冬天就是靠着一顿鹿肉挨过来的。"金尖说着，口水都流出来了。

黑尖耸耸肩："随便你吧。我得走了。我的领地就送给你了。欢迎有空去北洲找我玩啊。"

就这样，金尖留在了黑尖空出来的白杨溪领地。

7

这一年夏天，金尖四岁多了，已经完全发育成熟，准备好当妈妈了。她出落得更漂亮了，足足有180公斤，高大、健美、肥壮，任何公熊都抵挡不住她的魅力，好几个公熊闻到她美好的气味，大老远跑到她的领地来求婚。

金尖像个女王一样，接受了公熊们的求婚，允许这些公熊在她的领地待了好几个星期。受精卵在她的身体里休眠，她并没有急急忙忙将这些卵宝宝立即植入子宫。接下来，她还有更重要的事情要做呢——她要大吃特吃三四个月，先增加160公斤体重再说。入洞冬眠以后，如果她能确定自己储备的能量足够养活小熊宝宝，她才会正式进入怀孕阶段，那将是11月份要操心的事了。

金尖过得悠然自在。她拥有一副食肉动物的肠胃，却也有一张杂食动物的馋嘴，食谱广泛，动植物都喜欢。她有一个较大型哺乳动物菜单，包括而不限于：驼鹿，麋鹿，白尾鹿，长耳鹿，大角羊，野牛，甚至黑熊。哪怕是雄性黑熊见了她，也会主动退避三舍。当然比起成年猎物，金尖更喜欢抓未成年的小牛犊、小麋鹿、小羊羔什么的，或者成年的猎物受了伤也很不错，打猎别费太大劲就行。她经常捕食被鹿妈妈藏在灌木丛的小鹿宝宝，偶尔也会抄抄金鹰的老巢，偷人家的鸟宝宝或蛋宝宝当零食。她的鱼肉食谱也很丰富，排前三名的是鲑鱼、鳟鱼和鲈鱼，不过，这一年多来不知为何湖里的鱼明显变少了，鲑鱼去年一条都没出现。

金尖也会不客气地从大灰狼、郊狼、狐狸等肉食动物那里抢食死肉。当灰熊与灰狼相遇，双方都不会把命赌上，灰狼往往主动让灰熊取胜。毕竟，在金尖看来，郊狼、狐狸和狼与其说是竞争对手，不如说是可恶害虫，他们整天尽琢磨着怎么从自己爪下偷一口腐肉，做起贼来一点都不会感到害臊。不过对此金尖也没啥好抱怨的，她当起强盗来也从不心慈爪软。

就这样，金尖成功接替黑尖的食物链王者地位，直接管理着白杨溪一带大小猎物的数量，防止森林和草地被食草动物过度啃食，并保证让迁徙的鸟儿有足够的草籽和昆虫可以享用。

可是到了9月份，奇怪的事情发生了，白杨溪一带的猎人忽然多了起来。

金尖不知道，洪福齐天老板齐齐先生今年已当选为绿野市新任市长。齐齐不顾野生动物联盟等民间组织的强烈反对，声称为了"促进经济发展，让人类再次伟大"，从9月1日起全面放开矿产开发、森林砍伐和野生动物战利品狩猎。于是荒诞的一幕发生了。灰熊几十年前就被列入绿野大陆地濒危动物保护名单，有数十位科学家严密跟踪、观察灰熊种群数量变化，每一只被科学家看到的灰熊都有名有姓，生与死都会被科学家详细地登记造册。但与此同时，花钱获得狩猎证的任何一个猎人，可以在任何时间、地点，端着枪随意猎杀任何一只灰熊。

金尖本来卯足了劲儿要大吃大喝呢，猎人们的干扰让她不胜其烦。每次有猎人在附近溜达的时候，她都很焦躁。她的听觉和嗅觉异常灵敏，可以轻易躲开猎人，她担心的主要是她那个藏尸处。她很害怕猎人会抢走她宝贵的肉食储备，尤其是在现在这个要孕育小宝宝的紧要关头。多亏了这个藏尸处，她在白杨溪住了快两年，还从来没有冒险去偷过人类的牲畜呢。

冲突就这样不可避免地发生了。

那只不可一世的哈士奇忽然挣脱主人的控制，直直向金尖的藏尸处跑去。金尖不得不抑制住对狗吠的强烈心理障碍，冲出树林，速战速决，咬死了哈士奇。她希望能给人类一个教训，别再来招惹她了。

然而第二天，她又不得不对两个沿着白杨溪溯流而上的猎人发动猛烈攻击，把两个人都撕伤了。

第三天，人类还是没长记性，她发火了，又在溪边冲击了两个猎人。这一次，其中的一个猎人严重受伤，金尖自己也差点吃了枪子。

人类消停了几天。据说是出于公众安全考虑，白杨溪一带暂时对游人和猎人关闭了。

可是没过多久，又来了一大家子野外远足的。"哎呀，难道我金尖的藏尸处就那么吸引你们人类吗？"金尖不耐烦地把那个10岁的小男孩咬翻在地，抓扯他的后背。接下来发生的事太恐怖，她绝不想再经历第二次。薄雾飘来，她顿时感到整个面部被刺辣的毒气所笼罩，眼睛、鼻子、喉咙全都火烧火燎。她不知道这是什么神秘武器，转身仓皇逃走了。"好吧，好吧，我放弃。"她悲哀地想。

金尖废弃了藏尸处，在这个秋天咬死了人类的三只羊和两头牛。她当然一次也吃不完一整只牲畜，因为没有藏尸处，每次都吃一小半，扔一大半。

她现在力气更大了，不满足于黑尖在岩石缝里利用天然空间营造的小窝。过量饮食之余，她在岩洞里挖啊挖，挖出一个弯弯曲曲、宽敞阔绰的半地下宫殿。那个杀死白尖的黑影给金尖留下了终生难忘的心理阴影，她用来养育宝宝的熊窝，必须固若金汤、不可攻陷。

万事俱备，金尖如愿又额外增加了180公斤体重。她总算比较满意地入洞了。为保险起见，她的身体选择了两枚最健康最有活力的卵宝宝植入子宫。

啊，金尖要当妈妈了。未来会有多么多么美好啊！

<h2 style="text-align:center">8</h2>

寒冬腊月里一个平常的日子，外面狂风呼啸，金尖顺利产下两个健康的熊宝宝，她太高兴了。

刚出生的灰熊宝宝眼睛眯缝着，没有牙齿也没有毛，连半斤都不到，比熊小妹大一些的熊哥哥也只有区区460克。面对这两个柔软无助的小生命，金尖怎么都抑制不住自己的母爱，不住气地把熊宝宝们全身上下舔了一遍又一遍。挤在妈妈胖乎乎软绵绵暖洋洋的怀抱里，熊宝宝兄妹俩大部分时间都在睡觉，饿了就醒来痛痛快快地吸一顿奶。生活是多么幸福啊！

金尖的奶汁香甜可口，源源不绝，而且营养丰富，脂肪含量高达30%，所以熊宝宝们长得很快。出生六周后，他们睁开了眼睛。短短三个月过去，连熊小妹也有八公斤重了。相形之下，金尖却一天比一天消瘦，略显干枯的毛发下，瘦骨历历可见。但金尖一点都没有邋遢、懒怠的样子，始终保持自身的整洁，把小宝宝们慢慢长出来的娇柔毛发更是舔得干干净净、溜光水滑。

熊宝宝们觉得自己已经长得足够大了，每次吃完奶都吵闹着要出洞去玩。金尖总是用轻柔的语气说，别着急，再等等，乖宝宝再睡一觉。说来也怪，金尖一哄，熊宝宝们就感觉困得不行，不到两秒钟就睡着了。

他们在洞里足足待到五月上旬。这时候，天气已经非常暖和了，植物啊，虫子啊，小动物啊，很多很多冬天消失的食物又都冒出来了。两只熊宝宝的体重现在都超过了十公斤，圆滚滚的。他们的毛发已经长得很齐整，能干的小牙齿也长出来了。好了，现在他们不用完全依靠母乳了，可以任意享受大自然妈妈给他们提供的新食物了。

而金尖呢，当她钻出洞口时，体重只剩下进洞时的一半。另外那一半体重，绝大部分都转移到熊宝宝们肉墩墩的身体里去了。在洞里待了将近七个月，金尖后腿上的毛发几乎全都磨掉了。不过，到夏天的时候，她会重新变得丰腴起来，后腿上也会长出漂亮的新毛发。

熊宝宝们寸步不离地跟着金尖，如饥似渴地学习各种刨食的技巧。金尖前肢的熊爪子有十多厘米长，差不多和人类的手指一样长，那既是她绝佳的战斗武器，也是上好的挖掘工具。何况她肩膀上还有一大块隆起的肌肉团呢，这块有力的肌肉团驱动前肢挖啊、撕啊、掏啊，永远没有疲倦的时候。灰熊是世界上最热爱挖掘的熊类，没有其他熊类比他们更擅长挖掘了。金尖每天都要花很长的时间——事实上，是超长的时间——把土壤刨开，把朽木撕碎，四处寻觅根茎、昆虫、啮齿动物，或者其他什么酸酸甜甜、鲜嫩多汁的幼虫。

熊宝宝们学着金尖的样子，在河滩上、树林里、草丛中挖呀、刨呀，玩就是吃，吃就是学，他们进步神速，日益强壮。

两只小熊格外喜欢去树干上嗅探其他熊熊留下的气味。灰熊喜欢在树上擦背，这并不是说他们身上痒得受不了，也不是说他们需要按摩一下整日劳作的肌肉。他们通过在树上留下气味互相交流。利用树上的气味标记，附近的公熊们能更好地了解彼此，这样他们就会在与雌性交配的季节减少彼此之间无谓的战斗，兄弟之间一切都好商量。

金尖耐心等待小熊们充分获取树上留下来的信息密码。然后她会温柔而严肃地告诉熊宝宝们，千万离这些公熊都远一点，他们是熊宝宝的致命天敌之一。

母灰熊都是有名的护崽狂，一到哺乳季节就变得脾气暴躁，特别具有攻击性，谁胆敢看一眼她们的孩子，她们都会跟谁没完。但不幸的是，将近一半的熊宝宝活不过第一年，死因主要是疾病、饥饿或者遭遇了天敌的攻击，比如大灰狼、山狮以及成年公熊等等。然而对于金尖的熊宝宝而言，更加不幸的是，他们面对的最大生命隐患不是上述的任何一种，而是人类。

那天金尖老远就听到了狗叫声。听起来，一共来了三个猎人和五条猎狗。金尖赶紧让熊小妹和熊哥哥从河滩撤退，爬上溪边一棵大树。爬树是灰熊宝宝们躲避天敌的重要技巧。金尖一岁以前也很会爬树，在白尖死去的那个春天，她出洞之后意外地发现，自己因为爪子变长、身体过重，遗憾地失去了快速爬树的本领。妈妈当时安慰她说，所有灰熊宝宝长大后都会这样，因为他们不再需要靠爬树躲避天敌了，他们有利爪、獠牙和健壮肌肉直接与敌人抗衡。这些话极大地激励了金尖坚韧的意志。

金尖急切地对熊哥哥和熊小妹叽咕几句，让他们在树上藏好别动，无论发生了什么事都别下来。她自己则跑过溪流，爬上岸边一片高地，钻进茂密的树丛，暗中密切观察宝宝们的安全状态。金尖希望猎狗们都冲自己来。

五条猎狗兴奋地跑过来，不停地在地上嗅来嗅去。

自从去年杀了那条不知天高地厚的哈士奇之后，金尖对这种动物的恐惧感虽然还没有完全消除，但也没有小时候那么强烈了。现在她更加讨厌这种爱打小报告的尖滑动物。如果可以，她真想立即冲过去杀死这五个贼头贼脑、神气活现的小东西，免得她的熊宝宝被人类发现。

其中一条猎狗的嗅觉似乎比同伴们更胜一筹。当同伴们还在为金尖消失在溪水边的气味所困扰时，这条猎狗一声不吭，一路嗅到大树底下，抬起头来，拼命抽动几下鼻翼，猛然间像被电击了一样狂嚎起来，边叫边高高蹦起，恨不得飞到树上去。

三个猎人凑过来，往树上张望。其他四条猎狗跟过来，也不约而同冲着大树狂吠。

"在那儿！一只熊！哇，藏得太好了吧！"一个猎人兴奋地说。

"是一只小熊！小家伙吓坏了，咱们还是走吧。"另外一个猎人小声说。

"不是小熊，是大熊！块头真不小！"第三个猎人也压低了嗓门。

"是大熊！多好的战利品！"第一个猎人说完，端起枪，连续扣动扳机。熊哥哥被击中，惨叫一声，跌下树来。

开枪的猎人把一只脚得意洋洋地踩在悲鸣的熊哥哥头上，想让同伴帮他拍一张威风凛凛的猎熊照。他正幻想着这组难得的照片将会如何在社交媒体上走红，忽然眼前一道金色身影闪过，他已经被一只骇人的大灰熊扑倒在地。金尖狂怒地一嘴咬在猎人的脑袋上，猎人无助地蹬着双腿，挥舞着手臂，被金尖拖下路堤。

那五条猎狗被金尖的狂怒震住，不敢上前。另外两个猎人怕伤了同伴，不敢开枪，也惧怕金尖，压根不敢追上前去。

"咱们快回去求救！"第三个猎人对第二个猎人说。第二个猎人浑身发抖，惊恐得说不出话来，只会连连点头。两个猎人知道手机在这一带没有信号，他们仓皇向游客中心的方向跑去，五条猎狗紧随其后。

金尖把猎物拖下河滩，松开嘴，猎物一动不动。金尖冲上路堤，跑到熊哥哥身边，熊哥哥也一动不动，已经死了。

悲痛淹没了金尖。无论她如何呼唤，她的宝宝熊都醒不过来了。

金尖仰起头，含泪唤熊小妹下树来。熊小妹魂飞魄散，简直无法动弹。她连滚带爬跌下树来，跟着妈妈逃向密林深处。

从此，狗类和人类都彻底跌下神坛，成了金尖不共戴天的仇敌。

9

38岁的护林员阿吉是个忠诚的好丈夫、好爸爸、好儿子、好兄弟、好朋友。你很难看见他待在屋子里，他喜欢在户外活动，他享受大自然的空气和阳光。

沿着白杨溪的流向，政府今年春天新开辟了一条远足小径。如果大开发项目继续推进的话，新公路将在这条小径的基础上扩建。

这是六月的一天，阳光明媚，大地一片欢欣。阿吉和同伴一前一后，沿着溪边小径骑行，粗粗的车轮轻快地滚动着。根据事后的新闻报道，一只母灰熊可能被他们惊到了，忽然发动攻击，把阿吉从山地自行车上拽下来，咬死了他。阿吉的致命伤在头部，同时，肚子被咬破，骨盆骨折，背部受伤，腿部被撕烂。阿吉的同伴设法逃脱，没有受伤。

对于金尖来说，她也许是被惊到了一点点，但这次攻击是由她主动发起的。她已经是一只成熟的母灰熊，生过两个宝宝，现在还拉扯着一个宝宝。她力大无穷，有200多公斤重，在接下来的三个月，还打算再增加将近200公斤体重。她不需要再躲避敌人了，她可以勇敢面对任何敌人，并致敌于死地。敌人应该躲着她，越远越好。当山地自行车快速滚近的时候，金尖满脑子只有一个念头：绝不能让人类伤害到熊小妹，一点机会都不给。

这一次直接针对人类的攻击，她是如此冷静，以至于她意外地品尝到了人血的味道，多么美妙的滋味。她应该让她那唯一的宝宝熊小妹也来好好尝一尝。熊小妹正在长身体，一天变一个样，迫切需要营养丰富的蛋白质。是啊，环顾苍茫大地，还有比人类更大个儿更现成更多汁儿的蛋白质点心吗？何乐而不为呢。

金尖耐心等待机会。

8月份，一名63岁的远足者在白杨溪一带受到一只灰熊的攻击而死去。受害者是附近自然保护区应急诊所的一名工作人员，一位经验丰富的远足爱好者。几天之后，他的尸体被找到，死于外伤，前臂有明显的防御伤。

调查发现，这次袭击远非一次正常的属于自我保护的灰熊攻击。受害者的尸体被吃去大半，剩下的部分被细心掩藏起来，很显然是作为食物储备，打算日后去继续取食的。

狩猎监督官对记者说："通常，母熊为了保护小熊，会对人类采取防御性的攻击，但不会有吞吃尸体的现象发生。初步调查结果显示，有一头母灰熊主导了这起杀人事件，至少有一只小熊也参与了这次谋杀。"

监督官还说，为了公众的安全，白杨溪一带所有远足小径均被关闭，直到调查结束。警方提取了杀人熊的DNA，意外地发现这头母灰熊和三年前松鼠林高级度假别墅区发生的一起疯熊袭击人类事件有关。警方保证，一旦抓到这头母灰熊，将立即处死她。

金尖和熊小妹一致同意，人肉比鹿肉好吃多了。小鹿今年明显变少了，这两年鹿类被猎人捕杀过量，再加上鹿群中开始流行一种传染性极强的朊病毒疾病，一下子又病死了好多鹿。金尖暗暗决定，再杀一人，她们差不多就可以进洞冬眠了。

9月份，一个62岁的女人和她年迈的父母在荒远的小木屋里度假。黄昏时分，她听到爱犬在门外狂吠不已，担心狗狗出了什么状况，就出门去查看。过了好久，狗狗惊恐万状地回到小木屋，女主人却没有回来。她的父母内心不安，设法报了警。

警方花了好几个小时才赶到小木屋，搜救队在寒冷的密林中搜索，最后发现了女人的尸体和一头母灰熊。那头母灰熊站立在女人的尸体上，就仿佛在宣告自己的所有权。警察当即开枪，射杀了这只母熊。

经过DNA比对，杀害阿吉和急诊所员工的也正是这同一只母灰熊。

当地的自然保护区发言人说，熊攻击人的事件非常罕见，这是100年以来本地发生的第八起熊类致使人类死亡事件。他们对此深感震惊。"杀死一头灰熊的决定是非常慎重的，虽然灰熊是一种濒危的保护动物，但我们所考量的主要是灰熊种群整体的生存，而非某一单个灰熊的生死。我希望我们能使人熊之间的互动最小化，希望能最大程度地防止由人类所造成的灰熊主要食物来源的变化，进而减少由熊类造成的人类受伤害风险。"这位发言人的话受到各界猛烈抨击：明明是灰熊杀了人，怎么拐弯抹角地批评起人类来了呢？你还是人类的一员吗？

警方说，协助杀人的小熊还没有找到。"我们希望能找到这只小熊，找到之后，它将被送到动物救助站。"

10

第二年的6月份，绿野市民杨波涛夫妇和女儿小麦、小米在自然保护区惊喜地遇到了一只野生灰熊。灰熊站在马路中间，杨波涛停下车，灰熊爬上了他们的挡风玻璃。过了一会儿，好奇的灰熊又绕到车子左侧，趴在侧面的玻璃上，往里面张望。两个女孩在车里尖叫，心里有一点点害怕，但更多的是激动。

小米问："熊熊能把车窗玻璃打破吗？"

"不会的。"杨波涛笑着说。在他的摄影镜头里，扒汽车的野熊很萌很可爱。

——但是，杨波涛说错了，灰熊的力气足以把厚厚的防震玻璃打碎。不过这会儿最好先别让女孩们知道这一点。

就在此前一天，绿野市动物园那只一岁多的小灰熊——就是妈妈大疯熊精连杀三人后被射死的那个孤儿熊——不知从哪里挖来一块石头，猛砸展览室的一面防熊玻璃墙。这些玻璃是防震的，和汽车挡风玻璃一样厚。幸好动物园的防熊玻璃墙有五层，熊小妹一鼓作气砸破了四层。园方不得不暂时关闭灰熊馆，紧急定购新的玻璃围墙，至少需要好几周的时间才能重新开馆。

很萌很可爱的保护区野灰熊流着口水和杨波涛家的汽车玩了十五分钟，还没有一点点要走的意思。最后，杨波涛启动汽车，发动机轰隆隆震响，灰熊总算被吓跑了。

女孩子们尖叫着，兴奋得快爆炸了。

杨波涛笑着问小米："回去以后会不会做噩梦？"

小米睁大眼睛："你开玩笑吗？这是我这辈子最棒的一天！"

此时此刻，去年一冬天都不肯冬眠的熊小妹，正呆呆地仰望着动物园熊室的天花板。周围的空气污浊不堪，熊小妹无限悲伤地回想着妈妈跟她说的最后一句话："快跑！远离人类！到北洲去！找黑尖舅舅！"

最近熊小妹越来越感到呼吸不畅，头脑发昏。她确信，再被人类关下去，她将不是死于窒息，就是死于发疯。

熊小妹不确定，在死之前，她能不能逃出去。但是她永远也不会放弃。她唯一能确定的是，只有再次成为一只自由自在的野熊，她才能好好地在这个世界上活下去。

怪兽之心

大灰狼的眼睛一只只闭上，

黑暗中，你的双眸静静闪亮。

——摘自呐喊的三宝诗集《动物快跑》之《卡卡》

1 对峙

怪兽静静地伏在黑鼠尾草灌木丛下，那两双人类的足音越来越近。这是一条被人类宣示了领地权的远足路线，布满了人类的味道。

通常，郊狼远远听到人类的声音，就会早早离开属于人类的小路，躲进路旁茂密的灌木丛里去，避免与人类打照面。偶尔有几只胆大的郊狼，会抱着赌一赌的好胜心态，故意迎面走向人类。毫无例外地，每次遇到郊狼的挑衅，人类好像都根本不以为意。他们微笑着，不慌不忙地继续往前走，视郊狼如无物，一点畏惧的意思都没有。于是毫无例外地，那些郊狼赌徒在最后一刻都心理防线崩塌，灰溜溜地转身快速钻进林子。

此刻，悠闲的足音就在右方三十步之外。怪兽本能地想转身跑开，但满腔的怒火阻止了他。至少他可以趴在这里不动，瞪视着蠢笨的人类无知无觉地经过。他可以一点一点积累信心、培养胆量。他知道，总有一天，他将向人类发动攻击。也许不是今天，但迟早有一天，他会汇聚所有的能量，一跃而起，咬到人类最要害的部位，一想到这里，他就清晰地感受到一股复仇的甜蜜流遍全身。

他需要说服自己，不必害怕细皮嫩肉的人类，尤其是软弱、笨拙的儿童。一个人类儿童，可以让最盛时期的卡卡狼群吃几天呢？至少比一头小麋鹿肉多。

比起郊狼，人类的嗅觉、听觉、视觉都差到极点，但不可否认，他们成年后个头都大得可怕，而且诡计多端。绝大多数郊狼怀着敬畏心，视人类为天敌。

天敌！哼！怪兽即使曾经对人类有过敬畏，现在也已经被仇恨和憎恶完全取代。

怪兽发狠地绷紧全身的肌肉。他继续趴伏在灌木下面，悄无声息。就算在郊狼的世界里，怪兽听觉的灵敏度也是数一数二的。不用看，他早就听出来正在走近的那两个人是谁，现在他俩的气味已经清晰可辨。那是一对人类的母子，年轻的妈妈阿红曾经随手往野山坡上扔过好几次橘子皮。"龙宝，妈妈给小草来点天然肥料啊！"阿红扔橘子皮的时候，发出清亮的笑声。那些落在草丛中的橘子皮，曾经让灵灵吃得津津有味，眉开眼笑。但是慧慧大姐却告诫灵灵别再乱吃人类丢弃的垃圾，慧慧认为乱扔垃圾是人类的一大恶习，"大自然又不是垃圾场，谁知道人类的橘子皮上面有没有什么威胁野生动植物的病菌、毒素？"聪明的灵灵听了慧慧大姐的话，再也不吃阿红扔的垃圾了。

灵灵！怪兽受不了想到亲爱的灵灵。他痛苦地低吟一声，起身，昂然走出灌木丛，直直地站立在小路正中间，修长的四条腿稳稳扎在大地之上，蓬松的大尾巴傲气十足地垂在身后，全身挺拔，耳朵直立，毛发竖起，黄宝石一般晶莹的双眸凝视前方，精光灼灼，正正地盯上了阿红的眼睛。人类的脚步立即停下来。

那个男孩龙宝，害怕地躲进阿红的怀里，不敢多看怪兽一眼。阿红蹲下来，捡起一块小石头，朝怪兽扔去。力气太小了，离怪兽还有五步远石头就落地了。令怪兽羞愧的是，聪明如他，明明知道这只不过是人类吓唬郊狼的常规动作，却仍然不由自主地退缩了一下。他再次告诉自己，人类没什么可怕的！他怪兽，完全有能力战胜他们！

阿红和怪兽眼对眼对峙了不到半分钟。看得出来，阿红很犹豫。怪兽不确定，如果阿红选择继续往前走，他会不会在最后一刻吓破胆，溜回灌木丛里去。怪兽努力站得更直，身架尽量张开，尾巴尖的那团黑色长毛微微翘起，他一下子显得更加高大、危险。他目无表情，凶狠地瞪视着阿红的眼睛。

阿红避开怪兽的目光，拉着儿子的手，开始假装不在意地慢慢后退。怪兽信心大增，也跟着慢慢往前移动几步。他听到阿红对龙宝说了句什么，两个人一同开始快步原路返回，阿红仍然面对着怪兽，倒着走。

"这就对了，这是我们郊狼的地盘，你们人类最好永远不要再过来！"怪兽跟着人类母子，也加快了脚步。人类母子上了一个小坡，怪兽看不见他们了，但他听得清清楚楚，人类母子开始急促小跑起来。"哼！你们害怕了！你们也有今天！"怪兽也小跑起来，狩猎的快感越来越强烈。"你们以为我看不见你们在逃命吗？你们逃命还想装得若无其事是吗？"转眼间，怪兽也跑上了小山坡。

怪兽居高临下地看见，人类母子已经跑下坡去。阿红时不时转身倒着跑，向怪兽挥舞双臂，高声喊叫。怪兽知道，那些都是人类的常规动作，但他仍然禁不住为之胆寒。阿红看起来很强悍。怪兽在坡顶停下脚步。他看见阿红遇见了另外两个人类，激动地高声述说着什么。怪兽见状，立即钻进灌木丛。

怪兽气恼自己惧怕人类的本能。"灵灵啊！请你给我的心灵注满勇气和力量吧！就像你从前一直所做的那样，一直，从前。"

他一定要复仇，对人类发出挑战，使人类走下神坛。大自然并没有规定，必须要由哪个物种来做主宰。在大自然的眼里，人类和郊狼一样是进化的奇迹，怪兽甚至认为，郊狼比人类进化得更精致、优秀、完美。

2　灵灵

大家都叫他怪兽，因为他的确是一只沉默阴郁、性情古怪的野兽。他是个孤儿，一点都记不得妈妈的样子。从记事开始，他就孤苦伶仃，在绿野大陆地四处流浪，皮包骨头的郊狼崽，经常饿得东倒西歪。有一次，他饿了好几天，好不容易挖到一只老鼠，刚叼在嘴里没跑出两步，就被一只俯冲下来的大老鹰毫不客气地抢走了，怪兽气得真恨不得长出翅膀去和那老鹰拼命。直到卡卡首领收留了尚未成年的他——当然，是在卡卡的忠诚伴侣慧慧的坚持下——他才算是有了一个可以称作"家"的地方。

怪兽敬重慧慧大姐，在这个世界上，他爱过的唯一两个生物，就是慧慧和灵灵。可以说，是慧慧姐把他抚养大的，慧慧给了他温暖、食物，教会他真正的打猎技巧。慧慧姐是那么衷心地赞叹怪兽卓越的狩猎天赋，一点就通，举一反三，不到两年，怪兽就成为狼群里在卡卡之下的第二号首领。

但怪兽不合群，经常独自狩猎。即便狼群需要协同作战去狩猎大型猎物比如麋鹿的时候，怪兽也总是与其他郊狼保持着距离。

他从不敞开心扉，把所有喜怒哀乐都藏在冷酷的外表之下。但他的确是一名出色的哨兵和策划者，他的报警系统发达，精于预测事态的走向。他擅长模仿人类世界的各种声音，比如狗叫、孩子的啼哭、火车的鸣笛、消防车的狂号……他不但可以把这些声音都模仿得惟妙惟肖，甚至可以随心所欲地根据现实需要组合各种模仿音。怪兽独自发出的声音，就可以制造出一群郊狼在狂嚎的假象，把其他狼群吓得魂飞魄散，远远避开卡卡的领地。

怪兽加入之后，卡卡狼群的地盘已扩大三倍，这在遍布人类气息的东部大草原是很不寻常的，通常在人类出没的社区，郊狼不得不忍受越来越窄小的地盘。卡卡心里明白，卡卡领地繁荣昌盛不能说与怪兽奇异的天赋没有一点关系。

但卡卡不喜欢怪兽，怪兽也知道这一点。卡卡总是冷冷地观察着怪兽，防止怪兽对狼群产生不利的影响。怪兽根本不在乎卡卡的看法，也从不假装在乎，他毫不掩饰自己的薄情寡义、桀骜不驯。怪兽是一个悲观主义者，随时准备应付最坏的命运。他觉得自己只是天地之间一个偶然的过客，幸福和欢乐都与他无关。成年后，怪兽不关心任何其他郊狼，也不接受其他郊狼的关心，包括慧慧姐姐。他就是这么无情无义。

直到他遇到亲爱的灵灵，那个游荡在天地之间的郊狼精灵。

灵灵就像一束明媚的阳光，一下子就笼罩在怪兽的头上，令他从灰冷梦境中觉醒，再也无法放弃追随那娇小、甜美的身影。灵灵是怪兽见过的最漂亮、狡黠、活泼的郊狼姑娘。她苗条、结实、身段灵活，竟然跑得比怪兽还快，比怪兽还会随机应变。卡卡狼群的所有郊狼都喜欢她，不分雌雄。只有她，灵灵，一眼就看穿了他，怪兽。她看到了他的心底，就像阳光照进最深最深的水潭。她把他从深潭里拽出来，拉着他在阳光下舞蹈，让他傻傻地对着高空放声歌唱。

灵灵是他的灵魂，是他的生命，是他这一生的目的，是他最深沉的幸福源泉，是他永不褪色的快乐天堂。

可是，那一天，这一切对生命的热望都戛然而止。怪兽至今都觉得那一幕是如此不真实，就如同一个怎么都醒不了的噩梦。那是他不愿意相信是现实的现实。

春天都已经露头了，雪都要开始融化了，人类猎狼大赛的车队呼啸而来。猎人们举着枪，嚎叫声响彻原野。几辆雪地摩托车盯上了灵灵，但她撒足疾奔，美丽、蓬松的大尾巴轻巧地拖在身后。她就像一个非人间的精灵，几乎在白雪覆盖的草地上飞了起来。她马上就可以脱身了，那片茂密的灌木陡坡就在她的左前方。她本来灵活地一个转身，就可以消失在枯草灌木中，迅速潜离这片危险的开阔地，让人类的子弹再也找不到她。但是她肚子里的宝宝动了一下，使她流畅的飞跑微微停顿了一拍，她慢了一秒钟，那颗子弹就这样击中了她。她继续挣扎着往左转弯，却一跟头滚落在地。怪兽痛恨自己当时和其他郊狼一样惊慌失措，本能地四散而逃。他没有胆量去救她，没有去和她一起死。

他的太阳熄灭了。他的心灵沉入无边无际的黑暗，丧失了一切其他的情感，只剩下冰冷的仇恨。他本身就是一头仇恨，散发着邪恶的气息，活着就是为了索命。

3　复仇

怪兽在狂怒中跑到人类的畜牧场，一口气咬死了八只绵羊。很多与怪兽有相同遭遇的郊狼大声叫好，跃跃欲试地想要加入怪兽的复仇行动，让愚蠢、傲慢、野蛮的人类付出代价。卡卡为此紧急召开了一个狼群大会。

卡卡曾严肃警告过大家，除非饿得受不了，不然不要轻易去攻击人类所属的动物。卡卡不是平白无故说这些话的，他是一只聪明的头狼，他的经验来自血的教训。他的祖辈曾亲眼目睹绿野大陆地的大灰狼被人类捕杀殆尽，只因为大灰狼被人类视为仇敌——其实大灰狼很少直接攻击人类。卡卡常常感叹，就连大灰狼，其实也心甘情愿地敬人类为不可轻犯的天神。

卡卡理解怪兽失去爱妻的痛苦，苦口婆心地劝解情绪激动的同伴们："你们想过没有？人类为什么把大灰狼杀得一只不剩？就是因为大灰狼侵犯到了他们的利益。大灰狼吃羊、吃牛，不把人类放在眼里，傲慢导致灭亡。大灰狼被杀光后，我们郊狼才有机会接替大灰狼，在绿野大陆地占据食物链的顶端，使我们的族群迅速壮大。今天，郊狼的数量达到历史最高点，这种蓬勃发展的势头还在继续。这是我们最好的时代。附近的几大郊狼家族已经达成共识：毫无疑问，我们不是人类的对手，我们需要韬光养晦，生养更多的宝宝，努力扩大地盘，不为人注意地把领地拓展到人类的活动区去，比如少有人迹的公园角落，荒无人烟的高速公路沿线，甚至占地广阔的高尔夫球场。只要我们不主动招惹人类，人类看起来也愿意和我们相安无事，那么全世界的地盘将来都有可能是我们的。双方温和共存，对郊狼而言，是最理想的状态，会通向最美好的郊狼未来。"

但这些话，在猎狼大赛留下的那一大堆狼尸面前，都成了懦弱的表现，连一些最忠心耿耿的部下也对卡卡消极的不抵抗政策产生了怀疑。狼群爆发了激烈争吵。

"人类的地盘本来就是我们郊狼的，我们的祖先居住了几百万年！被他们强行无耻霸占了！"

"对！我们回到被人类霸占的社区，只是拿回我们祖先的土地！"

"我们倒是想跟人类温和共存，可是也得人类和我们有同样的想法啊！难道我们就任由他们想怎么欺负就怎么欺负吗？"

"肉体都被人类消灭了，何谈温和共存？"

"大灰狼不要太傲慢，那人类也不要那么傲慢自大好吗？！大家都看到了他们是怎么把灵灵的尾巴拎起来，得意洋洋拍照的！他们有什么权利猎杀我们？他们也要为自己的傲慢付出代价！"

越来越多的郊狼同意对人类发动报复行动，让人类见识一下郊狼的厉害！卡卡的领导地位前所未有地受到严重挑战。

卡卡扫视狼群，一字一句慢慢地说："如果我们失去理性，不是为了必要的生存，而仅仅是为了报复，就对人类发动无谓的攻击，我相信人类必然会发动更猛烈的反击。他们是天地之间的恶神，不会容忍地球上存在任何一种可能挑战他们的地位和安全的动物。你们仔细想想，我们郊狼能够发展壮大，不正是因为人类需要生态系统中有一个可以对付兔子、老鼠、麋鹿的狼角色吗？我们恰恰是那个对他们不构成威胁的狼角色。说白了，我们就是大灰狼的小不点儿替身！可以说，正是人类的需要本身，让我们侥幸存活下来的。如果人类想要彻底消灭我们，你们认为他们花多长时间就可以办到？半年？一年？你们看看周围，在大自然中，还有比我们更强大的野兽横行霸道吗？好好想一想吧！"

"哼！人类要是胆敢彻底消灭我们，自然生态系统就完全崩溃了！他们自己因此也迟早得灭绝！人类根本离不开我们郊狼，哼！"

"人类猎杀我们，也不是为了生存，他们不吃郊狼的肉！他们纯粹是为了好玩！滥杀无辜！太可恶了！恶神当诛！"

"人类不让我们活，那我们也不让他们好过！与其窝窝囊囊等死，我们应该和他们拼了！就算拼不过，能多杀死一头牲畜我们就多赚一头！让人类把我们杀光吧！生态系统崩溃，大家同归于尽！！"

卡卡摇摇头："我同意，人类无聊的行为是很可恶。但从另外一个角度看，被人类莫名其妙地猎杀，毫无价值地死去，也是我们为进化必须要付出的代价。请大家反过来想一想，就算人类不猎杀，我们的族群数量也不可能无限增长。请大家冷静地想一想，郊狼之间的地盘大战还有传染病流行导致的死亡数量有多少！与之相比，被人类杀死的郊狼数量是不是可以完全忽略不计？就算没有人类的参与，大自然也自有其平衡之道，我们狼群越壮大，成员越多，疾病爆发时死掉的狼数也会越多……"

卡卡的话被一个愤怒的声音打断："强烈反对！郊狼战争是我们狼族自己的事，与人类无关！疾病传播是大自然的事，也与人类无关！人类故意猎杀我们，是可忍，孰不可忍！报仇！报仇！"

卡卡努力劝说："我们为什么要为小小的个体得失，破坏与人类和平相处的大局？我们惧怕人类的本能，不是无缘无故的，那是写在我们基因里的恐惧，是我们的祖先留给我们的宝贵财富啊！永远都不要忘了，人类是我们的顶级大天敌！"

"你太窝囊了！卡卡！"一只郊狼高叫一声，狼群里传来一片应和的嘘声。

"你不配做一只头狼！我选怪兽做头狼！"又一只郊狼大叫。狼群安静下来。卡卡眯起眼睛，耸起肩膀。

怪兽自始至终一句话也没有说。此刻，在众狼的注视之下，他高高地站起来，看了卡卡一眼，面无表情地转身离去。

他才不在乎做一只头狼，他更愿意与全世界都断绝关系。怪兽在野地里狂奔，冲进人类居住区，又一口气咬死了两头牛，七只母鸡。

4 慧慧

怪兽疯狂的举动立即引起了人类的关注。人类也有战争与和平两派意见，彼此争论不休。

战争派的理由不用说了，和当年灭绝大灰狼差不多，一句话，就是要保障居民的生命和财产安全。和平派则拼命强调郊狼在本地生态系统中的重要性，比如，迅速扩张的野猫家族如何成为鸟类杀手，已经吃灭绝了好几种本地鸟，而郊狼又是如何抑制了野猫的活跃性，从而提高了本地鸟类的筑巢率和存活率。至于郊狼的存在还帮忙控制了野兔、野鹿、老鼠的泛滥，也一再被和平派提及。

当然啦，和平派最有力的证据，还要属绿野大陆地灭绝大灰狼后带来的生态失衡的严重后果。"现在山丹大草甸和星宿大沼泽地都在试图从紫光大陆地重新引进大灰狼，可是已经被破坏的生态环境再也不可能恢复如初。我们不能重蹈覆辙啊！郊狼对整个生物链的作用太重要了，我们不能失去郊狼啊！我们需要郊狼代替大灰狼，帮忙维持大自然的生态平衡啊！"和平派的疾呼，几乎快要压倒战争派的怒吼了。

在慧慧忧心忡忡的注视下，又有几只郊狼加入了怪兽的报复行动，他们变得和参加猎狼大赛的人类一样，纯粹为了猎杀的快感而行动。这些疯狂的挑衅，爽是够爽，却也使人类战和两派之间的激烈争论很快有了结果：主张势不两立赶尽杀绝的战争派占了上风，坚持互不侵犯温和共处的和平派的声音再也没有人类居民愿意倾听。

既然有了结论，人类的反击迅猛、暴烈，说一不二。

这天，卡卡领地上空忽然出现了几架直升飞机。飞机在低空缓缓盘旋，猎人们稳稳坐在机舱口，端着连击猎枪，只要一看见郊狼的身影，就不分青红皂白一通狂扫。

尸横遍野。慧慧躲在草丛里发抖。她看见，机灵的怪兽早就溜走了。她看见，勇敢的卡卡大声指挥伙伴们撤退。她看见，一架飞机从后面迅速接近卡卡，两个黑洞洞的枪口对准了卡卡……

慧慧嚎叫一声，一跃而出，扑向卡卡。枪响了。

"不要管我，快带伙伴们离……"慧慧话没说完就咽气了。鲜血从两个大伤口汩汩地冒出来，浸透了卡卡全身的皮毛。卡卡鲜血淋漓地从慧慧的身下爬出来，矮着身子，没入草丛，远远地跑掉了。

等直升飞机离开，幸存的伙伴重新聚合在卡卡首领身边。卡卡清点狼头，狼群成员死了一大半。

卡卡冷冷地盯着怪兽："你自己想死，没谁能够拦着你。但我不能眼看着你把伙伴们都带上死路。你走吧，我们这里不欢迎你。再也不要让我看见你！"

怪兽漠然转身离去，毫无眷恋。天地间最后一丝柔情也沉落在怪兽漆黑的世界里。再也没有谁能够阻挡怪兽内心不断膨胀的虐杀狂魔。

卡卡狼群也集体转身，没有谁再回头看一眼怪兽。

"可怕的人类啊，最可敬畏的天敌啊！再也不要让他们看见我们了吧！"士气低落的卡卡狼群连哀悼的时间都没有，他们将不得不放弃大片无力维持的领地，从此夹紧尾巴忍辱偷生。

外来的三个郊狼家族为卡卡家族空出来的地盘激烈打斗。他们没有卡卡家族那么挑剔，比较小的领地范围也可以接受，于是他们就用血迹斑斑的狼牙，迅速、高效地瓜分了卡卡的地盘。原属卡卡家族的领地上，就这样容纳了四个家族。母狼们争先恐后地受孕，机智地调整各自的生殖系统，竭尽身体极限，怀下尽可能多的宝宝。

卡卡知道，两个多月之后，这片领地将迎来一个前所未有的小狼崽生育高峰。他苦涩地想："人类啊！你们可知道，只要你们没有赶尽杀绝，郊狼纵然输了一次战争，战后也必将卷土重来？来得甚至比以前更多？人狼大战，注定是一场两败俱伤的战争。"

与此同时，怪兽也为自己开辟了一块崭新的领地：本地人类居住核心区东郊镇。他的畏惧心越来越弱，攻击性越来越强。太阳刚一落山，他就开始在人类的篱笆外转悠，在人类的果树下野餐，在人类的街道上散步，掀翻人类的垃圾桶，把人类放在门外给阿猫阿狗和小鸟们留的食物吃掉，吃不完的就狠心糟蹋掉。他尽可能地多搞破坏。他咬死了好几只宠物狗，吃了好几只宠物猫，还趁一个人类男孩独自在外的时候，咬破了他的脚踝。那孩子吓得哇哇大哭，那副惨样令怪兽异常享受。

怪兽觉得自己差不多已经做好了准备。他差不多不再惧怕人类了。

5　移除

怪兽听到，阿红跟另外那两个人类聊了很久。怪兽确信，下次再遇到阿红和龙宝两个人，他一定有勇气立即冲上去先把龙宝咬死。

"也许人类以为我得了狂犬病，疯狂得失去了理智。哼哼，他们把自己看得太高明了。一只身体健康、心智正常的郊狼，也可以对他们毫无畏惧！"怪兽甚至想到，也许有一天，郊狼可以进化为人类的天敌，也许。

郊狼的本性并不是夜行性动物，他们喜欢大白天出去捕食。但人类到来之后，为了躲避这可怕的天敌，他们强迫自己昼伏夜出。不到万不得已的时候，比如春天为抚养小狼崽而不得不花费更多时间出窝觅食的时候，他们绝不冒险在大白天出动。

怪兽偏偏要打破这屈辱的惯例。他故意大白天出来活动，和人类并肩走在街道的两边，跟踪遛狗的老太太，把狗和老太太都吓得早早溜回家。"这就对了！大白天的，需要躲回到窝里去的，应该是你们人类！你们这虚弱绵软的劣等动物！"

在与阿红对峙的第三天，怪兽又来到那条小径。他预感到今天将是一个大日子，他将发动能够载入郊狼族史册的恐怖袭击。

小径上空无一人。"都被我吓跑了吧！"怪兽得意洋洋地想。

怪兽大摇大摆地在小路上踱步，还在路中间撒了一泡狼尿，就在光天化日之下。这是最明白无误的领地宣言，警告人类要是不想惹麻烦，最好离远点。怪兽临时决定，过会儿再去居民区溜达一圈儿，找些蔬菜和水果吃吃。人类种植的蔬菜水果，味道很不错。

这时，他本能地感觉到周围似乎有某种异样。他停下脚步，举目四望。他立即发现了一个人类的告示牌，崭新的。他可不认识人类的文字，不管这文字印刷得有多醒目。他谨慎地走上前去，嗅了半天，告示牌散发出新鲜木头独有的香气。

怪兽左左右右仔细观察了好一会儿，看不出有什么值得担心的。他放下心来。"哼！愚蠢的人类！"他绕过告示牌，继续懒洋洋地在小径上踱步。伴随着"咔嗒"一声脆响，他感觉到一阵钻心的剧痛。

他低下头，不敢相信地盯着自己的左前足。这就是慧慧姐曾经说过的"狼夹子"吗？他勃然大怒，"竟然把陷阱布到我的地盘！竟敢欺负到我的头上！"他怒吼着，使出全身的力气想要挣脱出来。但是根本不可能，他越使劲，狼夹子箍得越紧。怪兽痛苦不堪。

他停下来休息，思索了一会，冷冷地下定了决心。

怪兽忍住巨大的疼痛，用狼夹子锐利的刀片切割自己的左前足。他疼得满身颤抖，但他执意地要摆脱陷阱的控制，不惜一切代价。马上就要成功，一半的皮肉骨头已经被切开。他宁愿瘸腿，也不愿落入人类的手中！

他听到人类的声音。脚步声，说话声，一共有四个人。绝望地抬头，他看到那四个全副武装的人类正对着他满意地指指点点，频频点头。

来不及了，不服不行。"大天敌，你们赢了。"怪兽知道自己的生命走到了终点。他停止挣扎，眼睛一眨不眨，精光灼灼，怨毒地瞪视着手执枪支的人类。一声轰鸣之后，再也无知无觉。

怪兽死后，人类立即熟练地往他全身喷洒杀虫剂，他身上那无数赖着不走的寄生虫于是再也没有机会逃离他尚未僵硬的尸体。

随后，人类把怪兽装进大垃圾袋，扎紧袋口，扔进垃圾桶。

怪兽听不懂人类的语言，刚才他们指指点点的时候说了，这叫定点移除。他们还说，为保持郊狼对人类的敬畏之心，真应该立刻立法禁止人类给郊狼提供食物，不管是有意的还是无意的。

怪兽被定点移除的消息传遍了附近的人类社区和郊狼领地。把装满食物的喂鸟器、宠物餐盘彻夜放在门外的慷慨人家，纷纷把这些食物收回室内。菜地、果园统统被人类严严实实围了起来，就连掉在地上的烂水果也都被人类及时收走了。怪兽空出来的领地再也养不活另外一只郊狼了，再说了，本地也没有第二只郊狼像怪兽这样胆大包天。

从此，本地人狼多年相安无事。

越狱

咬穿枷锁的那一刻，

你嗅到自由的味道。

抖落将自己活埋的满身尘埃，

狗日子一天都不想多熬。

撒足奔向天尽头，

心怀狂喜，狼步轻巧。

天尽头，白茫茫，

厉声野嚎，是你含泪的笑。

——摘自呐喊的三宝诗集《动物快跑》之《艾尔莎》

1　黑洞

在大灰狼阿尔法的记忆中有一个巨大的黑洞。一想到这个黑洞，他就不寒而栗。

这个黑洞当然和那个无处不在的飞行怪物以及飞怪从头顶掠过时发出的令他发狂的轰轰声有关。

这个黑洞还与一种怪异的切肤刺痛有关。

阿尔法记得清清楚楚，那是一个晴朗的冬日。飞怪来了，叫声还是那么难听，难听极了，在大自然里你找不到与它类似的声音。乌鸦的叫声虽然刺耳，但没有它那么单调。瀑布的奔腾虽然单调，但没有它那么暴烈。雷电的咆哮虽然暴烈，但没有它那么喋喋不休。飞怪的轰鸣声或许来自地狱，就好像有无数根尖刺同时戳进你的脑袋里，在你的体内引发出一波又一波大地震，扰得你心烦意乱，全身瘫痪。

阿尔法和往常一样，耐心等待飞怪快快飞走，使那坚硬长刺渐渐抽离脑袋，还天地一片清净。他甚至看都没看飞怪一眼。飞怪却一改往日高高盘旋的行事风格，瞄准他，向他俯冲下来。在飞怪搅起的漫天雪雾中，在那有节奏的碾压万物的轰轰怪叫声中，阿尔法耳聋目盲，绝望地东奔西突，丑陋地胡蹦乱跳，无处可逃的恐惧令他心跳如狂、神志不清。这时，刺痛袭来，猝不及防，阿尔法再也无力应付这漫天的飞雪迷阵，惊恐地意识到他被飞怪摄住了。

天地开始颠倒。远处觅食的一群麋鹿开始变形，仿佛集体咧嘴对他发出无声的嘲笑。随后，阿尔法彻底跌入那个黑洞，完完全全丧失了一切意识。

不知过了几生几世，阿尔法苏醒过来。他情不自禁地重新打量眼前的世界，这是一个诡异的新世界，明明从旧世界里脱胎换骨而来，却完全变了颜色和形状。

他摇摇晃晃，撒足狂奔。他奔过白雪皑皑的山丘，奔过山花烂漫的溪谷，奔过烈日炎炎的平原，奔过红叶翻飞的森林，他奔啊奔啊，那个头顶的飞怪却从那以后再也没有放过他。就算他奔到地老天荒，奔到天涯海角，那难听至极的恐怖轰轰声，随时随地可以准确降临到他的头顶，戳入他的脑袋。

他感觉自己不幸落进一个无边无际的罗网。他是一头没有自由的奴隶狼。他断了脊梁骨，无论外表如何强健、挺拔，他的内心再也无法威风凛凛。他连一只郊狼都不如，甚至不如一只小老鼠。他，只是一头，可怜的困兽。

他不知道，他只是被人类记录了。

2　曾曾曾外祖父老阿尔法

他知道自己的名字来自曾曾曾外祖父老阿尔法。虽然从来没见过老阿尔法和他那以智慧闻名的妻子玫瑰精灵，但阿尔法从母亲复仇幽灵的嘴里，听了无数遍曾曾曾外祖父母的传奇故事。

他知道，老阿尔法和玫瑰精灵来自遥远的紫光大陆地。在紫光大陆地的老家，大灰狼们都知道轰轰叫的飞怪会释放毒刺，抓走大灰狼。飞怪一来，大家就不约而同四散奔逃，尽力躲藏。当时，老阿尔法和玫瑰精灵还只是一对年轻的伴侣，大女儿晶晶也还不满一岁，玫瑰精灵又已经有孕在身。在一家三口互相掩护的慌乱中，他们全部被飞怪的迷魂毒刺击中。

等他们醒来，他们发现自己被蒙上眼睛，脖子上套着一个枷锁，全身五花大绑，躺在一辆缓缓行驶的大车上。他们浑身无力软绵绵，任凭人类把他们一家三口像卸土豆一样从车上扛下来，扔在一片闻起来非常非常陌生的草地上。

终于，绳索被解开，眼罩被拿掉。在慢慢恢复力量的过程中，他们调动所有能调动的感官，急切侦查周围的情况。他们发现，一家三口被关进了一个不算太小的圈养场。

起初他们焦躁不安，刚有些力气就拼命扒拉圈养场的铁丝网，试图从只够小老鼠进出的网洞里钻出去。圈养场的大门一直大开着，但他们毫不试图靠近，可恶而狡猾的人类一定在那里设下了陷阱。

圈养场里倒是有吃有喝，每周都会出现一只死去的麋鹿。吃还是不吃，起初是一个很大的问题。

他们没日没夜地嚎叫，却听不到一点点狼族的回应。这种情况让他们既略感心安又不知所措。心安的是，在这个陌生的地方，他们似乎并没有侵入其他大灰狼的领地，在提防人类的同时，不必再担心会遭到其他狼群夺命的报复——假如附近有狼群，听到他们的嚎叫之后，那些狼群必然会控制不住地回嚎，以宣示自己的力量和领地所有权。不知所措的是，他们远离故土，被囚禁在这奇怪的地方，前路莫测，吉凶未卜。

老阿尔法的愤怒一天都没有休止过。他一有时间，就试图啃咬勒在脖子上的金属项圈，但所有的努力都归于失败。饥肠辘辘之下，他不得不违背自己的意愿，撕吃那来路不明的麋鹿尸体，就算是狼心的人类在肉里做了手脚，他也不得不吃。他悲愤自己成了一个囚犯，生与死全由人类来控制。他的每一声嚎叫，都充满了绝望而永不屈服的斗志。

　　玫瑰精灵是最先恢复理智的那一个。她冷静地观察了局势，断定人类至少暂时还没有要杀害他们的意思。以大灰狼妈妈的灵敏嗅觉，她断定定期出现的麋鹿肉质新鲜、品质优良，于是她每天都把自己喂得饱饱的。她开始周密考虑逃生的可能性，并试图直接从门里闯出去，但老阿尔法严厉地制止了她，晶晶的啼哭也让她更加举棋不定。玫瑰精灵最终放弃了大门计划，和老阿尔法一起远远地避开那道充满了人类气味的明白无误的陷阱大门。她的目光和老阿尔法一样，牢牢锁定西北方向，纵然一路被蒙上了眼睛，他们也知道，那是故乡的方向。

　　有一天，玫瑰精灵忽然发现铁丝网上被撕开了一个小口子。她来不及细想这道裂口从何而来，毫不犹豫地钻了出去。她大口吸入自由的味道，内心喜悦无比。老阿尔法紧跟着钻了出来，一秒也没有停留，径直向西北方向狂奔。玫瑰精灵犹豫了一下，带着晶晶，紧随老阿尔法而去。

　　两天之后，在一个荒远的西北村庄，老阿尔法被一个满怀恨意的农夫射伤，但人类一直没有找到他的尸体。玫瑰精灵逃走了，在村边一个隐蔽的山洞里，产下了八个幼崽。看起来，一家子只有死路一条，就算有晶晶帮忙，玫瑰精灵也无法养活这么多孩子。第二天，晶晶出去捕猎，从此一去不返。

　　玫瑰精灵这天深夜设法从村里偷了一只小羊羔，一口气吃掉了大半只。她和狼崽们静悄悄地藏在山洞里，两周后，饱食狼奶的小狼崽们总算都睁开眼睛并且能站起来了。又过了一周，狼崽们的腿脚更有力气了，看起来能走远路了。在这担惊受怕的三周里，玫瑰精灵反复思考，做出了一个决定。她领着孩子们径直返回圈养场附近的山谷。这是一片充满奇迹的地方，竟然没有人类的干扰，也没有其他狼群出没，而可口的麋鹿如同树枝上悬挂的累累果实，随处可见，唾爪可得。在这鹿肉的天堂，她把八个狼崽全部拉扯成年。第二年，她就和孩子们形成一个势力强大的狼群。

玫瑰精灵后来得知，绿野大陆地的大灰狼70年前就被人类杀灭绝了，山丹大草甸和星宿大沼泽地一带的生态系统因此失去平衡，渐渐万物凋敝，人类因此不得不大费周折，从紫光大陆地重新引进了两批大灰狼。第一批被引进的14只大灰狼里就包括他们一家三口。

玫瑰精灵后来的几任丈夫都是来自紫光大陆地的孤狼，都对她忠心耿耿，直到为她献出生命的那一刻才会终止对她和她的狼群的供奉。玫瑰精灵的故事传遍了山丹大草甸和星宿大沼泽地的狼群，为纪念这位英勇、智慧、卓越的大灰狼老奶奶，她所占领的那片山谷也因此被命名为玫瑰谷。

而老阿尔法舍命归故土的壮烈故事，也被狼族口口相传。大灰狼们都愿意相信，下落不明的老阿尔法后来成功逃回紫光大陆地。老阿尔法因此被狼族视为一代圣狼。

3　独行

那个黑洞，也给阿尔法留下了一个金属项圈。

当阿尔法第一次意识到项圈的存在时，心中惊骇至极。老阿尔法的故事如滔天巨浪劈头而来，将他淹没，令他窒息。历史重演，他亲身进入了那个历史故事，和老阿尔法一起身陷牢笼，抓扯铁丝网，仰天狂嚎。

阿尔法知道，这小小的项圈，就是囚禁他的铁钥匙，是飞怪控制他的千里眼。他和老阿尔法一样，拼命啃咬这可恶的枷锁。他转圈、甩头、蹦跳……竭尽全力想要挣脱这副紧扼住自己喉咙的怪物。但和老阿尔法一样，一切努力归于失败。

有好长一段时间，阿尔法心灰意懒，等着随时随地死掉。他脱离一切狼群，孤身一狼，漫无目的地在原野游荡，悲伤欲绝，万念俱灰。他想一头倒地，再也不要起来，但是饥饿迫使他昂起头，竖起耳朵，扬鼻嗅探猎物的踪迹。他为了吃而活着，活着竟然就是为了吃，认识到这一点使他万分羞愧，更加意志消沉。

阿尔法还依稀记得父亲黑魔法师和母亲复仇幽灵合猎麋鹿的情形，那是他小时候的最甜蜜回忆之一。他和兄弟姐妹们无数次连滚带爬地跟在父母身后，欢天喜地地追赶麋鹿。永远是父亲，瞅准时机，粘上狂奔的麋鹿，对准麋鹿的喉咙，死死咬下那致命的最后一口。

那一刻，黑魔法师简直是吊在麋鹿脖子上的骑手。麋鹿渐渐步履艰难，接着轰然倒地，小狼崽们兴奋地一拥而上，争着抢着大快朵颐。新鲜的麋鹿肉真香啊，好吃到爆，阿尔法每想到这里总忍不住要咽口水。

狼崽子们狼吞虎咽的时候，黑魔法师通常只是低吠着，赶走那些不知羞耻的食腐的渡鸦、喜鹊或松鸦。能让狼崽们吃饱喝足，总是让黑魔法师内心充满了骄傲和满足。

阿尔法永远都忘不了黑魔法师一跃而上咬住猎物喉咙的英姿，那是最令他热血沸腾的一幕。他小时候最大的梦想，就是学会这一招，成为一名令麋鹿闻风丧胆的职业猎手。

就这样，戴着金属项圈，怀着求生的本能，阿尔法饥肠辘辘地忆起了儿时的梦想。他立起两条前肢，微微低头，密切观察坡下的一群麋鹿。麋鹿们似乎感受到了危险的来临，停止吃草，抬起头来，定定地向阿尔法的方向张望。有不少麋鹿一看就是没有什么经验的年轻鹿崽，当然，阿尔法自己也没有多少经验，但是他急不可耐地想要去一试身手。他高兴地发现，狩猎的兴奋将他暂时从被囚禁的痛苦中解放出来了一点点。

他放低身体，学着黑魔法师的样子，目视前方，脚步轻轻，一点一点向麋鹿靠近。麋鹿们就算是色盲，也早就发现他了，这时候都不安地扭动着身体，急促地低声召唤同伴。忽然，麋鹿们集体向远处小跑起来，鹿群分散了。与此同时，阿尔法也如同离弦之箭，猛地蹿出草丛，向着他选中的一头年轻麋鹿，撒足狂追。

年轻的麋鹿高昂着头，顺着山坡狂奔。阿尔法紧追不舍。跑啊跑，麋鹿跑到玫瑰河边，绝望地发现马上就无路可逃了。麋鹿迅速环顾四周，注意到情况似乎并没有想象得那么糟糕，只有阿尔法这一头小公狼在追赶自己。年轻麋鹿心里有了主意，原地站住，转过身，直面阿尔法，扬起前蹄，向这头少不更事的大灰狼脑袋狠狠踹去。

阿尔法吃了一惊，连忙向后跳开。麋鹿这一蹄，带着呼呼的风声，力道奇大，阿尔法惊恐地预感到，一旦被踢中，自己必然脑浆崩裂，当场死亡。阿尔法夹着尾巴，小心翼翼地躲避着麋鹿的蹄子，眼睁睁看着年轻麋鹿傲然抬头挺胸，缓步扬长而去。

虽然出师不利，但阿尔法全然忘记了项圈和飞怪带给他的烦恼。他沿着河岸小跑起来，情绪激昂。不久，他闻到一丝愉快的气味，不由加快了脚步。

一头年老的野牛，没有熬过严酷的冬天，死在了玫瑰河边。阿尔法学着黑魔法师的样子，赶走一群秃鹫和渡鸦，死命向老野牛尸体上最肥的一块肉咬去。食物的甘甜立刻爬满味蕾，冲上大脑。尽管已经饥肠辘辘，但阿尔法却并不着急咽下这一口美味的食物。他跳起来，将牛肉高高抛向空中，看食物自由落下，再次一口咬住，重又抛向天空……他欢蹦乱跳，满心欢喜地庆祝自己的重大胜利。这时候，他听到那熟悉的轰轰声由远而近，狂啸而来。飞怪盘旋在他的头顶，仿佛要轰开他的脑袋，把他所有那些快乐的脑浆都炸出来。

4　逐流

时候到了，远古的本能促使阿尔法仰天嚎叫，他中气充沛的嚎叫总是能唤来母狼姑娘们热情的回应。他的第一个女朋友是艾尔莎。艾尔莎从内心深处爱着阿尔法，为他生了三个小狼崽，她希望阿尔法能带她离开，与她建立一个新群，开辟一块属于他俩的崭新领地。

但阿尔法却不想安顿下来。他胸无大志，既无意加入别的狼群，也无意自立门户组建狼群。

他与很多年轻的母狼周旋，有时候同时和好几头母狼一起厮混。一个囚犯，一个奴隶狼，还指望成家立业吗？当他没心没肺地和母狼们嬉戏的时候，当他们互相嗅来嗅去谈情说爱的时候，甚至当他和母狼们交配的时候，飞怪都有可能轰轰地在他头顶侵扰。一个囚犯，对于隐私被无休无止地侵犯，还能有什么好愤怒的呢？随它去吧，他又赶不走飞怪，人家想来就来，想走才走。

一年以后，阿尔法已经完全习惯了飞怪的存在。当他不顾体面地挖掘耗子洞时，当他自不量力地向野牛发起挑战时，当他不知羞耻地偷偷溜进艾尔莎父亲的狼群去看望自己的狼崽时，飞怪都会毫无预兆地飞临，轰鸣声震耳欲聋。阿尔法竭力不让这丑陋的怪叫影响自己的心情和行动。

艾尔莎待在父亲的狼群里，一直等着阿尔法回心转意。

有好长一段时间，阿尔法是一个完全没有责任感的父亲。他随波逐流，没有理想，没有斗志，玩世不恭，只知道享乐。

阿尔法的性情也变得有些古怪，甚至违背狼的天性，变得很享受孤身一狼的自由自在。有时候，阿尔法的某个女朋友所在狼群的头狼发现了他，会气势汹汹地飞奔过来，打算与臭小子阿尔法决一死战。而阿尔法总是知道怎么能不慌不忙地逃脱——他只要径直奔向人类的公路就可以了。

就如同老阿尔法和玫瑰精灵惧怕圈养场的大门一样，野狼惧怕着人类的公路。那是人类的地盘，进入那个禁区，有可能瞬间引来杀身之祸。人类的跑怪会不知从哪儿高速冒出来，眨眼间飞驰到眼前，猛烈撞击，留下被碾平的死狼，头也不回地跑远。

阿尔法在公路的边缘徘徊，满意地看着那凶狠的头狼愤怒地咒骂几声、夹着尾巴转身快速离去。

艾尔莎有时候会问阿尔法："你难道真的一点都不害怕公路吗？"是的，他一点都不害怕。飞怪已经把阿尔法对人类陷阱的恐惧磨光了。一个已经终身落入罗网的大灰狼，难道还会在乎落入另一个陷阱吗？他相信自己在人类的地盘上也是安全的，因为他是人类的奴隶狼，人类当然会保护自己的奴隶狼。

浑浑噩噩的时光像金色的玫瑰河水一样哗哗流淌。抉择的时刻到来了。艾尔莎的父母亲都老死了，狼群需要一个新头领，这是阿尔法最好的机会。但是阿尔法拒绝了这份责任。艾尔莎失望至极。

另外一头雄壮的孤狼来到这片领地，顺理成章地成为头狼。阿尔法这次倒不再反对成为这个狼群的一员，新狼王也不反对，因为事实上，他正是和阿尔法分散多年的大哥阿扣扣。小时候，阿扣扣曾无数次在嬉闹中把阿尔法打翻在地、压在身下并宣告胜利。

阿尔法看到，阿扣扣的脖子上，也有一个金属项圈。兄弟俩同病相怜。

阿尔法很高兴和大哥团聚，也很满意能名正言顺地和艾尔莎在一起。生活揭开了新的一页。

5　杀戮

虽然结束了孤狼的生涯，阿尔法仍然只愿意享乐，不想承担责任，他只愿意从原始的杀戮本能中寻找快乐。他是如此富有天赋，在一次次快意的搏杀中，他的经验越来越丰富，技术越来越娴熟。

阿尔法当之无愧地成为阿扣扣狼群的第一号杀手，成为整个狼群最有成效的供奉者，在这一点上甚至超过了头狼大哥。

狩猎时，阿尔法与大哥配合默契。大哥制定计划，他完美执行。他们对麋鹿围追堵截，最后，就像当年的黑魔法师，总是阿尔法，对准麋鹿的喉咙咬出致命的一口，紧紧吊在麋鹿的脖子上，直到狂奔的麋鹿轰然倒地。阿尔法现在明白了，为什么自己小时候是那么醉心于观赏父亲咬翻麋鹿的英姿，只因为这一口，关系到狩猎双方的生死，需要大灰狼同时具备精明的头脑、高度的技巧、灵敏的反应以及发达的肌肉，那实在是一场大自然的盛大表演。而所有这些技能，阿尔法都已经完全具备，并且驾轻就熟，臻于极境。

当飞怪贪婪地在阿尔法的头顶盘旋，观赏他的杀戮表演时，阿尔法内心得意洋洋。"看吧，你就尽情地看吧！纵然是囚犯，我也可以快意一生！"

阿尔法已经儿女成行，狼崽们也已经习惯了头狼和阿尔法的项圈，就算再好奇，他们也不敢多问。阿尔法也从来不和大哥讨论这个问题。这是一块丑陋的伤疤，如果揭开，里面将涌出无数的蛆虫，如同已经腐烂的麋鹿尸体，令他头皮发麻、内心惊惶。他宁愿不去触碰那个伤疤，不去回想那个可以吸走灵魂的黑洞。

然而，当夜静月明的时候，阿尔法总会不由自主想起老阿尔法的故事。母亲为什么给他取这个名字呢？复仇幽灵从来都不掩饰对故乡紫光大陆地的向往和柔情，这一点，与她的性格反差太大了。要知道，她从小就心狠爪辣，很年轻的时候就与黑魔法师联爪，亲口咬死了杀害玫瑰精灵的公狼后代头领，夺回了被入侵者霸占的玫瑰谷。一切如烟的往事都不值得再留在心上，因为，他，阿尔法，只是一头囚犯。

可是身不由己，阿尔法的内心深处一直悄悄燃烧着一小簇火苗，从来没有熄灭过。但他不愿意去深想这簇火苗，甚至对自己都不敢承认。他只是，任由这簇小小的火苗静静燃烧，自生自灭。

6　出走

阿尔法又一次离家出走。

阿扣扣日益消沉，每天都要花很长时间卧在山坡上晒太阳，连外来的年轻孤狼试图勾引自己的女儿时，他都懒得管一管。阿尔法不得不代行父亲之责，如同一枚炮弹，火力十足地向那头孤狼发射过去。孤狼魂飞魄散，立即对着阿尔法，倒地、摇尾、咧嘴傻笑。阿尔法才不吃这一套，对准这家伙的尾巴就是一口。年轻孤狼这才确信，这个狼群不需要自己，于是立即撒腿逃跑。阿尔法紧追不舍，把孤狼撵得再也不敢回头，这才得胜回朝。

没想到，阿扣扣竟然对此满怀怨念。阿尔法作为保家卫群的大功臣，一回来，还没来得及享受母狼们的赞美，就被大哥一爪拍翻在地。

阿尔法从地上爬起来，看着大哥龇出的利齿、凶狠的目光，低下头去，什么也没说。飞怪在头顶盘旋，完完全全观赏了这一幕，阿尔法感到异常屈辱。

一时间，阿尔法觉得自己受够了。他头脑发热，向远处狂奔而去。他怒冲冲地想："如果人类非要监控我们，我们也不必那么听话，自扮小丑，让他们看好戏！"

"来啊，来啊！你们再也休想看到我们兄弟两个丑态百出！"他边跑，边瞪视着头顶的飞怪。飞怪一路一直跟着他。"好啊！至少大哥可以清净一会了。"他的泪强忍在眼眶，万箭穿心，他疯了似的，跑得更快了。

直到跑得再也跑不动了，阿尔法才停下来。他警觉地回头，看见艾尔莎和其他五头母狼紧随着他的脚步，跟他一起脱离了阿扣扣的狼群。

艾尔莎温柔地走上前来，嗅了嗅阿尔法的脸庞。阿尔法注意到，这么多年过去，艾尔莎依然那么美丽，就像他们初次见面时一样。后来阿尔法回忆起这一幕，确定就是在那一刻，他真正爱上了艾尔莎，和艾尔莎结为永不相离的灵魂伴侣。

这天夜里，皓月当空，阿尔法对艾尔莎讲述了曾曾曾外祖父的故事。艾尔莎这才知道，阿尔法是老阿尔法和玫瑰精灵的后代。她看见了阿尔法心底的那簇小火苗。她悉心地呵护它，培育它。

7　失踪

这是阿尔法的黄金岁月，他有了自己的狼群，终于安顿下来，拥有了心心相印的伴侣。他为自己的家庭搏杀，艾尔莎是他此生最好的搭档，一头又一头麋鹿倒在他的利齿之下。

阿尔法常常和艾尔莎在星空下长谈，那心底的小火苗现在已经燃满了胸膛，温暖地照亮了他们的生活。

"再不出走就老了。"艾尔莎最近常常爱这么唠叨。艾尔莎是个懂得享受生活，也知道忧虑未来的母狼。

"是的。你说得没错。"阿尔法每次都这样回答。

于是有一天清晨，阿尔法和艾尔莎分头向两个方向出发了，一个朝北，一个向西。

阿尔法一步不停，一直向大北雪山方向奔跑。不出意料，他出发没多久，飞怪就跟上来了。阿尔法不断攀登。飞怪试图一直跟着他，无奈最后实在跟累了，再也跟不动了，只好掉头回去了。这么多年过去，阿尔法已经精确计算过，当他抵达国王雪峰的时候，飞怪将再也没有力气继续跟着他。果然如此。

飞怪不知道，这将是它最后一次看见阿尔法。

阿尔法高高地站在国王雪峰峰顶，目送飞怪远去。项圈在他脖子上摇摇欲坠。这么多年了，该说再见了！

阿尔法伸出右前肢，狼爪怪异地转动九十度，这个动作他已经在黑夜里练习了成千上万遍。右前爪抓住了项圈，阿尔法奋力一扯，项圈"砰"地断裂，掉在雪地上。在那些月朗星稀的夜里，当飞怪沉睡的时候，艾尔莎耐心地一点一点地帮阿尔法咬穿了金属项圈的接口。

阿尔法盯住雪地上的怪物项圈。就是这个小东西，那么微不足道，却几乎葬送了他的一生。

复仇幽灵曾经无数次把小阿尔法抱在怀里，轻声述说身负重伤的老阿尔法在临死前，是如何在玫瑰精灵的帮助下，把项圈撕下来，把零件一一吞下肚子，让人类再也无法跟踪到他。"他死的时候，是一头自由、骄傲的公狼。"每次，复仇幽灵都会用这句话结束整个故事。

阿尔法一嘴下去，咬得项圈咔嚓作响。他对项圈发动了最暴烈的攻击，洁白的积雪被搅得四处飞溅，项圈被咬得七零八落。阿尔法把项圈碎片一块块扔下从未有过人迹的幽深雪沟，一丝一毫都没有剩下。碎片洋洋洒洒，笔直坠落，再也不见一丝踪迹。

阿尔法抖掉身上的雪屑，仰天长嚎，一声接一声。现在，他，阿尔法，也是一头自由、骄傲的公狼。

他沿着雪梁一路向西。他知道，西北方向，在冰封海峡的入口，艾尔莎将在那里等着他，与他一同回到老阿尔法灵魂所系的自由家园。

在野狼轻巧的脚步下，古老的冰川沙沙作响。

百合莉莉

——摘自呐喊的三宝诗集《动物快跑》之《百合百力》

1　飞来横祸

小川和小宛兄妹俩觉得和爷爷王全仙一起钓鱼真是太无聊、太无聊、太无聊。河狸谷的水太浅，钓了大半天，一条鱼都没钓着，烈日当头，兄妹俩嚷嚷太热，要求立即回家打游戏去。

可是这会儿，好不容易带着孩子回趟老家度次假的成功人士王吉春，正在家里参加紧急视频会议呢。这个会议特别重要，齐齐市长亲自在线，所以绝对不能受到干扰。王全仙必须帮儿子把孙娃们稳住，至少要拖到下午1点再回家。为了圆满完成王吉春交代的任务，王全仙把孙娃们的午饭都带出来了。

眼看维娃局面要失控，孙娃们根本不想再继续钓鱼，兄妹俩把钓鱼竿都扔进小溪喂鱼去了，王全仙决定赶紧转移孙娃的注意力。他兴致勃勃地招呼孩子们来溪边的大柳树下野餐，可是兄妹俩过来看了一眼餐盒，根本没胃口，吵得更凶了，要求立即回家边吃冰激凌边打游戏。

智多星王全仙决定实施逗孙娃们开心的终极计划。他故作神秘地问："你们想不想挖河狸窝？"

孩子们一听果然来了兴趣，河狸窝？没见过，更没挖过！

王全仙从车里取来一把铁锹，一把锄头，一个猪八戒式样的大铁耙。这些都是王家的传家宝，还是王全仙小时候摆弄过的老古董。这些农具早就被时代淘汰，但是王全仙一直没舍得扔。"这个河狸窝是我的小秘密，是我发现的！只有我知道在哪儿！"王全仙果然有备而来。

祖孙三个一人扛着一把老农具，由王全仙带路，沿小溪而上。两个孩子虽然是城里娃，平生第一次扛农具，但是因为身强力壮，扛着农具在草丛里走上坡竟也毫不费力。

走了好一会儿，怎么还没到啊！孩子们叫起苦来，扛农具走路不好玩，于是他们都把农具扔掉了。四周的景色一成不变，野草越来越茂密，上坡路越来越不好走，孩子们都有些泄气，越走越慢，嘴里不停抱怨，勉强靠挖河狸窝的新奇念头支撑着往前挪。现在，三把老农具都由王全仙一个人扛着，毕竟年纪大了，他也快走不动了，却不得不气喘吁吁地给孙娃们打气画大饼。

终于，王全仙指着溪岸边一个看起来由树枝、泥巴、苔藓胡乱垒起来的土堆："看到没！河狸窝！两居室！水中间那半圆顶是冬宫，河狸冬天才住呢。岸边那间是夏窝，里面现有十一只河狸，我偷偷数过好多遍！"此刻王全仙比孩子们还激动，似乎内心已经期待很久想要挖这个河狸窝了。

孩子们从溪岸上跳到河狸夏窝顶部，东戳戳，西砍砍，再跺几脚。咦，没门没洞，确定这是谁家的窝吗？

王全仙急切地指着土堆尖顶："看！河狸窝的通风孔！"他凑上去闻了闻："没跑了！都在里面躲着呢！"

小川也学着凑近洞口，深吸一口气闻了闻："呸！呸！臭死我了！我肯定吸了一大口河狸一家十一口集体呼出来的二氧化碳！浓度超高！不好！我中毒了！我缺氧！"

小宛看哥哥倒了霉，忍不住咯咯咯笑起来，笑得比上次她骗哥哥花50块钱挖古币还开心——那古币当然是假的，是她自己事先亲手埋进花园里的，只值5块钱。

王全仙："没事，没事，吸一口不会中毒的！别担心。河狸身上还有麝香呢，可值钱了！城里人贼喜欢往身上喷河狸麝香，显得高雅！河狸皮更值钱，那可是高档毛皮！城里人贼喜欢穿河狸皮，显得高贵！今天幸亏有你俩帮忙，我总算可以把这个窝挖开了哈哈哈！你们吉国小叔叔根本没兴趣帮我挖！你们的爸爸倒是可能会感兴趣，可是他要忙大事呢，顾不上跟我挖这个！今天咱们三个齐心协力，肯定能抓它一只！能抓两只更好！嘿嘿，咱们努力争取最大战果！河狸浑身都是宝啊！"王全仙的口水都快流下来了。

兄妹俩一听能发财，兴致更浓了，摩拳擦掌，跃跃欲试。这兄妹俩从小耳濡目染，对各种能挣钱的活动都非常敏感。

王全仙激动地分配任务："小川，你挖这里！小宛，你刨那边！我负责耙洞，只要河狸一露头，我立即套住它！"王全仙抖抖手腕上的粗绳子，他脖子上还挂着更多绳子，很显然，他对这次狩猎野心不小、期望很高。"嘿嘿嘿，要是咱们能把这一家十一口全都逮住，那咱今天可就发大财啦！"

祖孙三人这一通野蛮挖掘，早已惊动了下面的河狸一家。

王全仙数得没错，这个窝里现在确实有十一只河狸。老妈老爸是九年前定居此地的河勤、河恳夫妇。最大的那个孩子百合，是前年那一窝里最小的女儿。中不溜的四个孩子是去年生的，四个小宝宝是今年刚出生的，才几个月大。

老妈河勤凝神倾听，各种铁器挖掘的声音越来越近："窝保不住了。该撤退了。"

老爸河恳点点头："小可爱们，开始执行A计划。

逃！"

河恳话音刚落，九只河狸幼崽，还有家里的宠物一窝麝鼠、一窝睡鼠，立即开始有条不紊撤退。大家先排队离开最里面那个地势较高的干燥洞穴，鱼贯下到临近水面的甩干洞穴——顾名思义，这个洞穴是专供一家子刚从水下进窝时甩干毛发用的。然后，一个接一个，河狸崽崽和宠物们悄悄滑入水中，从水底潜向河狸运河——那是爸爸妈妈这些年挖出来运输远处木材的专用通道。宠物们时不时把鼻子露出水面透透气，他们的鼻子太小了，因此一心挖宝的人类完全没有注意到。

王全仙虽然隐约知道河狸窝的入口在水下，但他一直没搞清具体的建造原理，只是模模糊糊觉得，河狸只要从洞里逃出来，他准能及时发现并套住几只。可是王全仙没想到，因为河狸家在此地修了两座小水坝，河狸小窝事实上建在一个小水库里，此处溪水深达四米有余，河狸从水底逃生，他从水面根本看不到一点点痕迹。

等崽崽们和宠物们全都安全离去，负责断后的河勤、河恳已经嗅到了王全仙的铁耙子和脚丫子的气味。夫妻俩心意相通，一起张开嘴，把全身的力量集中在那因长年累月啃树而磨得锋利无比的橘黄大门牙上，狠狠咬向王全仙。趁着王全仙在上面乱蹦乱跳、狂呼疯叫的工夫，河狸夫妇迅速离开小屋，不慌不忙逃入水中。

王全仙辛苦一场，一只河狸也没逮到，还不得不跑到医院看急诊，积极主动要求挨一针狂犬疫苗。哎呦，这都咬出血来了，谁知道河狸嘴巴里都有什么细菌、病毒、寄生虫啊！王全仙发愁得不行，把两个孙娃给乐的啊，这河狸窝可真没白挖！太好玩了！

2　急诊变故

莉莉、老林夫妇一家四口住在松鼠林深处，女儿玛雅十岁，儿子尔雅八岁。家门前有一条宁静的溪流，经常有浣熊、狐狸和黑熊在溪边的柳树间游荡，这些野兽丝毫不能吓退野鸭们年复一年在溪边生儿育女的决心。这块土地还隶属一头山狮的广阔领地，山狮领主没事就喜欢在莉莉家的房子后面拉一大堆猫屎宣示主权。每年秋季，还有成群的鲑鱼千里迢迢从大海里洄游到莉莉家的前院产卵。一家人珍惜这种幸福、宁静的生活，希望能永远这样生活下去。

这是一个寻常的午后，玛雅旧病复发了。她腹部剧痛，呼吸困难，四肢无法动弹，瘫倒在地。

玛雅几年前出现过这种奇怪病症。当时，莉莉和老林跑了很多医院，找了很多医生，但是没有一个医生能确诊这到底是什么病。莉莉自己是一个经验丰富的护士，但女儿的罕见病症她以前也从来没听说过。莉莉不断上网搜索，最后找到了杨云医生。杨云医生检查过玛雅之后，立即断定这是她一直在研究的疾病CRPS。杨云医生所知道的唯一能控制病情的药物是K药，但在绿野大陆地，这种疗法尚未获批，处于试验阶段。

在杨云医生的建议下，莉莉和老林带着玛雅去紫光大陆地接受了超大剂量的K药治疗。治疗过程中，如同医生预先告知的，玛雅昏迷数天，苏醒过来的玛雅奇迹般恢复了行动能力。几年来，遵照医生处方，玛雅持续日常服用低剂量K药，她的身体慢慢回归正常，可以和尔雅一起游泳、划船、跳舞，还可以去学校上学了。一家人以为劫难过去了。

然而就在这样一个寻常的午后，可怕的病魔再次入侵了这个家庭。"帮帮我啊！"玛雅疼得忍不住尖叫、哭喊。

老林火速带玛雅去了最近的松鼠林医院儿童分院，随后赶到的莉莉要求值班医生立即给玛雅注射K药，以缓解玛雅的疼痛。值班医生没有一个听说过CRPS这种病，他们对这个诊断表示怀疑，神情古怪地看着莉莉，彼此快速交换着复杂的眼神。医生不慌不忙地请他们一家先去候诊室等着。

莉莉在候诊室里心急如焚。在焦急等待的过程中，老酒鬼王全仙冲进来，歇斯底里地大呼小叫，说他被什么野生动物咬了，要求医院立即给他注射狂犬疫苗。莉莉漫无目的地闪过一个念头："这个老头怎么来儿童医院看急诊？"

很快有护士过来，把疯老头接走了。莉莉听见那两个护士悄声交谈，说老头是王董事长的伯父，上面打了招呼要全力诊治。"你懂的，"一个护士悄悄对另一个撇撇嘴，"咱们医院几乎全靠王董事长养着呢。"另一个护士听了，皱起眉头，深深叹口气，什么也没说。

老头走后，候诊室重新安静下来，莉莉却觉得心里莫名发慌。为什么等了这么久？为什么？以一个资深护士的敏感，她觉得事情不对劲。莉莉决定立即开始录音，留下这次治病过程的全记录。自玛雅几年前发病开始，莉莉就一直没有间断地记录了病程的点点滴滴。多年后，这些记录将成为法庭辩论的重要证据。

好不容易来了位金医生，她询问了玛雅过往治病的过程，做了一些笔记。问诊10分钟后，金医生要离开时，莉莉才发现金医生一直在录音。金医生这是想干什么？莉莉希望自己不是太多疑，可心里却越发感到不安。

见女儿得不到所需的急诊治疗，莉莉和老林决定离开这家医院，不在这里傻等了。没想到院方却不许玛雅离院，强调如果家长强行离院，院方将出动安保人员阻止。莉莉和老林完全蒙了。

又等了很久，院方的吴律师正式通知莉莉，根据医生的观察以及玛雅的体检指标，玛雅是个一切正常的孩子。玛雅的剧烈疼痛很可能全都是装出来的，纯粹是为了吸引家长的注意力，是孩童内心渴望母爱的一种外在表现。而莉莉，作为一名护士，却给自己没病的孩子滥用药物，很可能自身就存在某种心理疾病，涉嫌药物虐待儿童，将立刻受到儿童保护组织和警方的调查，并且莉莉本人必须尽快做一次全面的心理健康专业评估。与此同时，玛雅正式处于政府监管之下，由松鼠林儿童医院全权代行管护职责，家长不许随意接触玛雅；如果家长想探视玛雅，需获得儿童保护组织的批准，并且探视将被全程监控，以防儿童受到家长进一步虐待——甚至生命安全受到家长威胁。至于何时能探视，父母哪一方能获得探视权，以儿童保护组织、警方的调查和法官的判决为准。在判决之前，莉莉绝对不能再和玛雅相见。

莉莉如雷轰顶，眼睁睁看着玛雅被护士推走。

玛雅不知道出了什么事，她只知道医院要把自己和爸爸妈妈强行分开："妈妈，我害怕！我要回家！"玛雅哭着望向莉莉的眼睛，莉莉也哭着望向玛雅的眼睛，那一刻，莉莉真怀疑自己以后是不是再也见不到玛雅了。

莉莉忍住泪："耐心，我的宝贝。要坚强，妈妈会带你回家的。永远别失去希望，我的小勇士。"

3　独自离家

按照约定，河勤河恳夫妇在河狸运河上游找到了静悄悄躲藏的崽崽和宠物们。

老妈河勤："这个窝已经暴露了。人类不会轻易放过我们，随时可能回来报复。我们在这里再也住不安生了，只能咬牙离开。"

老爸河恳点头同意："本来今年雨水就少，就算没有人类祸害，我们也很可能存不够过冬的食物。这下，咱们终于可以下决心搬家了！真舍不得这里啊！"

河勤："问题是往哪里搬？上游，还是下游？眼瞅着河狸谷一带一年比一年炎热干旱，这是个生死攸关的决定，一定要慎重。"

百合："当然是上游！上游多凉快！我一直想去森林里看看！"

河恳轻轻摇头："我们这么一大家子连根拔起，去上游可能找不到足够的水源和食物，今年冬天可能全都会饿死。"

百合："下游肯定更不行啦！人类太多太多，听说连干涸的老河道里现在都盖满了新房子，根本没有咱们生存的空间。"

河勤："不然我们也去北方吧！听说北洲现在变得很暖和，夏天更长，冬天更短，植物生长期延长，连柳树也能破天荒长到2米高！我觉得那样的气候条件应该也非常适合我们河狸的生存。"

河恳有些犹豫："可是从古至今，我们河狸一族从来没有在北洲生活过啊。"

河勤："时代不同了，很多以前从来没有在北洲生活过的物种，有植物，也有动物，现在都在北洲找到了新家。"

河恳："嗯——那好吧，咱们去闯闯吧！试一试！想想，还挺激动！真是河狸一族开天辟地的壮举！"

河勤笑了，她转向百合："那你呢？"

百合一愣："我？"猛然间，她醒悟过来。是啊，她现在已经成年，完全可以离家独立生活了。百合已经是爸妈建筑工程师学校的优秀毕业生，生存所需的本领样样精通，伐木、摆石头、处理树枝、做屋顶防水、堵水坝上的漏洞——堵漏洞是百合最喜欢的工作，哈，挖上满满两胳膊泥巴和苔藓，用灵活的爪子把它们塞进缝隙，听，哗哗哗的漏水声消失了，别提多有成就感啦！

百合沉吟之间，河恳发出邀请："不然，你和我们一起北上吧？咱们大家见机行事，你可以找一个离家近的地方安顿下来。"

河勤暗暗叹口气，哪有这样的好事呢？一条小溪能养活一个河狸家庭就不错了。何况北洲水资源的现状如何，他们心里一点谱都没有呢。

百合知道爸爸妈妈的心思："你们放心吧！我能照顾好自己。我想去森林。"见河恳脸上现出一丝失望，百合用人类孩子一样的两只小手握住爸爸妈妈的手："你们真的不用担心。我真的好想去森林看看。也许，以后我也会北上，到那时候咱们就又可以见面啦！"

"那好吧，"老爸河恳千叮咛万嘱咐，"千万记住，别太贪玩，尽早找一处水域，修建水坝和小屋，赶紧啃树枝，存够过冬的粮食，还要赶紧吃啊吃，多多积累过冬脂肪，第一场霜降后，别忘了用泥巴把小屋再加固一遍，泥巴冻得结结实实，大灰狼才挖不动……"

老妈河勤只有一句话："要坚强。遇到困难，咬紧牙关，坚持不懈，勇往直前。"

就这样，河勤河恳带着8个河狸崽崽、一窝麝鼠、一窝睡鼠，浩浩荡荡逃向变暖的北方。

百合目送一大家子远去。她擦掉眼泪，望向这条生养她的淙淙溪流。这是松树河上游的一条小小支流。听说，在小溪上游，有郁郁葱葱的森林，有绿草如茵的溪岸，有幽深的峡谷，有奔腾的瀑布……啊，百合迫不及待想要去开启独自探险的新生活，她扑通跳入溪水，轻盈摆动船桨一样的尾巴，逆流而上，游向远方。

4　水漫公路

胡子骂骂咧咧地停下小皮卡，咳，人正着急赶路呢，公路又被河狸给淹了。

胡子跳下车查看情况。唉，还是老地方，那只小河狸一夜之间又修了一道水坝，把一大片公路淹成了一个小水库。

这段公路刚好铺设在一条溪流上方，地势较低，像把大勺子，周围树木葱茏，倒是一个修建河狸水坝的好地方。路基下面本来有个涵洞供溪水通过，但不知这只小河狸中了什么邪，非要认定在这里安家，用树枝、石块、泥巴、杂草把涵洞下游又一次堵了个严严实实。

这时，一辆没闪灯的警车从后面驶来，停在胡子的小皮卡后面。吴警官跳下警车，她皱眉看看四周，双手叉腰，粗声粗气地问胡子："发生了什么事？"

胡子："有只傻傻的小河狸把涵洞堵了。这已经是第五次了！我们已经拆了它四次水坝！"

吴警官："那怎么办？"

胡子："看来只能请老林出马了，他办法多。唉，最近他家出了点事，我们之前都没好意思喊他一起来拆河狸水坝。"

吴警官眨巴眨巴眼睛，若有所思，再没说什么。

胡子给老林和附近的其他几个村民打电话，大家开了一个临时电话会议，商量如何一劳永逸解决问题。

老林："看来光靠拆还不行，这只河狸韧性十足，固执己见。哼，有点像我老婆。"

胡子："那咱们把这只河狸打死算了。"

吴警官在旁边听见这话，严厉地说："那可不行，犯法。"

老林："这个路段很适合河狸修坝，就算杀了这只河狸也没用，迟早会有其他河狸过来填补空出来的地盘……"

吴警官杏眼圆睁，大声吼道："我说了，杀河狸违法！"

老林叹口气："我没说要杀河狸，我只是说杀河狸没用。请问您能分清这两者的区别吗？"

吴警官拨弄一下额前的秀发，陷入思考：这两者有区别吗？不都是要杀河狸的意思？要是没有杀河狸的动机，何来有用没用之说？她有点恼怒，哼，竟敢给警探出难题，岂有此理！

胡子："那可怎么办？难道我们要废弃这段公路？到底是哪个官员拍板决定要把公路拐到这里来的？真是个大笨蛋！乱花纳税人那么多钱！"

年轻村民王吉国："哈哈，记我一个人情哦，我不会向齐齐市长举报你骂他是笨蛋。你难道真不知道，在这里修路，最方便齐家的洪福齐天公司开矿啊……"

王全仙赶紧打断小儿子的话："就你废话多！不知轻重！莫谈国事！别瞎打岔了，听听老林的主意。"

老林："河狸只要听到流水的声音，就会本能地冲过去想堵住漏洞。我们可以利用河狸的这种天性，安装一个误导装置——嗯，就用一个缠满铁丝网的木头框子吧，我今天就可以做一个——咱们把木头框子顶在涵洞下游，让河狸没法接近涵洞，溪水却可以照常流过铁丝网。河狸可能会试着在木头框子上面筑坝，但是溪水还是会不停流走。如果它反复筑坝就是筑不起来，也许它就会放弃这个地方。就算一只河狸，也知道该妥协的时候就要妥协吧。"

王吉国："好主意！咱们试试吧！你做好框子就喊我一起来安装吧？"

胡子：“太好了！也喊上我！争取今天就能完工！我还急着给矿上运货呢！”

吴警官：“那我看我还是改天再来吧。祝你们一切顺利。”她边走向警车，边掏出手机，用一只手遮住嘴巴，小声打了个电话。

这天夜里，百合不管怎么堵，都堵不住流水声，不管怎么拼命筑坝，就是修不出一个哪怕稍微像样一点的小水库。第二天、第三天……直到第六天，都是如此。看来这里不适合安家！百合做出这个理性判断后，果断离开了这块宝地。天涯何处无芳草，刚好，她还想再多看一些风景，多游一些路呢。

5　警察来访

不速之客吴警官来访的时候，莉莉刚好不在家，她按照医院提出的要求，做心理健康评估去了。本来她和精神科医生已经约定了一个时间，刚好就在老林他们修涵洞那一天。可是那天，莉莉都已经在去医院的半道了，却忽然接到医生电话，说临时有变，评估日期不得不推迟。莉莉只好打道回府，焦急地多等了两天。

她怎么能不着急呢？这只是她能够获得许可去探视女儿的第一步。玛雅和全家已经被隔离半个月，老林前几天才好不容易获得探视权，带着尔雅去看了一次玛雅。老林回来说，玛雅说她觉得很孤独，肚子痛的时候，没有医生或护士理睬她，只能由她自己硬扛。她说她想回家，想妈妈抱抱……莉莉听了这些话，泪如泉涌。老林借机再次劝说她，千万别较劲，要配合，要妥协，只要能领女儿回家，一切都听医院的。莉莉听了，哭得更厉害了，杨云医生告诉她，如果不采取任何治疗措施，玛雅会在疼痛中慢慢死去。

杨云医生已经跟莉莉通过电话，她简直不能相信莉莉一家正在遭受的磨难。杨云医生主动提出，愿意为莉莉出庭作证，证明玛雅的病情是真的，不是装的。但直到现在，还没有任何权威机构去找杨云医生了解情况。

当杨云医生得知金医生并非松鼠林儿童医院的医生，而是第三方机构儿童保护组织金太阳的调查员时，她主动给金医生打电话介绍了CRPS及其治疗方法。杨云医生警告金医生，这样毫无道理地强行把儿童和家庭分开，将给孩子和家庭都造成永久的伤害。金医生听了，只是淡淡地说："知道了。"

院方说，只要莉莉和医院签署一个一揽子协议，承认虐待了玛雅，玛雅就能立即被释放回家。莉莉事后只要能证明自己并没有虐待孩子，以后就不会被起诉。院方暗示，这是能让玛雅回家的最好最快最安全的方式。老林想都没想，就劝莉莉签协议。莉莉却坚决不肯："法律规定'直到被证明有罪，你都是无罪的'，这个协议反其道而行之，明明就是'直到你证明自己无罪，你都是有罪的'！我怎么能签署这样一份颠倒黑白的协议？你怎么能糊涂到让我签署这样一份荒唐透顶的协议？"老林和莉莉为此没少吵架。

老林后来才知道，声称"只是随便聊聊"的吴警官，其实一直在偷偷录音。

吴警官一上来就不动声色地进入教科书级别的心理操纵模式："你和你妻子的关系怎么样？"

老林不敢回答"关你屁事"，只好老老实实地说："就和其他普通家庭一样呗，起起伏伏，有喜有愁，柴米油盐，有争有吵。总体说，我们挺幸福的。"

吴警官看似轻松随意："在给玛雅治病的事情上，你和你妻子有分歧吗？"

老林小心作答："没有，绝对没有。我了解我妻子，她为了研究玛雅的病情，有时候都熬夜到凌晨三点。我同意她和医生的一切做法，哦当然，医生是第一位的！我们都听医生的！"

吴警官显得更加轻描淡写："玛雅是否在寻求妈妈的关注？努力想讨好妈妈？妈妈希望她生病，于是她就生病了——所谓'生病'，就是为了讨好妈妈？"

老林快跳起来了，这不是血口喷人嘛！他尽力冷静，谨慎回答这个布满陷阱的问题："我希望不是。天哪！我希望不是。"

吴警官："这样吧，我们先别忙着把爱啊感情啊关心照顾啊等等这些与虐待区分开来，因为这两者有可能是同时发生的。"

老林："是的。其实在好多事情上我也并不完全与妻子意见一致。但是我可以发誓，在主观上她永远都不会故意伤害自己的孩子，这一点我可以用我的生命担保！"

吴警官话锋一转："你爱你的妻子吗？"

这个问题也是个陷阱，潜台词可能是："你爱你妻子，才这样维护她、放任她虐待孩子的吧？"老林心想："我可千万不能入套。"于是老林回答得越发谨慎："我爱她，只是……她有时候是挺固执己见的，现在变得越来越严重了。你看，她和医院方面配合得不太好……"

吴警官语气渐渐威严起来："这个案子很复杂。"

老林赶紧附和，以安抚、讨好吴警官的情绪："就是。"

吴警官的态度变得不容置疑，甚至显得有些傲慢，话语像射出的子弹一样有力："我想，很有可能有人会被指控犯罪。"

老林："嗯……"

吴警官："因此我想问你，你是一个保护者，还是一个同谋者？"

老林："……孩子们的保护者。"

吴警官快要声色俱厉了："你第一优先考虑的真的是孩子们吗？是吗？"

老林："我用我的生命发誓，用孩子们的生命发誓。”

吴警官一副铁面无私的模样，语气冷酷：“我不在乎你怎么发誓。如果对玛雅更有好处，我明天就可以把你和你妻子都投入监狱。”

老林：“如果我做了错事，你可以把我投入监狱。”

吴警官：“那是！绝对不含糊！”

老林：“如果真是那样，我坦然接受！”

吴警官：“我问你最后一个问题，如果玛雅明天被释放回家，而你妻子不允许和她有任何接触，那么你会配合吗？”

话都说到这份儿上了，老林心一横：“我会的，毫不迟疑。”

老林一点都不傻，他何尝不知道吴警官的问题步步紧逼，是迫使他在玛雅和莉莉之间做一个选择。如果选妻子，他自己也将成为虐待孩子的同谋，将和妻子一样失去探视权，玛雅回家有可能更加遥遥无期，甚至永无可能再回家。玛雅需要有人去探视她，她不能一个人在一群陌生人中间，孤零零承受这一切，她才是个10岁的孩子啊！老林意识到，其实他只有一个正确的选择。于是他选了。

莉莉回家后，老林跟她详细讲述了与吴警官的对话过程，莉莉愤怒异常，气得浑身发抖。家里的气氛降到冰点。老林当然知道，莉莉悲痛丈夫背叛了她。可是，他真的没有啊！一切都是为了女儿能回家啊！莉莉怎么就不能睁开眼睛看清大局呢，他也是被逼无奈啊。然而不管怎样，在警察面前做出了那样的选择之后，他老林还有何面目自辩呢？

老林觉得自己就像一只落入深深陷阱的兔子，惊慌失措，不管怎么转圈挣扎，都找不到出路。他只能眼睁睁看着美好的家庭分裂、破碎，再也回不到从前。一切的一切，都再也回不去了，他恩恩爱爱的美满婚姻，他无忧无虑的小可爱们。可怜的孩子们啊，饱受心灵摧残的孩子们啊，日夜哭泣的孩子们啊，余生要再积累多少幸福和安宁，你们才能治愈受伤的心灵，才能和以前一样纵情欢笑啊！老林默默泪如雨下。

莉莉的心理健康评估报告很快出结果了。报告显示，她的心理健康状况正常，只是压力水平极高，有比较明显的抑郁倾向。

莉莉听说医院给玛雅配备了一个名叫金珍宝的社工，专职负责玛雅的生活起居。莉莉不放心，上网搜索社工金珍宝。她赫然发现一些新闻报道，"心理变态的社工金珍宝"，曾"因虐待儿童被捕入狱"。莉莉的心堕入无际黑暗，身上冷汗直流，止不住的泪水模糊了电脑屏幕。

此时此刻，一家四口，在不同的地方，都在默默独自流泪。长夜漫漫，黑暗似乎没个尽头。

"耐心，要坚强。永远别失去希望。"似乎有个精灵在连通身处四方的一家人，莉莉的声音同时在四个人的脑海里回响。

6　一见钟情

老胡奶奶希望能像童年时代那样与河狸相处。那时候河狸比现在更常见，在流经她家林场的小溪上，永远有一对河狸夫妇整日整夜忙忙碌碌。那时候人们也没现在这么小心眼，既想让河狸帮忙留住溪水、缓解干旱的生态环境，又不想让河狸啃坏珍贵的木材，更不想让河狸淹了庄稼或住房。

胡奶奶家以前的那个林场早就变成一片高级住宅区，听说住了很多城里的名人、富人、贵人。胡奶奶很多年没见过河狸了，她听说，要是河狸死光了，河狸坝都塌了，那河狸水库和运河就会消失，湿地会干涸，溪流只剩下河床，在河狸水库里栖息的鱼呀鸟呀各种小动物，也都活不下去了。虽然王全仙他们对这种说法嗤之以鼻，但胡奶奶相信这都是真的。

胡奶奶记得清清楚楚，小时候她家河狸水库里有一种鲑鱼，味道特别鲜美。当时胡奶奶家的老人们只许孩子们在鲑鱼产卵之后才能捞鱼，鲑鱼产卵时，谁都不许打扰。哎呀，那么鲜美的鲑鱼肉，胡奶奶后来再也没有吃到过呢。家里的老人说，那些鲑鱼都是多年前在她家河狸水库里出生的，鱼苗孵化出来后，就顺着溪流一路游到大海里，辛辛苦苦长大，直到完全成熟的那一年，再成群结伴一路逆流游回树林里的老家。它们这一游，要游好几个月，而且只顾着游，一路不再进食。一鼓作气游到老家，孕育出下一代之后，鲑鱼们就集体心甘情愿等死了。那些鲜美的鲑鱼，养活了多少动物啊，肥大壮硕的鲑鱼们千里迢迢从大海里带来那么多营养物质，最终滋养了多少本地植物啊。

最近这些年不是提倡保护河狸嘛，据说人工修建河狸水库那样的储水坝，每两公里河流至少要花100万美元，可要是人工修建一个简陋的河狸坝，吸引河狸回来生活，只需要花1万美元。"每家河狸给我们节省了99万美元。"负责人工河狸水坝项目的专家在电视上就是这么说的。

胡奶奶很是心动，她也想在家门前的小溪流上修一个人工水坝，引来河狸安家。她仔细打听了如何修建人工坝：先要把杉树干竖直砸入河床，然后再用柳树横向编织。水流被阻挡后，会发出哗哗的响声。河狸听觉异常灵敏，远远就能听到水流声，会一路寻觅而来。如果断定此地适合安家，河狸会立即认领这些简陋的水坝，从第一天开始就辛勤工作，啃断附近合适的小树，不断用树枝、泥巴和石子加固河坝，水位达到理想的深度后，就开始修建半圆顶的河狸小屋啦。

胡奶奶听孙娃胡子说，最近有一只不肯轻易放弃的小河狸，已经连续在附近的公路上较劲十多天，因为实在修不成水库，昨晚才终于决定放弃。胡奶奶一听就知道是怎么回事，那段公路正处在胡奶奶家门前小溪的下游，以前大伙儿都叫它大勺子。修公路之前，在大勺子那块儿确实曾经有一座河狸旧水坝！只是因为年久失修，水坝几乎快看不出痕迹了。胡奶奶记得清清楚楚，那座水坝的最后一家河狸住户，是怎么被当年才十几岁的王吉春带着一伙野孩子给活活打死的。太惨了。如果胡奶奶能引来河狸安家，她会像爱自己的儿孙一样爱它们，像善待好朋友一样善待它们。

胡奶奶虽然只是听说还没有见到，却已经从心底里喜欢上了那只坚韧不拔淹公路的小河狸。她央求胡子立即帮她修建一座人工水坝。材料都是现成的，胡子的手艺不算太好，但不管怎样，这天下午时分，胡奶奶家门前小溪上就已经新添了一座粗糙的"水坝"——别的不说，那哗哗哗的流水声，是真够响亮的，胡奶奶听来甚感悦耳，心中不觉勾起悠长的回忆。

胡奶奶坚信，小河狸一定会被流水声吸引过来的。而且她确信，水坝所在正是一块理想的河狸栖息地，小河狸一旦被吸引来，就一定会决定留下来安家。胡子对奶奶的极度自信将信将疑。

第二天，像洄游鲑鱼一样一路逆流而上的百合，果然被胡奶奶家的水坝声吸引来了。而且就像胡奶奶所预料的，百合喜欢这个地方，决定在此安家。更妙的是，另外一只小河狸随后也循着水流声找来了，那是一只温柔、英俊的雄性小河狸！和百合一样，他也刚刚离家。他害羞地告诉百合，他叫阿力。

百合与阿力彼此一见钟情。阿力灵敏地潜入水底，一眨眼的工夫就采来一大把盛开的野睡莲送给百合："你的名字，从此就是我的家。"百合深受感动，因为她的全名正是睡莲WATER LILY。

百合接过野睡莲，捧在两只小手中间，尝了一口，唔，果然是个好地方，连出产的睡莲都这么甘美。百合笑眯眯地看着阿力："我们两个，从此永远不分离。"两只年轻河狸就这样情意绵绵地定下终身，阿力正式更名为百力。

百合百力都是河狸爸妈工程师学校的优秀毕业生，干活的效率和质量都没得说。不到三天，胡奶奶家门前出现了一大片水塘，蓝天白云倒映塘中，莹润美丽，胡奶奶见了心花怒放，胡子对奶奶的预见力佩服得五体投地。第四天，胡奶奶家的地下室灌满了水，与河狸水库完美地融为一体。两只小河狸还在不知疲倦地加高加固水坝，显然他们已经开始修建第二道水坝，水库中心的河狸小屋也已正式开工。如果这两个建筑工程师计算无误的话，不出两周，胡奶奶家将坐落在一片生机盎然的沼泽地中，出门可能得靠划船。

胡奶奶连夜向胡子求助。后来还是老林想了个办法，大家在河狸水坝的下面顺着水流方向，插了几根可伸缩的皱纹塑料管，这样既可以让溪水及时流向下游，又不会流干河狸水库里的储水。

这个办法确实见效，胡奶奶家地下室的水退了。百合、百力百思不得其解，忽然之间，怎么就是存不够需要的水量了呢？他们反复去修补插水管的地方，却根本不知道管子的出水口仍然在源源不断地把宝贵的溪水悄悄送往下游。

就这样，无论百合百力如何努力，水库的水位始终保持在胡奶奶家想要的高度。可是这样的水位对河狸来说太浅了，他们没法把过冬的食物储藏在水底，也没法确保冬季来临后，小屋的水下出口不会因为水面结冰而把他们困在小屋里活活饿死。

看来，这里终究不是一个建造幸福家园的好地方，这诡异的地界透着冷冷的杀气。他们不喜欢这个地方了，他们实在也没有更多时间好耽误了，在冬天来临之前，他们必须做好一切活过严冬的准备工作。

第二天，胡奶奶伤心地发现，门前小溪上忙碌的身影不见了，两只小河狸消失得无影无踪。胡奶奶家已经初具规模的河狸水坝成了遗址。

7　法庭受难

开庭前，玛雅给松鼠林法院的主审法官写了封信。"我心里知道，您知道我想回家。过去的这段日子我感觉糟透了，越来越糟。我每天都哭，忍都忍不住。我很伤心。我都没有跟妈妈说再见。"

金医生在自己的正式报告中，一个字都没有提到杨云医生。

法官："金珍宝女士，你之前说，你认为玛雅在你和医院的照顾下，非常快乐，生气勃勃。"

金珍宝："是的。玛雅的腿可以动，手也可以动，一点都没有疼痛感。我见过很多很多处于疼痛中的孩子，我知道孩子感到疼痛会表现出什么症状。玛雅从来没有表现过其他孩子在疼痛时会出现的某些症状。"

金医生出示了一些照片，显示玛雅正在用脚尖拖动轮椅，以此说明所谓"无法动弹的腿脚"其实一点都没毛病。

院方还当庭播放了一段玛雅在儿童医院休息室弹钢琴的视频。玛雅弹得很专注，小脸严肃，琴声悠扬。女儿看起来胖了，但是面色憔悴，显得非常虚弱。和玛雅强制分开后，莉莉这是第一次见到女儿。莉莉的眼泪不知不觉又流成了小河。

金医生专业而冰冷的声音把莉莉拉回残酷的现实："弹得很好，是吗？如果母亲不在身边，玛雅完全是一个正常的孩子。玛雅不存在四肢不能活动的情况，玛雅母亲声称玛雅所患的疾病，根本不存在。这是一个谎言。这是一个家长诱使儿童联合出演的闹剧。幸好这个孩子才只有10岁，还做不到一天24小时表演生病，而且表演的时候，还免不了犯下'生理性错误'——比如用不能动弹的脚拖着轮椅移动一米多远。"

莉莉想喊叫，玛雅的病情本来就时好时坏啊！感觉好一些的时候能坐下来弹琴，这也是莉莉希望见到的啊！玛雅喜欢弹琴，如果病痛的女儿想要弹琴，莉莉也会鼓励她去弹啊！但是玛雅没有装病啊！她能弹琴，就能否认她的确身患重病吗？！

院方医生甲："入院后，孩子一直在好转，体重增加，用药量持续减少。"

院方医生乙："她的孩子有呼吸衰竭、心跳停止的风险，她的孩子可能会因此而死亡，但是她看上去一点都不担心这些。"

……

莉莉感到百口莫辩。她痛苦地意识到，在这个法庭上，自己已经被当成了一个罪犯。

杨云医生作为莉莉一方的证人，当庭告诉法官："这个孩子被诊断为CRPS患者，她的父母正是按照这个诊断为她治疗的。"

法官："等一下。金医生是专家，她的看法与此完全不同。她认为这个孩子不是CRPS患者。"

杨云医生："恰当的诊断和治疗，不应该由这个法庭或那些专家决定，而应该由孩子的父母决定。我们不应该替他们做决定。我们甚至压根儿就不应该在这里，法官大人。"

法官："杨医生，请冷静。"

不管莉莉一方如何努力，法官对金太阳调查员金医生和松鼠林儿童医院儿科医生的证词深信不疑，当庭判决莉莉失去对玛雅的监护权。能否重获监护权，要看警方调查取证的情况。

仿佛一个濒死的人抓住一根稻草，莉莉问法官："我能抱抱玛雅吗？"

法官没有一丝犹豫："不行。现在还不行。"

莉莉眼前一黑。老林只听见"咚"的一声，那是莉莉昏倒在地时，头部重重砸在法庭硬石板地面上的响动。

庭审结束后，金珍宝对玛雅说："你听着，你妈妈这辈子再也别想见到你了。你会被善心人家收养，要是你乖一点，可能我会收养你。"

玛雅嚎啕大哭。

金珍宝命令玛雅把裤子脱了，把上衣掀起来露出肚皮，好让她拍照。玛雅哭喊着说不不不。金珍宝用粗壮的手指强行掀开玛雅的上衣，玛雅凄声嚎叫："不！不！不！我说不！你难道听不到吗？"金珍宝冷笑着拍了很多想要的照片。

8　黑夜无眠

莉莉不再和老林争吵，事实上，庭审结束后，她就不再和老林说话了。

老林像野兽一样自顾自吼叫着，发泄着，责怪莉莉把事情全搞砸了。"你为什么非要提那样的要求？你明明知道法官不可能答应！你让他们对咱家更不信任了！我让你什么都别说了，你为什么不听我的？为什么那么固执？"

莉莉哄尔雅睡觉，他们有多久没心思讲睡前故事了？在这些黑暗的日子里，睡前不再有故事，只有哭泣。

尔雅抽咽着："我爱你，妈妈。求求你，你就听爸爸的吧，别再跟他们争辩了。"

莉莉忍住泪："别哭了，我的小宝贝。爸爸不总是对的。"

尔雅总算睡着了，眼角兀自挂着一颗晶莹的泪珠。看着这颗泪珠，莉莉的心都碎了。

莉莉悄悄来到她在地下室的工作间，打开电脑。

一个可怕的念头像魔影一样深深潜入莉莉的思绪："也许我死了，玛雅就可以回家了吧。"

莉莉坐在黑暗里，沉思许久，下定了决心："就用我的命，换回玛雅的命吧。"

莉莉再次整理一遍电脑中所有有关玛雅的资料。她什么都留着，每一张纸片，每一次谈话，每一场事件，事无巨细，条理清晰，全都记录在案。这是事情的全部真相，这是她能留给老林的最有价值的遗产。她有些遗憾不能再和老林一起，同一条心去战胜困难。她知道，她死之后，老林会来到这里，会重新跟上她的脚步，做完她未能完成的事，为这个家讨回公道。

莉莉走到地下室的简陋浴室，把水龙头开到最大，给大浴缸放水。她重新回到书桌前。尔雅以后会不会再也不敢来这个地下室了？更大的问题是，尔雅以后会不会再也不敢昂首挺胸地行走在这个世界上了？人世间再也没有妈妈能随时安慰尔雅，他得全靠自己去扛了。可是他才8岁啊！

这时她听到"轰隆"很大的一声响动，有什么东西在拼命抓扯地下室的后门。接着"扑通"两声，有什么东西冲进来了！

莉莉跑进浴室。天哪，两只河狸！他们抱着泥巴，正埋头填堵浴缸水龙头！莉莉哈哈大笑起来。忽然间，她胸中明亮，魔影尽散。天哪！自己刚才都在胡思乱想些什么啊！战斗啊！莉莉！你看啊！就连小小河狸，都那么勇敢！那么坚决！那么拼命！那么执着！冲啊！莉莉！冲啊！

老林睡眼惺忪地走进来："发生了什么事？哐里哐啷的……啊啊啊，河狸啊！"

莉莉抱住老林："河狸啊！永不言败的河狸啊！哈哈哈哈！"

老林也紧紧抱住莉莉："我正打算天一亮就向你道歉呢！我真是被法庭气糊涂了，冲着你都胡言乱语瞎嚷嚷了些什么呀！后悔死我了！原谅我吧，莉莉。你是对的！忍让和妥协没有出路。他们不给咱们活路，咱们自己找活路！"

9　死战到底

百合百力顽强的生命之光照亮了这个家庭。摆脱了杀猪盘式心理操纵的老林，大脑一片清明，恢复了正常运转。他提出一个他们之前想都没想过的最基本的问题："松鼠林儿童医院，为什么要陷害我们？"

莉莉上网一搜，吓了一大跳，松鼠林医院曾经冤枉过那么多家长！被逼自杀的家长竟然有好几个！那么多家长，好端端带孩子去看急诊，结果却家庭离散，孩子被扣留，有些家长甚至被现场戴上手铐、投入监狱。为了让孩子尽早回家，绝大多数父母妥协了，签署协议，违心认罪，入狱时间有的一周，有的几个月，有的甚至几年、十几年，刑期最长的是一个年轻爸爸，被判监禁26年！历尽磨难领回孩子的家长们心有余悸，发誓余生再也不踏入松鼠林医院一步。

就算后来未被起诉，所有律师费、专家鉴定费也全都要由家长自己出，没有机构负责赔偿这些经济损失，为此而破产的家庭比比皆是。很多签署了协议的家庭在自证清白的过程中，失去了一切，工作、房子、好名声……莉莉无法相信，设计这个制度的初衷竟然是为了保护儿童！

而且所有给家庭施压的手段都那么眼熟，手法极其相似，就好像在照搬一本操作指南：先确定打算猎捕的目标家长，然后设法分裂家庭，让家庭陷入内斗，互相指责，能彼此仇恨当然最好，家庭越分裂，院方的官司就赢得越容易。最后，轻松一口，咬死目标家长，围猎胜利结束。最凶残的狼群猎杀猎物，也没有这么高效。

这里面一定有鬼！莉莉接着发现一个惊人的巧合，自从齐齐政府出台新法规，将虐待儿童罪从常见的暴力、性侵等，扩充加入了滥用药物后，松鼠林医院的儿童分院就如同雨后春笋，蓬勃发展，不停增设新院所，本地急诊儿童因"受到虐待"而与家庭分离的概率，是其他地方的两倍半！收治受虐待儿童的全部费用，由齐齐政府设立的一个保护儿童资金项目支付，具体事项由第三方儿童服务组织和医疗保险公司操办。整个"虐童产业"都是私有化的，儿童保护服务组织金太阳与负责赔付的那家医疗保险公司看起来关系非常密切。

莉莉的律师开始挖掘医院的账目。律师发现，虽然松鼠林医院一直否认玛雅患有CRPS，并以此为据指责莉莉对儿童滥用药物，但从松鼠林医院给第三方医疗保险公司开具的报销单据上可以看到，院方一直以来正是以"治疗CRPS"为由申请赔付的！

莉莉猛然记起一句奇怪的对话和一副深锁的眉头。她问律师："你知道这个医疗保险公司的老板是谁吗？"

"大名鼎鼎的王问围董事长啊！怎么了？"

"咔嗒"，拼图完整拼接在一起。"王董事长养着医院"！

莉莉和律师联系了其他一些家长，有64名家长愿意和莉莉一起状告松鼠林医院，死战到底，讨回公道。

松鼠林医院收到莉莉的律师函后，立即放玛雅回家了。金太阳组织和金医生希望和莉莉私了，被莉莉拒绝。她不要封口费，她要真相大白于天下，她要把"虐童产业"这个社会福利体系的吸血魔鬼完完全全暴晒在最明亮的太阳光下！

松鼠林医院聘请了一位新律师，这位律师曾经是松鼠林法院的资深法官。莉莉知道，松鼠林医院的法律团队将会异常强大，他们最不想看到的，就是老林一家站在证人席上讲述玛雅的故事。

直到百合百力都已经在莉莉家门前的溪流中修好了半圆顶小屋、存够了过冬食物，莉莉他们的官司还没正式开庭呢。开庭日期一拖再拖，现在都拖到明年去了。铁证如山，松鼠林医院和金太阳知道，面对陪审团，他们必输无疑。

听睡前故事时，尔雅小大人一样叹了口气："唉，什么时候这个官司才能结束啊？我等得好心急啊。"

莉莉温柔地说："耐心，我的小宝贝。他们很害怕。而我们，团结一心，勇敢无畏。总有一天，我们一定会赢的。"

尔雅抱住妈妈，把头埋进妈妈怀里："我好想赶快赢！明天就赢！我好想这些事情快快过去，好想明天就能像以前一样，开始安安静静地生活。"

莉莉笑了："现在我们已经在安安静静地生活着呀。你想想是不是？咱们一家在一起多么幸福，生活多么充实。你多喜欢咱家那两只小河狸邻居啊。到了明年春天，不管官司开没开庭，咱们赢没赢，他们都会领着一窝小宝宝出来……"

尔雅惊喜地抬起头："真的吗？明年春天吗？"

莉莉感觉到尔雅的心脏激动得怦怦剧跳，她大笑起来："是的，明年春天，我肯定没搞错！"

屋外，百合百力正趁着初冬的第一场霜降，忙着给半圆顶小屋连夜再涂上一层湿泥巴。到了明天，河狸屋顶就会被寒霜冻得结结实实，无论饥肠辘辘的大灰狼力气有多大，都将无法入侵这个温暖的小屋，他们那些即将来到这个世界的小宝宝，将会有一个非常非常安全、温暖的家。